AF140055

1

Ein Roman von Axel Fischer

Alle Rechte vorbehalten

Copyright © Axel Fischer 2014
Covergestaltung: Heike Fischer
Textbearbeitung: Heike Fischer
E-Mail: manax22@web.de

Herstellung und Verlag:
BoD - Books on Demand GmbH, Norderstedt
ISBN: 978-3-734730450

Bereits erschienen von Axel Fischer

Späte Rache
BoD - Books on Demand GmbH, Norderstedt
ISBN: 978-3-738607208

Ihre letzte Chance
BoD - Books on Demand GmbH, Norderstedt
ISBN: 978-3-73228256-2

Der Schneekrieg
BoD - Books on Demand GmbH, Norderstedt
ISBN: 978-3-8482-2370-1

Ein Neuanfang nach Maß
BoD - Books on Demand GmbH, Norderstedt
ISBN: 978-3-8391-4167-0

Bleib bei mir

Kapitel 1

Es hatte schon die ganze Woche an einem Stück geregnet. Doch empfand ich das Wetter heute als besonders unerträglich. Ich hatte mich schon daran gewöhnt, beim Verlassen meiner Praxis täglich an der Türe nach meinem Stockschirm zu greifen. Ob ich nun mittags für den Abend einkaufen ging oder aber zum Feierabend zu meinem Parkplatz hastete, war der Regenschirm stets mein ständiger Begleiter. War dies normal Mitte Juli? Ich dachte darüber nach, wie das Wetter wohl letztes Jahr zur gleichen Zeit gewesen war, doch irgendwie fehlte mir dazu die Erinnerung. Eigentlich war dies auch ja völlig egal: Ändern konnte ich das Wetter ohnehin nicht, doch ein wenig darüber fluchen, half den Frust zu verdrängen. Meine Mädels hatte ich bereits gegen vierzehn Uhr ins Wochenende verabschiedet. Ich genoss die ruhige Zeit in meiner Praxis ohne ein ständig läutendes Telefon zu hören. Endlich fand ich Zeit zum Verfassen von Arztberichten, zum Auswerten von Blutuntersuchungsergebnissen und zum Ausstellen von Privatrechnungen. Gegen halb fünf verließ mich dann aber doch die Lust, weiter zu arbeiten. Ich fuhr den PC herunter und tauschte meine weiße Arzthose gegen eine dunkelblaue Jeans. Das weiße Hemd behielt ich an. Zum guten Schluss kontrollierte ich noch den Safe, indem ich alle Medikamente und Rezeptblocks aufbewahrte, ob dieser richtig verschlossen war, bevor ich nach meinem Regenmantel griff. Irgendwie fühlte der sich schwerer an, als ich ihn heute Morgen an den Garderobenhaken gehangen hatte. Und weil mich mein Gefühl selten täuschte, schaute ich in die Manteltaschen hinein und fand dort zwei gut verschlossene Minieinweckgläser. Eines war mit feiner Gutsleberwurst und das andere mit selbst gemachter Blutwurst gefüllt. Gudrun, meine älteste Helferin, die einer alten Landwirtsdynastie mit großem Bauernhof entstammte, hatte einmal mehr große Sorge, ich würde am Wochenende einen grausamen Hungertod sterben. Gudrun habe ich noch von meinem mittlerweile verstorbenen Vater über-nommen, der unsere Praxis vor etwa fünfzig Jahren in Siegburg gründete. Sie absolvierte bei ihm die Lehre zur Arzthelferin und avancierte mit den Jahren zur guten Seele der Praxis. Sie ist stets für unsere Auszubildende Sarah da, wenn sie mal wieder Liebeskummer plagt, genauso wie sie immer ein offenes Ohr für alle Probleme ihrer Kolleginnen Aicha und Monika hat. Und weil sie nun einmal mit achtundvierzig Jahren die Mutter der Praxis darstellt, versucht sie stets, auch mich zu bemuttern, wo sie nur gerade kann, und ich lasse sie gern gewähren.

Gudrun entgeht einfach nichts und so ist ihr auch nicht verborgen geblieben, dass mich Claudia nach sechs Jahren wilder Ehe, wie Gudrun meine Beziehung zu Claudia immer zu bezeichnen pflegte, verlassen hatte. Wahrscheinlich sollten mich ihre selbst gemachten Wurstspezialitäten auf den Beinen halten und meinen Speisezettel für ein einsames Wochenende bereichern. Egal, beide Sorten aß ich gern und schließlich hatte es Gudrun ja nur gut gemeint. Entgegen meiner Befürchtung hatte der Starkregen aufgehört. Lediglich winzig kleine Tröpfchen fielen noch aus dem dunkel verhangenen Himmel, die jedoch jeden Spalt in der Regenbekleidung eines unbeschirmten Spaziergängers ausnutzten, um sich durch zunehmende Feuchtigkeit am Körper bemerkbar zu machen. Fazit: Ein einsames

Wochenende mit Scheißwetter einhergehend lag vor mir. Da meine Wochenendprognose nicht gerade auf rosige Aussichten stand, wollte ich mir doch wenigstens die lieben, kleinen Wassertröpfchen vom Leibe halten. Kurz entschlossen drückte ich auf den Knopf an meinem Stockschirm und ließ den wasserabweisenden Stoffbezug, befestigt an den spinnenförmigen Leicht-metallstäben, aufspringen. Gut gerüstet und in der Hoffnung einigermaßen trockenen Fußes meinen Parkplatz zu erreichen, wo mein Auto sicher schon auf mich wartete, trabte ich los. Da nun auch noch erschwerend ein leichter Wind meinen Schirm ständig aus der Fassung brachte, war ich heilfroh, nach wenigen Minuten des Kampfes gegen die Urgewalten des Sommerwetters im Rhein-Sieg-Kreis nicht untergegangen zu sein und unbeschadet meinen Park-platz erreicht zu haben. Mein weißer C-Kombi, den ich heute in der Früh auf meinem Dauermietparkplatz abgestellt hatte, streckte mir schon von weitem seine besternte Frontpartie entgegen und schien mich tatsächlich ein wenig grinsend zu erwarten. Das ich die metallische Frontpartie meiner C-Klasse mit einer verschmitzt lächelnden, menschlichen Grimasse verglich, lag eigentlich daran, dass das Chrom glänzende Mittelteil der Frontschürze von weitem aussah, als würde mich mein Auto anlachen, und weil ich ohnehin häufig mit ihm kommunizierte, war diese Assoziation für mich keinesfalls ungewöhnlich. Als dann auch noch auf Knopfdruck die Scheinwerfer aufleuchteten, meine Außenspiegel automatisch nach außen klappten und sich die Türverriegelungen öffneten, war meine Freude ob des Besitzes von überwältigender Technik einfach riesig. Wenigstens lachte mich noch mein Auto an. Ich schüttelte meinen Schirm sowie auch meinen Trenchcoat aus und warf beides, obwohl sie mir doch beide gerade noch treue Dienste geleistet hatte, achtlos ins Gepäckabteil. Auch wenn mein Lebensalter bereits fernab der Mitte zwanzig lag, schwang ich mich mit jugendlichem Elan hinter mein Lenkrad und steckte den Zündschlüssel ins Zündschloss. Zuckende Lämpchen aus dem Armaturenbrett spendeten ein diffuses Licht, nachdem ich den Schlüssel zwei Klicks weitergedreht hatte. Ich wollte gerade den Motor starten, als sich mein Handy aus der Freisprechstation im Fahrzeug meldete. Verschreckt schaute ich auf das Display. Ich muss gestehen, dass ich nicht unbedingt der Technikfreak bin und immer noch nicht den Unterschied zwischen iPhone und iPod kenne. Dafür kann ich mit meinem Handy weder fotografieren noch im Internet mein Unwesen treiben. Mit meinem Mobiltelefon lässt sich, nachdem mir Claudia dies so eingerichtet hatte, vorzüglich telefonieren und SMS-Nachrichten verschicken sowie empfangen. „Ach Claudia, was mache ich nur ohne dich, wenn mein Notebook von Viren zerfressen abstürzt oder eventuell mein Fernseher seine Sender verliert, weil der Sat-Receiver schwächelt?", ließ ich ein Stoßgebet gen Himmel folgen. Ein wenig liebte Claudia mich immer noch. Dessen war ich mir sicher und die Gründe, warum sie sich von mir getrennt hat, sind für mich eigentlich völlig gegenstandslos. Gut, ich habe sie in den sechs zurück liegenden Jahren nicht ein einziges Mal gefragt, ob sie meine Frau werden wollte. Sie hat sich immer gewünscht zu heiraten und zwei Kinder zu bekommen. „Jeder anderen Frau, die in deine Praxis kommt, rätst du sich den Kinderwunsch zu erfüllen, und mir soll dieser Wunsch auf ewig versagt bleiben?", hatte sie mir während unserer letzten Diskussionsrunde mehr als deutlich ins Gesicht geschrien. Doch jeder Versuch, Claudia bezüglich des Kinderwunsches zu beruhigen, um noch ein wenig Zeit zu gewinnen, scheiterte und selbst mein Hinweis, dass sie ohne Sorge sein soll, dass ihre biologische Zeituhr ticke, brachte sie nicht von ihrem Entschluss ab, mich zu verlassen. Und dann war ja da noch dieser Immobilienhai mit Namen Ferdinand Schulz. Was für ein beschissener Name, Ferdinand Schulz und ausgerechnet mit dem hat sie mich dann noch betrogen. Ich habe ihr zum Abschied noch nachgerufen, dass, wenn dieser Typ mit ihr zwei Kinder haben wolle, sie mich auch Ferdinand rufen könne. Egal, jetzt ist sie bei Ferdinand und ich kommuniziere mit meinem Kombi.

„Sie haben eine neue Nachricht", tönte es plötzlich krächzend aus den Lautsprechern meiner Stereoanlage und holte mich in die Realität zurück. Vielleicht sollte ich noch einmal mit Claudia darüber reden, gegebenenfalls ihren Entschluss doch noch zu revidieren. Auch wenn ich in solch offiziellen Dingen stets ein wenig schüchtern wirke, wollte ich ihr dann als besonderes Zugeständnis und natürlich aus Liebe einen Heiratsantrag machen, jedoch mit einem anhängigen Ehevertrag, der vorsah, dass sie mir bis zu meinem Lebensende all meine elektronischen Geräte funktionstüchtig hält. Man konnte mir keineswegs nachsagen, nicht pragmatisch zu denken. Ich liebe sie nach wie vor abgöttisch, und dass ihre Gefühle mir gegenüber plötzlich gänzlich abhanden gekommen sein sollen, konnte ich nun gar nicht glauben. Nie zuvor hatte ich eine Frau erlebt, die Probleme so wie sie anging, um sie schnellstens zu lösen. Ob sie mir nun eine professionelle Zahnreinigung zuteil werden ließ, halbjährlich meinen Zahnstatus kontrollierte und dabei das eine oder andere kleine Löchlein verschloss, oder mein Laptop mal wieder von einem Virenbefall befreite: Claudia nahm alle Dinge mit einer Leichtigkeit an, die ich einfach nur bewundernswert finde. Manchmal, wenn ihr etwas nicht so einfach von der Hand ging, funkelten ihre sonst so samtweichen, braunen Augen, und sie warf ihren Kopf hin und her, der sogleich ihre zum Pferdeschwanz zusammengebundenen Haare, die ihr bis zu den Schulterblättern reichten, zum Tanzen brachte. Und wenn sie so richtig wütend wurde, sah sie noch hübscher aus. Ich nahm mir vor, sie von zu Hause aus anzurufen. Sicherlich machte auch sie jetzt gleich ihre Zahnarztpraxis zu, um sich ins Wochenende zu verabschieden. Vielleicht wollte sie ja auch mal wieder mit mir essen gehen. Mir gingen noch so viele Dinge durch den Kopf, was Claudia betraf. Ich wusste eigentlich gar nicht, wo ich anfangen sollte, nur wirklich verlieren wollte ich sie irgendwie nicht und der Gedanke, dass sie gleich in die Armen von Ferdinand sinken würde, trieb mir wie einer hochschwangeren Frau die Magensäure in die Speiseröhre. Ach, was soll das ganze Jammern! Soll sie sich doch von Ferdinand, dieser Küchenschabe, den Nacken streicheln lassen. Ich beschloss den Anruf bei Claudia ersatzlos zu streichen. Dafür nahm ich mir fest vor, ab jetzt nur noch lächelnd durch die Straßen zu laufen in der Hoffnung, bald Ersatz für Claudia zu finden.

Kapitel 2

Etwas umständlich loggte ich mich in mein Fahrzeug-kommunikationssystem ein, um nach zu hören, wer mich da wohl angerufen hatte. Wie nicht anders zu erwarten, stellte diese Problembewältigung für mich eine technische Höchstleistung dar. Erschrocken erkannte ich die Rufnummer des Teilnehmers, der es gewagt hatte, meine Ruhe zu stören. Also wenn mein

Tag bisher schon ohne besondere Highlights auskommen musste, so sank mein Gefühlslevel jetzt erst recht auf ein Minimum. Mutter hatte angerufen. Zaghaft gewährte ich meinem System die Wiedergabe ihrer hoffentlich wohlwollenden Worte. „Hallo, mein Sohn, ich habe nun drei Tage nichts mehr von dir gehört. Es ist beschämend, wie du deine Mutter vernachlässigst." Ich stellte mir vor, dass in etwa gleicher Tonlage unser Außenminister zu einem Botschafter eines anderen Landes spricht, den er zum Rapport ins Außenministerium einbestellt hatte. Mutter ist wirklich eine Seele von einem Menschen. Doch wenn es darum ging, dass ich mich bei ihr turnusmäßig melden sollte und dies versäumte, verstand sie nicht im geringsten Spaß. Wie schon gesagt: Mutter ist im Grunde ihres Herzens eine wahrlich liebe Frau. Sie hatte schon eine Menge in ihrem Leben mitgemacht. Gute Fünfzig Jahre lang war sie meinem Vater, der es mit der Treue nicht immer ganz genau nahm, eine wirklich sehr gute Ehefrau. Sie hat mit ihm gemeinsam unsere Praxis aufgebaut, meine Schwester und mich zur Welt gebracht, wenn sie dies im Fall meiner Schwester auch besser gelassen hätte und immer ein offenes Ohr für ihre Lieben bereit gehalten. Als Vater vor drei Jahren verstarb, begann sie ein völlig neues Leben. Sie verkaufte unser wirklich schönes Elternhaus mit dem ganzen Anwesen drum herum für ein Vermögen und kaufte sich anschließend in einer Seniorenresidenz in Bad Godesberg ein, der man mit Verlaub nachsagte, der Upperclass vorbehalten zu sein. Mutter bezog dort eine Suite und gestaltete sich ihre Räumlichkeiten ganz nach ihrem Gusto. Als sie dort so richtig Fuß gefasst hatte, lernte Mutter Professor Doktor Otto von Schleswig kennen, mit dem sie seitdem unzertrennlich verbandelt ist, selbstverständlich laut eigener Aussage ausschließlich auf platonischer Ebene. Mutter ist eine absolut integere Frau, doch das glauben weder meine Schwester noch ich ihr, dass sie mit Otto einfach nur Händchen hält.

Als Mutter uns ihren Hausfreund vor etwa eineinhalb Jahren präsentierte, fiel meiner Schwester Jennifer, der ach so kühlen Emanzenurologin, auch besser bekannt als Doktor Jennifer Steinhauer, das Kinn herunter. Nicht nur das Otto bis zu seinem Eintritt in den Ruhestand als Urologe in Bonn praktizierte: Er dozierte auch noch an der Bonner Universität und war der Doktorvater von meinem lieben Schwesterlein. Anfangs hatte sie zu ihm ein eher geteiltes Verhältnis. Heute können es die beiden eigentlich ganz gut miteinander, wobei Otto auch einen wirklich liebenswerten Vertreter seiner Gattung darstellt. Mutter jedenfalls tut Otto richtig gut. Sie reisen viel gemeinsam durch die Welt und genießen ihre Freiheit. Mit Vater hätte Mutter ganz sicher nicht so einen gelösten und ereignisreichen Ruhestand erlebt. Er wäre mit ihr in seine Jagdhütte nach Österreich gereist und hätte sie lediglich mit den kulinarischen Köstlichkeiten der Umgebung verwöhnt, denen sie nur noch das Fell hätte abziehen müssen, um daraus ein köstliches Wildbret zu zaubern, was ihr allerdings auch nicht die geringsten Schwierigkeiten bereitet hätte. Der Anruf von Mutter bedeutete ganz sicher wieder die Erfüllung ihres Wunsches nach meiner Teilnahme an einen gemütlichen Kaffeeklatsch im Kreise der Familie. Mutter werde ich von zu Hause aus anrufen. Für ein solches Gespräch stellte mein Wagen, auch wenn es ein Mercedes ist, nicht den rechten Rahmen dar. Das konnte wieder ein langer Abend werden, wenn Mutter nichts Besseres vorhatte, als sich mit mir zu unterhalten. Vielleicht sollte ich vorher Otto anrufen und ihm einen Besuch der Bonner Oper schmackhaft machen. Zwei Karten könnte ich noch an der Abendkasse hinterlegen lassen. Oder waren gerade Theaterferien? Dann eben Kino oder vielleicht Schauspiel. Nein, ich werde mich heldenhaft der Situation stellen und mit Mama klönen und beichten müssen, dass mich Claudia endgültig verlassen hat. Ich hoffe nicht, dass sie nach dem Grund fragt. Das Thema Verehelichung geistert schon eine ganze Weile durch die Köpfe meiner Damen. Ich möchte sogar behaupten, es handelte sich um ein Komplott. Aber das Claudia dann tatsächlich gegangen ist und mich schließlich sogar betrogen hat, traf mich schon verdammt hart. Sie rufe ich nicht mehr an. Nein. Vielleicht erhalte ich von Mutter noch besondere Instruktionen für ein Gespräch mit Claudia. Nein, Claudia war passé, die Beziehung aus und vorbei.

Jetzt kennen sie schon fast meine ganze Familie, deren Umfeld und auch meine Exfreundin. Nur ich habe mich ihnen noch nicht vorgestellt. Mein Name ist Steinhauer, Johannes Steinhauer. Ja gut, ich gebe zu, Bond hört sich da markanter an, aber leider kann man sich seine Verwandtschaft bekanntlich nicht aussuchen. Zweiundvierzig Lenze sind bereits seit meiner Geburt durchs Land gezogen und viele Menschen behaupten, dies würde man mir keinesfalls ansehen und leider auch nicht so recht anmerken. Ich pflege halt einen lockeren Umgangston mit meinen Helferinnen wie auch mit meinen Patientinnen, die mir das jedoch nicht übel nehmen. Im Gegenteil: Vielfach ist die Angst vor dem Gynäkologen gleich wie weg geflogen, wenn ich einen lustig, freundlichen Ton an den Tag lege. Und da sind wir auch schon bei meinem Beruf angelangt: Ich praktiziere als Frauenarzt und Geburtshelfer und das aus Passion. Sie müssen jetzt nicht glauben, dass ich keine Kinder mag. Im Gegenteil, ich half sogar schon einer ganzen Menge Babys auf die Welt. Ich fühlte mich nur bisher nicht in der Lage für ein Kind ein guter Vater zu sein. Vielleicht sollte ich Claudia doch anrufen, um ihr zu sagen, dass ich mit ihr eine Familie gründen und auf der Stelle ein eigenes Kind   zeugen möchte. Ich denke den Akt der Zeugung kriegen wir problemlos hin. Das war bisher nie ein Hinderungsgrund gewesen. Im Bett haben wir uns immer gut verstanden. Liegt vielleicht auch daran, dass ich es während des zwischenmenschlichen Treibens nicht mit komplizierten, hochtechnischen Gerätschaften zu tun habe. Wer weiß das schon. Hatte ich schon erwähnt, dass ich promoviert habe und in Siegburg in meiner eigenen, vom Vater ererbten Praxis praktiziere? Falls ja, nehmen Sie es mir bitte nicht übel. Auch ein Gynäkologe kommt irgendwann in die Jahre. Ich biete einem jungen Mädel die Möglichkeit zu einer Ausbildung als Arzthelferin, und ich stelle weitere Arbeitsplätze für meine drei liebevollen Helferinnen, wovon Gudrun ein Relikt aus vergangener Zeit darstellt, die ich aber keinesfalls missen möchte. Sie ist nun einmal der ruhende Pol in der Praxis.

Ob ich nun wollte oder nicht: Das Telefonat mit Muttern musste ich so schnell als möglich in Angriff nehmen und sofort hing es wie das Schwert des Damokles über meinem Haupte. Doch zuerst galt es mal die eigenen Gedanken zu ordnen. Im Gefrierfach meines Kühlschrankes konnten meine Hausmäuse, wenn ich denn welche hätte, Schlittschuh laufen, was auch nicht heißen sollte, dass der restliche Kühlraum üppiger bestückt war. Und was bedeutete das nun für mich als Neusingle? Genau, du musst einkaufen gehen, mein lieber Johannes. Dies würde sicher wieder ein wirkliches Spießruten laufen werden, denn auch Hennef, der Ort wo ich lebe, beherbergt eine Menge meiner Patientinnen und es wäre nicht das erste Mal, dass ich im zentralen Supermarkt der Kleinstadt, im Gang zwischen Tiefkühlpizza und Frischfleischtheke, medizinische Ratschläge gegen übermäßiges Sodbrennen während der Schwangerschaft, starke Blutungen beim Beginn des Klimateriums und was weiß ich sonst noch alles verteilen durfte. Egal, zeige dich dem Volke, Dr. Johannes Steinhauer und begebe dich auf Shoppingtour des Überlebens wegen.

Kapitel 3

Willig sprang der Motor meines Wagens an. Langsam rollte ich zur Schranke der Ausfahrt vor. Fenster herunter fahren, Chipkarte an den Scanner halten und schon war der Weg frei in ein hoffentlich erholsames Wochenende. Obwohl die Aussichten eher dürftig erschienen. Das erste Wochenende ohne Claudia, wahrscheinlich stand sogar für Sonntag ein Besuch zum Kaffee bei Mutter und Otto an. Traumhaft, da treffe ich auch wieder auf meine werte Kollegin Schwester, die feine Urologin aus der ehemaligen Bundeshauptstadt Bonn. Eigentlich kommen wir sehr gut miteinander aus, Jennifer und ich, doch wenn es um medizinische Dinge und Beurteilungen von Erkrankungen und gar der Vorsorge ging, waren Streitgespräche einfach vorprogrammiert. So vermieden wir es tunlichst, bei unseren eher seltenen Treffen über solcherlei Dinge zu sprechen. Da kam auch schon die erste gute Nachricht zum Wochenende aus dem Radio: Der Wetterbericht sagte bereits für morgen strahlenden Sonnenschein und knapp dreißig Grad Celsius voraus. Sofort übermannten meine bis dato eher trübe wirkenden Gesichtszüge ein

15

freudiges Schmunzeln. Sollte ich morgen wirklich meine großen Schiebetüren vom Schwimmbad weit aufstellen können und ein wenig Urlaubsatmosphäre schnuppern. Urlaub, das wäre es doch mal wieder. Die letzten traumhaften Ferientage habe ich noch gemeinsam mit Claudia über den Jahreswechsel auf Mallorca erlebt. Wir hatten strahlend blauen Himmel und Temperaturen um die zwanzig Grad. Einfach mal Zeit für sich zu haben, ein wenig bummeln, gut Essen in versteckt liegenden kleinen Restaurants, Hand in Hand durch malerisch gelegene Ortschaften schlendern, shoppen in Palma und anschließend im Cappuccino relaxen und von der beruhigenden Chillmusik berieseln lassen und dabei die Menschen beobachten. Es war einfach wunderschön, und wenn ich weiter so vor mich hin träume, wird meine Fahrt nach Hennef wohl im Heck meines Vordermannes enden. Das war knapp, und deshalb erzähle ich wohl besser erst dann weiter, wenn ich in die Tiefgarage des Supermarktes meines Vertrauens eingebogen bin und mich in eine Parktasche gequetscht habe.

Erfreulicherweise war nicht viel los in Downtown von Hennef. So konnte ich staufrei in die Tiefgarage rollen. Ein Parkplatz war schnell gefunden. Doch mein größter Fehler vor Betreten des Lebensmitteltempels war wohl, keine Aufzeichnungen bezüglich meines Bedarfes erstellt zu haben. Ganz sicher würde ich gleich vom vielfältigen Angebot erschlagen werden und schon bald davor kapitulieren. Doch ich nahm mir vor tapfer zu sein und entstieg meinem Wagen. Als kurze, sportliche Einlage des Tages wählte ich den Aufgang durchs Treppenhaus und verzichtete damit auf den Gebrauch des Aufzuges. Plärrende Musik und ständige Durch-sagen über die neuesten Sonderangebote empfingen mich im Konsumtempel. Ich wollte auf lässig machen und schlenderte seelenruhig dem Parkplatz der Einkaufswagen entgegen, die schon aneinander geketet auf mich warteten, wie hungrige Löwen, deren Gier einfach unermesslich schien und die der Ladenkette zu guten Umsätzen verhalfen. Claudia trug immer einen Chip in ihrer Geldbörse bei sich, um die Raubtiere von der Kette zu lassen. Mein einziger Chip steckte im unteren Teil meiner Parkscheibe, und diese lag jungfräulich unberührt im Wagen. Ich ließ mir nicht anmerken, dass es mir gerade an einem dieser blöden, kleinen Plastikchips mangelte. Erfahren in der Bewältigung von Problemen zog ich meine Geldbörse aus der rechten Potasche meiner Hose. Als ich dann das Hartgeldfach des ledernen Geldbehältnisses öffnete, bemerkte ich sofort, dass sich die Zahl meiner Probleme zu häufen begannen. Außer einigen wenigen Kupfermünzen, die seit der Einführung des Euros eigentlich überhaupt kein Kupfer mehr enthielten, sondern nur noch so aussahen, konnte ich meine Hartgeldbestände getrost vernachlässigen. Mit den achtundzwanzig Cent war gewiss kein Staat zu machen. Da es mir ganz sicher auch an schmackhafter Unterlage für meine noch zu erstehenden Wurst- und Käse-spezialitäten mangelte, entschied ich mich, ein richtig kräftiges Körnerbrot an der Theke des Bäckers im Hause zu erstehen. Anständig wie ich nun einmal war, stellte ich mich als Dritter in die kleine Schlange an der Theke an. Als sich die hübsche, kleine Auszubildende herumdrehte und sich aus antrainierter Gewohnheit nach meinen Wünschen erkundigte, erkannte sie mich gleich. Sofort bekam sie einen roten Kopf. „Hallo, Doktor Steinbach", stammelte sie ein wenig hilflos. „Was kann ich für Sie tun?" Doch auch sie bemerkte schnell, dass ich ein wenig unsicher wirkte und lächelte mich an.

Schließlich hatte sich mir die junge Frau noch vor wenigen Tagen berufsbedingt halb nackt offenbaren müssen und um die Verschreibung eines Verhütungsmittels gebeten. „Hallo, Frau Morbach", versuchte ich die Situation mit einem Gegenlächeln zu entkrampfen und war froh, ihren Namen von ihrem Namensschild ablesen zu können. Das Merken aller Namen meiner Patientinnen gehörte nun überhaupt nicht zu meinen besonderen Fähigkeiten. Es wäre jedoch nach meinem Dafürhalten sehr unhöflich gewesen, sie nicht als Frau Morbach erkannt zu haben. Schließlich konnte sie als meine Patientin ja nichts dafür, dass ich mir keine Namen merken konnte. „Ein Mehrkornbrot hätte ich gern." „Geschnitten?" Da ich trotz des fortgeschrittenen Alters immer noch mit einer ruhigen Hand aufwarten konnte, lehnte ich ihr Angebot, mir das Brot aufzuschneiden, ab. Ich legte ihr zum Ausgleich meiner Zeche einen zehn Euroschein auf die Theke. Während ich das Wechselgeld nachzählte und erfreut feststellte, dass sich darunter ein Fünfzig Cent Stück befand, mit dem ich den Einkaufswagen von der Kette lassen konnte, sprach sie mich wieder an: „Ich vertrage das von Ihnen verschriebene Medikament sehr gut. Es gab bisher keine Nebenwirkungen." „Das freut mich sehr zu hören. Wenn es Probleme gibt, schauen Sie einfach bei mir in der Praxis vorbei. Dann finden wir ganz sicher eine andere Lösung." Die Röte in ihrem Gesicht war verschwunden und ihr herzerfrischendes Lächeln wirkte ansteckend. „Danke, Herr Doktor, schönes Wochenende." „Ihnen auch, Frau Morbach." Ich hoffte sehr, dass dem auch so sein würde, wie mir die freundliche Auszubildende wünschte. Doch vor der Ruhe sowie dem angekündigten Sonnenschein mit in Aussicht stehendem Badevergnügen hatten die Götter noch meinen Wochenendeinkauf gesetzt, und den galt es nun endgültig tapfer anzugehen.

Ich ging systematisch vor. Frauen neigen da eher zum: Och, dass könnte ich noch mitnehmen und das auch noch. Doch da bin ich anders. Stück für Stück hakte ich im Kopf ab, welches Lebensmittel zu welcher Mahlzeit am Besten passt und schon bald füllte sich mein Einkaufswagen bis zur Oberkante des Korbes. Einen Fehler hatte ich bereits im Vorfeld gemacht, der fatale Folgen nach sich zog: Ich hatte richtig Hunger. Dieses körperliche Verlangen verhinderte einen objektiven Einkauf und so fand ich später Dinge in meinen Trage-taschen, von deren eher merkwürdiger Zusammen-setzung mir häufig meine schwangeren Patientinnen berichten, die unter Heißhungerattacken litten. Da ich jedoch weder schwanger war noch sonst nicht krankheitsbedingt unter ähnlichen Symptomen litt, musste es der große Hunger sein, der mich zum Erwerb unterschiedlichster Süßigkeiten und Lebensmittel verführt hatte. Da ich auch noch zum Metzger wollte, forcierte ich nun meine Einkaufsgebaren. Normaler-weise erstand ich meine Fleischspezialitäten immer beim Metzger meines Vertrauens in Siegburg, doch irgendwie war nichts mehr wie es war. In der Rekordzeit von knapp dreißig Minuten hatte ich es dann doch geschafft. Unter Einsatz meiner aller letzten Kräfte schob ich den Einkaufwagen zur Kasse. Dank der Hilfe eines kleinen, pfiffigen Jungen, der ebenfalls mit seiner Mutter einkaufen ging und dies offensichtlich auch nicht zu seiner besonderen Passion werden lassen wollte, zeigte mir noch, dass man aus meinem Einkaufswagen ein Gestell heraus klappen konnte, um darauf einen Getränkekasten zu positionieren, was mich sofort veranlasste, noch einen Kasten Wasser zu erstehen.

Die Kassiererin, die in Atem beraubender Geschwindigkeit alle von mir ausgesuchten und sorgsam aufs Band sortierten Lebensmittel über ihren Scanner zog, war erfreulicherweise keine Patientin, grinste mich deshalb aber nicht weniger frech an. Ich tat es ihr gleich. Ihre nächste Aktion galt meiner EC-Karte, die sie blitzschnell ins Lesegerät steckte. Kaum hatte ich mich versehen, waren hundertsiebzig Euro von meinem Konto abgebucht. Mehr in Trance ob der Summe meines Einkaufs zückte ich auf ihr Geheiß hin meinen Parkschein aus meiner Hemdtasche und ließ ihn von ihr abstempeln. Ich gab mir nun rasch Mühe, so schnell als möglich alle Utensilien zurück in den Wagen zu räumen, was die freundlichen Damen in der Schlange hinter mir nur zum Schmunzeln animierte. Von Claudia hatte ich gelernt, dass man nach dem Einkauf an der Kasse den Kassenzettel kontrollieren sollte, um eventuellen Fehlern gleich auf die Spur zu kommen. Doch in Anbetracht der Tatsache, dass mein Kassenzettel fast meine eigene Körperlänge übertraf, regte er mich dazu an, aus gegebenem Anlass auf eine Überprüfung zu verzichten. Mehr als begeistert schob ich diesmal den Wagen in Richtung Aufzug und ließ mich von der Hydraulik unterstützt ins Parkgeschoss herabsinken. Dank der gewaltigen Kapazität des Gepäckraumes meines Kombis bereitete mir das Verstauen der vielen Tüten im Wagen nicht die geringsten Probleme.

Der Gang zum Metzger stellte gegen meinen Haupteinkauf eine wahre Erholung dar. Vielleicht lag es aber auch daran, dass zwischenzeitlich etwas einge- treten war, wonach viele meiner Zeitgenossen und auch ich regelrecht lechzten: Die Sonne zeigte sich am Firmament. Jetzt war mein Trenchcoat schon beinahe zu warm. Doch da latent immer noch die Gefahr bestand, dass es sich beim Heraustreten der Sonne aus den Wolken nur um eine Fata Morgana handelte, behielt ich ihn an. Metzgermeister Schmitt verstand nicht nur etwas von Wurst- und Fleischspezialitäten, sondern auch diese an die Hausfrau oder den Hausmann zu bringen. Als passioniertem Hobbykoch lief mir stets das Wasser im Munde zusammen, als mir Meister Schmitt erklärte, was man alles mit seinen Fleischspezialitäten anstellen konnte. Die Qualität der Produkte stand meinem Lieblingsmetzger in Siegburg jedenfalls in nichts nach. Ich war schon heilfroh, dass in Hennef kein eigenständiges Fischfachgeschäft existierte. Würde mich mein Hungeranfall auch noch dorthin treiben, bestünde ganz sicher die Gefahr, dass mein Kühl-schrank wie auch die Tiefkühltruhe die Grätsche machen würde. Wieder mit zwei ordentlich gefüllten Plastiktüten bepackt, trat ich den Rückweg über die kleine Treppe neben dem Fotostudio in die Tiefgarage an. Meinen weißen C-Kombi, von dem Mutter stets behauptete, er könne eine Ähnlichkeit mit einem Krankentransporter nicht verleugnen, konnte ich bereits von der letzten Stufe des Treppenhauses aus sehen. Was ich nicht erkannte, war das lederne Schlüsseletui, auf das ich nach gerade einmal zehn Schritten auf dem Tiefgaragenboden trat und beinahe mit dem rechten Fuß umknickte. Laut fluchend blieb ich stehen und setzte erst mal mal beiden Tüten ab. Der stechende Schmerz in der rechten Fessel ließ erfreulicherweise rasch nach. Wie es schien, würde ich den Vorfall rein körperlich schadlos überstehen. Ich hob den Schlüsselbund auf und ebenfalls meine Tüten und lief vorsichtig weiter zu meinem Wagen. Ich stellte die beiden Tüten aus der Metzgerei noch zu den anderen Einkaufsbehältnissen und warf die Heckklappe zu. Was sollte ich jetzt mit dem Schlüsselbund anstellen? Ich öffnete das Lederetui und schaute nach, ob eventuell ein Zettel mit der Anschrift zu finden war. Doch wer war schon so blöd, seinen Schlüssel mit Name und Anschrift zu versehen. Jeder Spitzbub hätte doch sofort gewusst, wo er auf Beutezug gehen konnte. Neben einfachen Hausschlüsseln und einem offensichtlich dazu gehörigen Briefkastenschlüssel, hing noch ein Safeschlüssel am Ring des Schlüsselbundes. Mir wurde sofort klar, dass mir mit dem Fund dieses Schlüsselbundes eine besondere Verantwortung zugefallen war, der ich mich umgehend stellen musste. Ich verschloss meinen Wagen und marschierte damit zur Polizeistation von Hennef.

Kapitel 4

Mittlerweile hatte sich die Sonne gänzlich aus ihrem Wolkenvorhang befreit und erwärmte sofort kräftig die noch leicht feuchte Luft. Nach nur wenigen hundert Metern erreichte ich die Polizeistation und trat dort ein. Ich war nicht der einzige Bittsteller, der sich um die Hilfe der Ordnungskräfte bemühte. Eine junge Frau, ganz sicher arabischer Herkunft mit zwei kleinen Kindern an der Hand, stand vor mir an der Theke. Eine Polizistin sowie ihr männlicher Kollege redeten auf Deutsch, mit Schulenglisch und Händen und Füßen auf die Frau ein. Doch wie es schien, fand man keine Übereinstimmung, obwohl die junge Frau auch Deutsch zu reden in der Lage war. Der Geduldsfaden der Polizisten wie auch der der jungen Frau schien sich ständig zu verdünnen und schon fast dem Reißen nah. Nur die beiden kleinen Kinder, ein hübsches Mädel und ein pfiffig aussehender kleiner Junge standen teilnahmslos neben ihrer Mutter. Die Frau drehte sich einmal kurz zur Seite und gewährte mir so einen Blick auf ihr bildhübsches Antlitz. Die Kleidung der Kinder war eindeutig Markenware und auch der bis zum Boden reichende Mantel wie auch das Tuch der Frau, dass ihre tiefschwarzen Haare bis auf wenige Ausnahmen verhüllte, konnte ohne weiteres einer vornehmen Boutique entstammen. Irgendwann im Verlauf der Diskussion zappelte das kleine Mädchen hin und her und zupfte am Ärmel von Mutters Mantel. Die junge Frau wand sich dem Mädel zu und unterhielt sich mit ihr in einer gurrenden Sprache, deren Herkunft mir fremd war. Als ihre Mutter die Polizisten nach dem Ort der Toilette fragten, wies man sie auf die Türe mit der Aufschrift WC neben dem Eingang hin. Wie es schien versuchte die Mutter ihrem Sohn gerade beizubringen, dass er hier warten sollte damit sie mit ihrer Tochter die Toilette aufsuchen konnte. Mürrisch vor sich hin schauend, blieb der Kleine mit den schwarzen Locken und den tiefschwarzen Augen an der Theke stehen und schaute mich an. Ich lächelte ihm gleich zu. Doch er verzog keine Miene.

„Was kann ich für Sie tun?", fragte mich die junge Beamtin sehr freundlich mit einem Lächeln im Gesicht, dass ich mir auch von dem kleinen Mann gewünscht hätte. „Guten Tag, mein Name ist Steinhauer, ich habe gerade in der Tiefgarage des Supermarktes am Marktplatz diesen Schlüsselbund gefunden." Etwas ungelenk wühlte ich das Lederetui hervor und legte es den Beamten auf ihre Theke. Die Beamtin tat das gleiche, das ich auch zuerst mit dem Schlüssel angestellt hatte: Sie suchte nach einem Hinweis auf den Eigentümer. „Soweit war ich auch schon", mischte ich mich frech in die beginnenden Ermittlungsarbeiten der Ordnungshüterin ein. „Ich habe auch nichts gefunden." „Dann lassen Sie uns kurz einen Bericht zum Fund des

Schlüsselbundes erstellen." Ohne Murren folgte ich der jungen Beamtin zu einer kleinen Sitzgruppe, wo sie meine persönlichen Daten aufnahm. Es dauerte keine fünf Minuten, und schon hatte sie in einer mehr als freundlichen Art und Weise das erforderliche Protokoll erstellt. Mit einem Lächeln auf ihren Gesichtszügen beendete sie das Frage- und Antwortspiel. Ihr Kollege unterhielt sich derweil weiter mit der jungen Frau, die zwischenzeitlich von der Exkursion zur Damentoilette zurückgekehrt war. „Was ist mit der Frau und den Kindern?", erkundigte ich mich bei der Polizeibeamtin. Die Frau stammt aus Syrien und ist wegen der Kriegswehen von dort geflohen. Sie ist Christin und wurde mit einem Flugzeug wie viele andere christliche Flüchtlinge auch aus Syrien ausgeflogen und nach Köln/Bonn gebracht. Von hier aus verteilte das Vikariat die Menschen im Bistum auf. Da sie wohl in Köln angegeben hat, hier einmal im Rhein Sieg Kreis in Hennef gelebt zu haben, brachte man sie hierher. Doch wie es scheint, sind die ehemaligen Freunde oder Verwandten verstorben oder bereits weggezogen. Wir haben hier gar nicht die Möglichkeit, sie in der Umgebung unterzubringen. Wir werden sie nach Siegburg oder gar nach Bonn bringen müssen." „Das ist aber eine furchtbare Geschichte", war auf die Schnelle das einzige, was mir dazu einfiel." Welcher Teufel mich dann unerwartet geritten hatte, konnte ich im nach hinein nicht mehr beantworten. Vielleicht war es ja auch meine besonders gutherzige Ader oder der Drang, jeden Tag etwas Gutes tun zu müssen. Jedenfalls bedankte ich mich bei der freundlichen Polizistin und ging zu der jungen Syrerin herüber, die mit traurigen Augen dem Polizisten dabei zusah, wie dieser händeringend versuchte, für sie und die Kinder eine Unterkunft in der Nähe ausfindig zu machen. Doch auch nach mehreren Telefonaten blieben alle seine Bestrebungen erfolglos. Peinlich berührt schaute er die Frau an, der Tränen die Wangen herunter rollten.

„Darf ich mich Ihnen vorstellen? Mein Name ist Johannes Steinhauer. Ich arbeite als Arzt in Siegburg, lebe jedoch hier in Hennef. Ich möchte Ihnen und den Kindern Unterkunft und Verpflegung anbieten, bis Sie Ihre Freunde oder Verwandten oder sonst eine andere Lösung gefunden haben.“ Dieser Satz klingt auf Deutsch ganz sicher gut. In der Weise jedoch, in der ich ihn mit meinem Schulenglisch vortrug, wies er arge Mängel auf. Ungläubig und verängstigt schaute mich die Frau an. Ich wusste zwar nicht, ob sie von meinen blauen Augen genau so begeistert war, wie ich von ihren wunderschönen tiefschwarzen, die leuchteten wie zwei auf Hochglanz polierte Magnetitsteine. Ihre weichen Gesichtszüge, die auf ein sanftes Wesen schließen ließen, wirkten leicht verhärmt. Rasch wischte sie sich ihre Tränen von ihren Wangen. „Ich weiß nicht, ob ich das annehmen kann“, antwortete sie in gebrochenem und doch gut verständlichem Deutsch, jedoch mit einem Unterton, der zu hinterfragen gedachte, in welche Situation sie sich und die Kinder wohl bringen würde, nähme sie mein Angebot an. Da mir ihre Bedenken wohl bewusst waren, versuchte ich mit einem weiteren Angebot ihre Bedenken zu zerstreuen. „Wenn Ihnen mein Angebot ein wenig suspekt erscheint, und Sie sich um Ihre und die Sicherheit Ihrer Kinder sorgen, schalten wir die beiden Polizeibeamten ein.“ Ich wand mich der Polizistin zu. „Sie haben meine Anschrift, meine Rufnummer und auch sonst alle meine persönlichen Daten?“ Die Polizistin nickte zustimmend. „Zwar wird Ihnen diese Tatsache, dass ich nun bei der hiesigen Polizeibehörde positiv aktenkundig bin, keinen besonderen Schutz bieten können, aber vielleicht beruhigt es Sie ja doch etwas", sprach ich nun mehr als freundlich und lächelnd zu der syrischen Frau. „Ok. Bevor ich mit meinen Kindern auf der Straße stehe, folge ich Ihnen zu Ihrem Haus." „Haben Sie Gepäck?" „Nur die drei Rucksäcke, die dort an der Türe stehen. Das ist alles, was uns an Hab und Gut geblieben ist." „Die kriegen wir sicher noch in meinen Wagen. Ich hole eben mein Auto aus der Tiefgarage und nehme Sie hier auf." Fünf Augenpaare sahen mich daraufhin mit Erleichterung und wohlwollend nickend an.

Um die in mich gesetzten Erwartungen möglichst rasch zu erfüllen, eilte ich zurück zur Tiefgarage und bestieg meinen Wagen. Eigentlich wurde mir erst jetzt wirklich klar, was ich da eben gemacht hatte. Ich holte mir eine völlig fremde Frau mit zwei Kindern ins Haus, die weder meine Sprache richtig sprach und verstand, noch unserer Mentalität ausreichend kundig war. Was wäre wohl, wenn die Frau einfach gelogen hatte und auf diesem Wege nur ein Opfer suchte, das sie ausrauben konnte? Mutter wäre außer sich, wenn eines ihrer so beliebten Porzellantiere oder gar ihr Silberbesteck mit den vergoldeten Griffen, dass ich ohne ihr Wissen im Keller in einem Karton aufbewahrte, eine Diebin entwendete, die ich mir auch noch freiwillig ins Haus geholt hatte. Nicht auszudenken, was sie mir für Vorwürfe machen würde! Es war davon auszugehen, dass sie Tage lang, ach, vielleicht sogar Wochen nicht mehr mit mir reden wollte, mich wahrscheinlich sogar enterben würde und ihr gesamtes Vermögen meiner lieben Schwester in den Schoß zu fallen drohte. Würde dies mein Leben wirklich gravierend verändern? Ich musste grinsen, während ich langsam die Auffahrt aus dem Tiefgeschoss hoch fuhr und mich rechts auf der Straße der Polizeistation entgegen orientierte. Wie es der Zufall wollte, fand ich sogar gleich der Wache gegenüber einen Parkplatz. Um mich vor Attacken der Damen des Ordnungsamtes zu schützen, zog ich noch einen Parkschein am Automaten. Ich tat dies keinen Moment zu früh. Wie Aasgeier, die einfach nur darauf warteten, dass ihr Opfer allmählich dahin siechte und endlich verstarb, marschierten zwei Wärterinnen des ruhenden Verkehrs auf mein Fahrzeug zu. Es entfaltete sich ein Run auf Leben und Tod oder besser gesagt auf Knöllchen oder bezahltes Parken. Dank meiner guten sportlichen Kondition lag ich rasch um einige Meter auf dem Weg zum Parkautomaten in Führung. Doch kurz vor dem Ziel bereitete mir die letzte Disziplin noch arge Probleme. In meiner Geldbörse befand sich nach wie vor kein passendes Kleingeld. Ein wenig brach mir der Schweiß aus. Um jetzt noch zum Fahrzeug zurück laufen zu können und mir dort einen Euro aus meinem Fach zwischen den Sitzen herauszufischen, fehlte die Zeit. Dann folgte die Erlösung: In der rechten Tasche meines Sakkos ertastete ich ein größeres Geldstück, dass ich gleich hervor kramte. Zwar handelte es sich bei der Münze um einen ganzen Euro; eigentlich viel zu viel um nur mal eben das Gepäck meiner neuen Gäste in den Wagen zu verladen, doch der Gebührenbescheid zur Ordnungswidrigkeit des Parkens ohne Parkschein würde mich ganz sicher vierzehn Euro mehr kosten. Schon spuckte mir summend der Drucker des Park-scheinautomaten den mich aller Sorgen enthebenden Parkschein entgegen. Kehrt auf dem Absatz und ein kurzer Spurt Richtung Auto waren jetzt eins. Nicht im Geringsten atemlos erreichte ich meinen Kombi noch vor den beiden Damen des Hennefer Ordnungsamtes. Sofort platzierte ich lächelnd den Parkschein auf meinem Armaturenbrett. „Da haben Sie aber noch mal Glück gehabt, junger Mann", holte mich eine herbe Stimme aus meiner Euphorie zurück. „Das hätte Sie glatt fünfzehn Euro gekostet." „Wenn Sie genau hingesehen hätten, meine Damen, wäre Ihnen sicher aufgefallen, dass ich gerade erst in die Parklücke hineingefahren bin, und es mir leider an der Schnelligkeit eines Hundertmetersprinters mangelt, mit einer Zeit unter zehn Sekunden einen Parkschein käuflich erwerben zu können." Das ich mit diesem Satz eher den Unmut der beiden Damen schürte, hätte mir eigentlich vorher klar sein müssen, und ob sie mich im weiteren Verlauf der Konversation noch einmal liebevoll mit „Junger Mann" titulieren würden, war wohl nicht von auszugehen. Um das wenig heimelige Stelldichein nicht weiter ausufern zu lassen, nickte ich freundlich zum Gruß und wendete mich ab und dem Eingang des Polizeireviers entgegen. Das ich eine weitere Verfehlung laut der STVO begangen hatte, die laut den Damen ahndenswert erschien, hatte ich dabei allerdings schlichtweg übersehen. Doch der Arm des Gesetzes ließ nicht locker. „Sie haben mit dem rechten Hinterrad die Markierung der Parktasche nicht eingehalten und stehen schräg", schallte es mir in meinen Rücken noch bevor ich den Eingang der Wache erreichte. Als ich mich herumdrehte, sah ich in zwei triumphierend, grinsende Gesichter. Sie hatten gewonnen und das wussten sie. „Euch beiden wünsche ich zwei lang andauernde Steißgeburten", flüsterte ich und begab mich umgehend zurück zu meinem Wagen, den ich durch einmaliges Vor- und Zurückfahren genau in die Lücke setzte. Dass auch der Wagen neben mir nicht gerade stand, wollte ich erst noch vorbringen, doch dies erschien mir dann doch müßig, weil ich ein nur wenig streitlustiger Zeitgenosse bin.

Kapitel 5

Meine neuen Hausgäste standen bereits aufgereiht wie die Orgelpfeifen an der Türe und erwarteten mich. Mit dem entwaffnendsten Lächeln, dass ich an den Tag legen konnte, etwa dann, wenn Mutter mir mal wieder mein Leibgericht Kohlrouladen gezaubert hatte, nahm ich zwei der schweren Rucksäcke auf und trug sie zum Wagen. Mit ein wenig Geschiebe und Geschubse brachte ich die beiden Kofferersatzbehältnisse noch im Gepäckfach meines Kombis unter. Den Rucksack der Mutter positionierte ich auf der Rücksitzbank zwischen den Kindern. Als mein Blick auf meinen Parkschein fiel und mich an meine verschwenderische Lebensweise erinnerte, da ich mit dem eingeworfenen Euro klaglos noch bis zum nächsten Tag hier hätte stehen bleiben dürfen, fragte ich in die Runde: „Möchtet ihr ein Eis essen gehen?" Glauben Sie jetzt bitte nicht, dass diese meine Frage ohne Eigennutz erfolgte. Nein, ich wollte nur meinen investierten Euro nicht verschwenden und so viel Zeit als nötig hier parken. Hatte ich Ihnen eigentlich gesagt, dass Sie besser nicht alles, was ich hier schreibe auf die Goldwaage legen sollten? Dies war natürlich nicht der Grund. Ich wollte einfach einmal den mich immer noch traurig und argwöhnisch drein-blickenden Augenpaaren etwas Gutes tun. Als ihre Mutter den beiden Kindern meinen Vorschlag über-setzte hatte, meinte ich für den Bruchteil einer Sekunde ein fröhliches Lächeln über ihre Gesichter huschen zu sehen. Ihr Nicken bestätigte meine Vermutung. Welcher Gegensatz: Ein Eisbecher ambitionierte zum Eisbrecher.

Die Bescheidenheit, die die beiden Kinder an den Tag legten, war schon mehr als erstaunlich. Jeder von ihnen wählte nur zwei Kugeln Eis aus. Ich verführte sie jedoch beide zu einem lustigen Kindereisbecher, bei dem alle vier Kugeln lustige Gesichter aufwiesen, was bei meinen kleinen Logiegästen erstmals ein wirkliches Lächeln auf ihre Gesichter zauberte und mich gleich in meiner Meinung bestärkte, doch bereits erste positive Ansätze für einen guten Vater zu zeigen. „Darf ich Sie nach Ihrem Namen fragen?", versuchte ich mit der Mutter der Kinder, die auch nicht gerade lustlos ihren Eislöffel in einem Schokoladenbecher mit Sahne versenkte. „Alia. Doktor Alia Marschari. Entschuldigen Sie bitte, dass ich mich noch nicht vorgestellt habe. Meine Tochter heißt Karima. Sie ist zehn Jahre alt und mein Sohn heißt Aadil. Er ist acht. Sie heißen Johannes?" Sie sprach Johannes in einer Weise aus, wie ich meinen verhassten Vornamen noch nie gehört hatte. „Ja, sagen Sie einfach Jo oder Hannes. Wie Sie es am liebsten mögen. Sie sind Akademikerin?" „Ja, ich bin Kinderärztin. In welcher Fachrichtung praktizieren Sie?" „Ich bin Gynäkologe und arbeite in eigener Praxis in Siegburg." „Das ist ja echter Zufall. Mein Mann war auch Frauenarzt. Wir arbeiteten in einer großen Gemeinschaftspraxis in Damaskus zusammen bis der Bürgerkrieg ausbrach. Wir waren dem Regime eigentlich immer ein Dorn im Augen, weil wir Christen sind. Weil wir aber aus sehr einflussreichen Familien abstammen, hielten sich die Repressalien zumeist in Grenzen. Ahmed, so hieß mein Mann, wurde zwar immer wieder zu Verhören abgeholt, doch dies waren nur unbedeutende Kleinigkeiten. Mal sperrte man uns den Strom oder das Telefon ab, weil wir angeblich die offenen Rechnungen nicht pünktlich beglichen hatten, was sich im Nachhinein stets als falsch herausstellte, oder man fing unsere Lieferungen an Medikamenten und Verbandsmaterialien ab, weil man darunter

Drogenlieferungen vermutete. Doch trotz aller Unannehmlichkeiten betrieben wir eine gut gehende Praxis. Viele Familien der regierenden Klasse schickten uns ihre Kinder zur Behandlung genauso wie auch eine Menge Ehefrauen der Staatsminister uns zur Konsultation aufsuchten. Noch vor Beginn des Bürgerkrieges versuchte man uns dazu zu nötigen, zum Islam zu konvertieren. Doch wir blieben Christen. Als nächstes versuchte uns das Regime zu untersagen, Arme und nicht Muslime zu behandeln. Doch wir ließen uns davon nicht beirren. Immer wieder wurde Ahmed vom Geheimdienst abgeholt und stundenlang verhört und dabei häufig geschlagen und mit brennenden Zigaretten verletzt. Wir blieben aber standhaft. Als dann der Bürgerkrieg ausbrach, zog die Regierung Ahmed sofort als Truppenarzt ein. Ich kann mich noch genau daran erinnern, als ihm der Einzugsbefehl zugestellt wurde. In der darauf folgenden Nacht packte Ahmed ein paar Sachen zusammen. Die Kinder schliefen bereits. Er gab ihnen wie auch mir einen letzten Kuss und setzte sich hinter die Linien zu den Oppositionellen ab. Wir haben nie mehr etwas von ihm gehört, bis ein dreiviertel Jahr später ein Schreiben der Regierung eintraf, in dem mir mitgeteilt wurde, dass man meinen Mann gefasst hätte und ihn als Deserteur zum Tode durch erhängen verurteilt hätte. Das Urteil sei noch am gleichen Tag vollstreckt worden. Wenig später stellte sich mir ein junger Arzt vor, der von der Regierung eingesetzt wurde, die gynäkologische Praxis meines Mannes weiter zuführen. Ich setzte alle Hebel in Bewegung, die mir noch geblieben waren, doch keiner unserer alten Freunde aus den Regierungskreisen war mehr in seinem Amt. Die gesamte Führungsriege der Regierung wie auch des Militärs wurde ausgetauscht. Als der Krieg immer näher rückte und bereits Häuser in benachbarten

Stadtteilen bombardiert und zerstört wurden, packten wir das Nötigste zusammen und flohen. Einen Tag später waren unsere Konten gesperrt und die Fahndung nach uns lief auf Hochtouren. Mit dem Geld, das ich zu Hause versteckt hatte, flohen wir zur türkischen Grenze. Weit kamen wir jedoch nicht. Unser Fluchtauto, ein geländegängiges und ziemlich neues Fahrzeug japanischer Herkunft, war natürlich jedem Dorfpolizisten bekannt. Etwa fünfzig Kilometer vor der türkischen Grenze stoppte man uns an einer Straßensperre. Die vier Grenzpolizisten hatten mich und meine Kinder sofort erkannt und zogen uns aus dem Wagen heraus. Alles Flehen und Bitten half nicht: Sie vergewaltigten mich vor den Augen meiner Kinder. Als ich ohnmächtig wurde, ließen sie von mir ab und uns einfach auf der Straße liegen. Nur unsere Rucksäcke ließen sie uns zurück. Den Wagen nahmen sie mit. Karima und Aadil haben nach Wasser gesucht und mich soweit es ging gepflegt, bis ich wieder laufen konnte. Nach mehreren Tagen des Umherirrens fanden wir einen Flüchtlings-treck, der sich auf dem Weg zur türkischen Grenze befand. Ohne Aufsehen zu erregen schlossen wir uns dem Treck an und verließen auf diesem Weg Syrien."

„Können wir gehen, Mama?", fragte Aadil seine Mutter in seiner Muttersprache. „Die Kinder sind sehr müde. Können wir aufbrechen?" „Ja, selbstverständlich. Moment noch, ich zahle nur eben die Rechnung." Noch etwas benommen von der traurigen Geschichte, die mir Alia eben erzählt hatte, winkte ich der Bedienung zu. Ich zahlte und erhob mich. Dem kleinen Aadil fielen beinahe schon die Augen zu. Ich nahm ihn auf meine Schultern und verließ mit dem Rest der mir gerade zugelaufenen Familie den Bereich der Außengastronomie des Eiscafes.

Unser Weg zum Parkplatz führte uns an einem Kinderladen vorüber, in dessen Auslagen im Schaufenster zwei große Teddybären saßen. Ich spürte förmlich, wie der Kleine auf meinem Rücken seinen Kopf verdrehte, um nach den süßen Stofftieren zu schauen. Obwohl meine Uhr bereits kurz vor halb sieben anzeigte, ging ich ganz weit in die Knie und betrat mit dem Zwerg auf meinen Schultern das Ladenlokal. Erschrocken noch kurz vor Feierabend eventuell Kundschaft bedienen zu müssen, begrüßte man uns wenig zuvorkommend. „Die beiden Teddys im Schaufenster möchte ich kaufen." Hocherfreut, dass unser Einkauf nur wenige Minuten an Zeitaufwand in Anspruch nehmen würde, holte die Verkäuferin die beiden Bären. Aadil war zwischenzeitlich hellwach geworden und beobachtete das Szenario mit großem Interesse. Seine Schwester und ihre Mutter standen draußen vor dem Eingang und lächelten uns zu. Unter Aufbringung meiner letzten Kräfte zog ich meine EC-Karte aus meiner Geldbörse und zahlte die Rechnung für die beiden Plüschraubtiere. Einen der Bären gab ich gleich Aadil, der ihn sofort liebevoll in seine Arme schloss. Das zweite freundlich dreinschauende Exemplar nahm ich auf den Arm und verließ mit meinem Reiter auf dem Rücken arg im Tiefgang laufend, das Ladenlokal. Karima strahlte, als sie den anderen Bären in ihre Arme schließen durfte und dankte artig. Wenige Minuten später saßen wir alle vier in meinem Kombi und fuhren Richtung Knechtsberg nach Bröl, einem sehr ruhigen und ländlichen Stadtteil von Hennef.

Kapitel 6

Es gab wirklich Menschen, die behaupteten, mein Haus sei am AdW gelegen, was ich keinesfalls gelten ließ.

Mutter wäre jetzt entsetzt, wenn ich die eben erwähnte Abkürzung erläutern würde, doch AdW heißt nun einmal: Am Gesäß der Welt, wobei Gesäß im Vulgärdeutsch auch als Arsch bezeichnet wird, doch sagen Sie jetzt bitte Mutter nicht, dass Sie das von mir haben. Natürlich war es hier sehr ruhig, doch dafür entschädigte mich jedes mal der Fernblick ins Bröltal, und ganz so einsam war die Umgebung nun auch wieder nicht; schließlich wohnten rechts neben mir und gegenüber noch sehr freundliche Nachbarn. Ich parkte den Kombi gleich in der Garage und öffnete die Haustüre. Angenehme Kühle und der Duft von wohlriechenden Reinigungsmitteln, die Herta, meine Raumpflegerin, heute mit dem Hausputz verbreitet hatte, empfing uns. Ich führte meine Neufamilie ins Wohnzimmer und ließ sie auf der Wohnlandschaft Platz nehmen. Alia folgte mir in die Garage, um mir beim Ausräumen des Autos behilflich zu sein. Als wir alle Tüten in der eher schmalen Küche abgestellt hatten, begann ich alle meine Lebensmittelschätze in den entsprechenden Unterbringungsmöglichkeiten zu verstauen. Alia reichte mir alle Utensilien so an, dass mir die Arbeit leicht von der Hand ging. „Sie haben sicher eine sehr große Familie, wenn ich mir Ihren Einkauf so betrachte", mutmaßte sie. „Ist Ihre Frau mit Ihren Kindern spazieren?" „Ich habe keine Frau und auch keine Kinder", antwortete ich, als wäre dies bei der Menge meines Einkaufes das Normalste der Welt. „Sie leben ganz alleine hier? Aber für wen kaufen Sie denn so viel ein?" „Na, für unerwartete, liebe Gäste", rutschte es mir ein wenig frech heraus. Dann geschah etwas, was ich im nach hinein sehr schön fand: Alia musste genauso über meinen Scherz lachen wie ich selbst auch, und ich gewann den Eindruck, in das Antlitz eines Engels zu schauen.

34

Es dauerte eine ganze Weile, bis unser Lachfall verebbte. „Darf ich Ihnen und den Kindern jetzt die Zimmer zeigen?“ „Ja, ich würde mich gern etwas frisch machen.“ „Dann folgen Sie mir bitte nach unten. Ich ging voran und nahm die Treppe vom Flur aus ins Untergeschoss. „Schauen Sie, hier ist Ihr Zimmer.“ Ich öffnete die Türe zum ersten Gästezimmer. Ein breites Doppelbett und eine fröhliche Einrichtung luden gleich zum Verweilen ein. „Dort ist das Zimmer für Ihre Kinder.“ Ich öffnete eine weitere Türe gleich neben dem ersten Gästeraum und auch hier stand im Mittelpunkt ein breites Bett, seitlich eingerahmt von einem Kleiderschrank und einem Fernsehbord mit Flachbildschirm. Alia freute sich anscheinend, gut aufgehoben zu sein. Wenigstens las ich das aus ihrer Mimik. „Mein Schlafzimmer, ein großes Badezimmer sowie zwei weitere Räume zum Spielen liegen dort drüben“, vervollständigte ich meine Wohnungsführung durch das Untergeschoss. „Und dort, Ihrem Schlafraum gegenüber finden Sie eine Gästetoilette.“ „Darf ich diese gleich mal benutzen?“ „Ja, natürlich. Bitte fragen Sie mich nicht für alles was Sie machen wollen. Fühlen Sie sich einfach wie zu Hause. Ich trage eben noch Ihre Rucksäcke herunter. Alsdann finden Sie mich oben.“ Ich ging die Treppe hoch und schulterte dort die drei Rucksäcke, deren Gewicht mich jedoch beinahe zu Boden riss. Ich stellte sie Alina in den Vorraum zu den Schlafzimmern und ging wieder nach oben. Karima und Aadil lagen mit ihren Bären zusammengekuschelt schlafend auf meiner Sofalandschaft. Sie hatten brav ihre Schuhe ausgezogen, als wäre der Geist von Claudia durch die Räume geschwebt und hätte es ihnen so befohlen. Ich lief den Gang am Wohnzimmer vorbei durch die Türe zum Schwimmbad und Saunabereich. Dort befand sich im hinteren Teil der große Schrank mit allerlei Handtüchern für jeden Bedarf. Mit einem Handgriff öffnete ich die rechte Türe und begann nach zwei Handtüchern zu suchen, die ich vor einiger Zeit mal erworben hatte, weil sie mir so sehr gefielen. Auf dem einen Badetuch prangte das Abbild von Balu, dem Bär aus dem Dschungelbuch, in Lebensgröße und von dem anderen Handtuch blickte Mickey Mouse dem Betrachter entgegen. Das waren die richtigen Tücher für meine kleinen Gäste. Ich wählte noch kleine Handtücher, Waschlappen und ein großes Handtuch für Alina aus und trug den Stapel zur Verteilung an meine Hausgäste ins Wohnzimmer. „Ich möchte gern duschen", vernahm ich eine eher zaghafte Stimme hinter mir. „Ja, suchen Sie sich ein Bad aus. Sie können auch den Whirlpool im Saunabereich nutzen, wenn Sie mögen. Ich hole Ihnen noch einen Bademantel. Sollen wir zuerst die Kinder zu Bett bringen?" „Ja, das machen wir." „Dann nehme ich die junge Dame." Vorsichtig trugen wir die beiden Kinder hinunter in ihre Zimmer. Dann ließ ich Alina mit den Kindern alleine. Ich hielt dies für besser. Aber so von heute auf morgen zum Familienvater zu mutieren, gefiel mir richtig gut. Eine halbe Stunde später übergab ich Alina ihr Badetuch und den Bademantel. „Ich möchte heute aber nur duschen", flüsterte sie mehr als das sie sprach. „Ach übrigens, wenn Sie etwas brauchen, eventuell Durst oder Hunger verspüren, nehmen Sie sich einfach was Sie mögen aus dem Kühlschrank oder den Kästen, die in der Küche stehen.

Urplötzlich war es wieder totenstill im Haus. Lediglich das Rauschen des Wassers aus der Duschkabine im Saunabereich war vernehmlich. Ich schaute auf die Uhr. Sollte ich es noch wagen, Mutters Abendruhe zu stören und sie anrufen? Plötzlich meldeten sich das Engelchen auf meiner rechten Schulter sowie auch das Teufelchen zu meiner linken und beide begannen, mein Gewissen zu malträtieren. Der kleine Teufel machte es sich leicht: „Leg dich doch einfach aufs Sofa und warte, bis die Kleine aus dem Bad kommt. Warum willst du dir jetzt die Vorwürfe deiner Mutter anhören? Ist doch sowieso immer derselbe Blödsinn, den sie von dir fordert." Sofort mischte sich das Engelchen ein: „Sei nicht undankbar. Deine Mutter hat doch viel für dich getan. Sie meint es nur gut mit dir." „Ist ja gut, mein Engelchen, ich rufe Mama ja gleich an." „Schwächling", erhielt ich noch als Erwiderung vom Teufelchen. Gelassen nahm ich die Bedieneinheit von der Festnetzstation herunter. Augenblicke später wählte mein Telefon Mutters Rufnummer von ganz alleine aus dem Speicher heraus. „Es ist nicht zu fassen. Mein missratener Sohn hat zu seiner Mutter zurückgefunden und beliebt, sich um sie kümmern zu wollen. Hallo, Johannes", schlug mir ein ungeahnter, mütterliche Redeschwall entgegen." Hallo, Mama. Ich finde dich bei bester Laune und Gesundheit vor. Ist es so?" „Und ob, mein Junge. Otto pflegt mich so gut er kann. Sicher weist du schon, was dir gleich blüht, mein Lieber?" „Ich ahne höchstens fürchterliches, Mama. Doch lass mich raten: Du möchtest eine Einladung für Sonntag zum Kaffee aussprechen und sogar meine Schwester hat bereits zugesagt." „So ist es, mein guter Junge. Fünfzehn Uhr im Kaffeehaus der Residenz. Ich backe extra deinen Lieblingskuchen, Johannes: Herrentorte." „Das mildert ein wenig meinen Abscheu gegen Familienkaffeeklatsche jeder Art." „Siehst du, mein Junge: Geht doch! So, und nun haben wir genug herumgeblödelt. Wie geht es dir?" „Eigentlich ganz gut. Ich habe viel zu tun und seit heute eine junge Kollegin mit ihren beiden Kindern aus Syrien zu Gast. Sie mussten wegen des Bürgerkrieges aus ihrer Heimat fliehen." „Das ist ja furchtbar. Bring die Frau und die Kinder doch Sonntag einfach mit. In welcher Fachrichtung praktiziert sie?" „Sie ist Pädiater." „Mhhhm. Und? Ist sie hübsch?" „Sie sieht aus wie ein Engel, Mama." „Ach du lieber Himmel, auch das noch. Mein Sohn ist über beide Ohren verliebt. Und zwei Kinder hat sie?" „Ja, Mama, einen Jungen von acht und ein Mädel von 10 Jahren." „Wie alt ist dein Schwarm denn?" „Schwer zu sagen. Mitte, Ende dreißig schätze ich mal. Araberinnen sind aufgrund ihrer dunklen Hautfarbe nur sehr schwer zu schätzen, find ich." „Könnte ja passen, mein Lieber. Benimm dich ihr gegenüber ordentlich. Lass nicht alles herumliegen, wie du das früher schon immer getan hast oder glaubst du der Anblick deiner getragenen Unterwäsche oder den Socken fördert bei der Dame den Wunsch, dich eventuell zu ehelichen?" „Ich weiß nicht Mutter. Claudia machte das jedenfalls nichts aus." „Das war jetzt deine Einschätzung der Situation, Johannes. Sie hat sich bei mir des häufigeren beschwert, wie unordentlich du doch bist und wenn du dir gegenüber ehrlich bist: Wo ist sie denn jetzt? Sie liegt ganz sicher in den Armen eines anderen, der seine Sachen nicht überall herum liegen lässt." „Du hältst diese deine Einschätzung für eines der KO Kriterien zu meiner Beziehung zu Claudia?" „Tja, mein lieber Sohn. Ganz von der Hand zu weisen ist dies sicher nicht. Sie hat mir noch so einiges über dich erzählt, worüber ich jedoch nicht mit dir reden möchte. Es könnten vielleicht sogar einige Erziehungs-unzulänglichkeiten darunter sein." Mutter musste von Herzen lachen. An meiner stillen Denkpause bemerkte sie, dass ich tatsächlich darüber nachdachte. „Jetzt mach dir mal keinen Kopf, Johannes, ihr habt halt nicht so richtig zusammen gepasst." „Findest du?" „Es gibt da schon Unterschiede. Ihr seid beide Alphatiere und diese unter einen Hut zu bringen, gestaltet sich oft sehr schwierig, obwohl es bei Vater und mir auch geklappt hat, wenn auch nicht immer leise. Mein Gott, wie oft habe ich mich mit ihm über die unterschiedliche Betrachtungsweise von Behandlungsmethoden gestritten. Während ich zur natürlichen Geburt riet, befand dein Vater die Einleitung der Entbindung mittels Kaiserschnitt als angemessen und vieles mehr. Wir haben uns aber immer wieder zusammen gerauft. Auch wenn dein Vater immer wieder Affären hatte, bin ich doch bei ihm geblieben." „Claudia hat mich auch betrogen, habe ich den Eindruck." „Es ist doch vorüber, Hannes. Ich weiß nur allzu gut, wie man sich nach einer solchen Erkenntnis fühlt." „Und du? Hattest du nicht auch mal etwas mit diesem Grafen von wie hieß der Kerl noch gerade?" „Mein lieber Sohn: Es dürfte dir wohl kaum zustehen, in dem Privatleben deiner Mutter herum zu stöbern." Mutter lachte laut auf. „Es war Graf von Hallerbach, ein wirklich galanter Mann, der mir jeden Wunsch von den Augen ablas. Dagegen war dein Vater ein wahrer Stiesel, mein Junge. Doch um mich geht es hier ja nicht. Ich bin in besten Händen. Dich möchte ich gern unter einer guten Haube wissen, und Enkel wünsche ich mir auch." „Besprich das doch mal mit meiner Schwester, Mama. Sie könnte doch auch mal nach einem Mann Ausschau halten, heiraten und Kinder gebären. Auf diese Entbindungen freue ich mich bereits heute. Meine liebe Schwester, sich unter meinen Händen in furchtbaren Schmerzen windend und ohne den Hauch einer Chance, sich wehren zu können, einfach ein wirklich schöner Gedanke." „Johannes!!!", schrie Mutter mir ansatzlos ins Ohr. „Nicht das ich noch selbst bei der Geburt meiner Enkel Hand anlegen muss, weil du deine Schwester leiden sehen möchtest. Mach so weiter und ich werde dich enterben." „Ach, Mama."

„Ich weiß, du meinst es nicht so. Im Grunde deines Herzens liebst du deine Schwester doch über alles." „Wenn du das sagst, Mama. Aber es ist ja richtig. Ein Leben ohne Jenni könnte ich mir nicht vorstellen."

„Jetzt erzähl mir doch mal von deiner Syrerin. Sie ist schön wie ein Engel und Pädiater ist mir nämlich zu wenig." „Nun Mama, schau sie dir einfach am Sonntag an und unterhalte dich mit ihr." „Spricht sie denn deutsch?" „Deutsch, Englisch und ihre Muttersprache. Sie entstammt wohl einer ziemlich wohlhabenden und ehemals einflussreichen, syrischen Familie. Sie hat erst in London studiert, wo sie auch ihren getöteten Mann kennen lernte und dann ihr Studium in Bonn beendet. Deshalb ist sie ja auch hier gestrandet." „Gestrandet? Was ist das denn für eine merkwürdige Erklärung ihrer Situation. Woher kennst du sie überhaupt?" Ich erzählte Mutter nun die ganze, wahre Geschichte. Als ich geendet hatte war sie es, die eine dringende Denkpause benötigte. „Das ist jetzt nicht dein Ernst, oder?" „War ich nicht immer ehrlich zu dir, Mama?" „Nun ja, es gäbe diverse Anlässe, dir jetzt zu widersprechen, aber im Grunde warst du in der Tat ein braves Kind." „Siehst du und diese Tatsache hat sich bis heute erhalten." „Ja, mein lieber kleiner Johannes. Auf die Präsentation deiner syrischen Schönheit bin ich jetzt schon gespannt. Dann sehen wir uns Sonntag um drei. Du weißt, wenn deine Mutter drei sagt...." „Dann meint sie auch 15.00 Uhr. Ich weiß. Schlaf gut, Mama und überfordere Otto nicht." „Du magst ja ein braver Junge gewesen sein, doch scheint sich dies mit den Jahren gelegt zu haben. Ich werde dir ganz sicher nichts über unser Sexualleben verraten, mein Lieber. Dann bis Sonntag." Es klickte kurz in der Leitung und das Gespräch mit Muttern war überstanden. Ich beschloss

Claudia nie wieder anzurufen. Der Gedanke, dass sie sich hinter meinem Rücken bei meiner Mutter über mich ausjammerte, hatte mich nun doch arg verärgert. „Blöde Zicke. Fremdgängerin, blöde", nuschelte ich vor mich hin.

Kapitel 7

Ein Luftzug, der von einem sehr angenehmen orientalischen Duft begleitet wurde, sorgte bei mir augenblicklich für eine Verflüchtigung meiner üblen Gedanken. Barfuß, und beinahe nur auf den Fußballen und Spitzen laufend, näherte sich Alia. Sie wirkte wie ein Wesen aus einer anderen Welt in dem weißen und beinahe bis zum Boden reichenden Bademantel. Das lange Seidentuch, das sie noch bis eben getragen hatte und das ihre wunderschönen, schwarzen, lockigen Haare verbarg, hatte sie abgelegt. Ihre langen Locken glänzten im Schein der von mir für den Abend herunter gedimmten Beleuchtung, und obwohl sie überhaupt kein Make-up aufgelegt hatte, schien ihr ebenes und sehr feines Gesicht nur noch aus ihren riesigen Augen und einem sinnlichen Mund zu bestehen. „Sie sind wunderschön", rutschte es mir einfach nur so heraus und ich bemerkte sofort, dass ihr mein Kompliment unangenehm war. „Vielen Dank. Ein Relikt meiner Mutter", antwortete sie. Ich nahm mir vor, um sie nicht weiter in Verlegenheit zu bringen, nichts mehr über ihre Optik verlauten zu lassen und wechselte das Thema. „Haben Sie Hunger oder Durst?" „Ehrlich gesagt beides." „Dann lassen Sie sich von mir etwas zu Essen zaubern. Worauf haben Sie denn Appetit?" „Aber nicht doch. Ich folge Ihnen in die Küche, und wir bereiten uns gemeinsam etwas zu." „Ja, warum nicht. Und möchten Sie trinken?" „Wasser, bitte."

Auf dem Weg zur Küche vernahm ich wieder ihren betörenden Geruch, und ich fragte mich, ob sie tatsächlich eines ihrer eigenen Duschgels benutzt hatte, dass sie auf ihrer Flucht bei sich trug, oder ob mein Hermes Duschbad auf ihrer Haut so anders duftete als bei mir. Sie jedoch danach zu fragen, traute ich mich nicht nach der Komplimentpleite von eben. Wie eine Schatzkiste öffnete ich beide Flügeltüren meines Kühlschrankes und präsentierte ihr all meine gehorteten Köstlichkeiten. „Wie wäre es mit gebratenem Schweinefilet, einem knackigen Salat, Rahmsauce und Kroketten dazu?", trug ich gleich mächtig auf. „Oh, danke nein." Ich unterbrach sie und fragte: „Sie essen keine Schweinefleisch nicht wahr?" „Oh doch, sehr gern sogar, aber nicht mehr am Abend. Ich bin keine Muslimin; ich bin Christin." Sofort entschuldigte ich mich für mein Vergessen. „Ja, stimmt ja, Sie hatten dies bereits erwähnt. Wie wäre es mit einem Schinkenbrot?" An ihrem Nicken erkannte ich sofort, dass ich mit meinem bescheidenen Menüvorschlag diesmal richtig lag. „Nehmen Sie doch einfach wieder auf dem Sofa Platz. Ich bereite uns ein paar Schinkenbrote." „Darf ich Ihnen nicht dabei zuschauen?" „Aber natürlich. Dann setzen Sie sich einfach an die Theke. Hier ist ein Glas Mineralwasser." Das was nun folgte war ein Lächeln, wie ich es irdisch bisher nie zuvor gesehen habe. Ich deckte zuerst den gewaltigen Serranoschinken vom schwarzen Schwein ab, der bislang unter einem großen Tuch geschlafen hatte. Mit einem sündhaft teuren japanischen Messer, mit dem ich nur äußerst respektvoll umging, tranchierte ich hauchdünne Streifen von dem bereits angeschnittenen Schweinebein auf dem Holzgestell herunter. Nun kam auch das frische, knusprige Mehrkornbrot zum Einsatz, dass ich heute beim Supermarktbäcker erstanden hatte. Mit dem nicht minder scharfen Brotmesser schnitt ich für jeden drei Scheiben Brot ab und verteilte diese auf zwei Holzbrettchen. Noch im Bestand befindliche frische Butter, Sahnemeerrettich und Senf stellte ich uns ebenfalls auf die Küchentheke. Ich öffnete noch eine Dose mit schwarzen Oliven und fertig war das Abendmenü. „Stört es Sie, wenn ich ein Glas Rotwein dazu trinke?" „Im Gegenteil, ich würde Ihren Wein gern einmal probieren", kam spontan eine Antwort von ihr. Wie hypnotisiert muss ich vor ihr gestanden haben, weil sie mich fragend anlächelte und ein wenig ihre Augenbrauen anhob, da von mir noch überhaupt keine Reaktion erfolgte. Erst als ich bemerkte, dass ich mich wie ein pubertierender Schüler benahm, löste ich mich aus meiner Lethargie und öffnete eine Flasche eines hervorragenden, trockenen Ahr-Burgunders, der trotzdem durch eine feine Süße bestach. Sogleich entnahm ich dem Küchenschrank zwei gewaltige Rotweinkelche, die sicherlich die Kapazität aufwiesen, jeweils eine halbe Flasche des äußerst geschmackvollen Traubensaftes aufzunehmen.

Dumpf gluckernd floss der Rotwein aus der Flasche in die bauchigen Gläser. Alia hatte es sich auf ihrem Hocker vor der Theke gemütlich gemacht und bestrich zwei Scheiben Brot mit Butter und belegte sie mit dem herzhaft, aromatisch duftenden Schinken. „Hätten wir nicht auch Brote für die Kinder machen müssen?", frage ich Alia. „Keine Sorge, meine beiden Süßen werden schon nicht verhungern. Sie sind total übermüdet und ganz sicher froh, dass sie ohne Angst ausschlafen können. Sie haben in den letzten Tagen einfach zu viele gefährliche Momente erlebt. Ich lasse sie schlafen." Unsere Unterhaltung kam sprachlich gesehen immer besser in Schwung. Bei dem Gemisch aus Englisch und Deutsch, dass wir zwischenzeitlich perfektionierten, hätte sich ein gelernter Dolmetscher wahrscheinlich die Haare gerauft. Wir verstanden uns jedenfalls blendend, wenn es auch manchmal zu Rückfragen kam, die wir aber auch beantwortet bekamen. Alia trank ihr erstes Glas Rotwein ein wenig hastig, was ihren Redefluss nur beschleunigte. Nachdem wir das halbe Brot aufgegessen und eine tiefe Furche in das geräucherte Schinkenbein hineingetrieben hatten, wuchs bei uns die Lust auf Käse. Das Anfertigen einer kleinen Käseplatte stellte mich als Hobbykoch vor kein besonderes Problem. Auch diesmal griffen wir kräftig zu, und als ich das dritte Mal Rotwein nachgoss, neigte sich der Flascheninhalt merklich seinem Ende entgegen. „Wollen wir nicht du zueinander sagen?", erkundigte ich mich vorsichtig, um nicht den Eindruck entstehen zu lassen, die fröhliche Situation ausnutzen zu wollen. „Ja, gern, ist ja unter Kollegen sowieso meist Usus", gab sie zur Antwort und lächelte mich dabei an.

Nachdem wir eine regelrechte Schneise durch das Käsebrett gefressen hatten, setzte der Moment ein, wo einfach nichts mehr ging. Eigentlich wäre nun der richtige Zeitpunkt gewesen, mit Hochprozentigem den Verdauungsvorgang zu beschleunigen, auch wenn das bekanntlich medizinisch gesehen einen absoluten Unsinn darstellt. Alkohol bewirkt eher das Gegenteil, doch das Gefühl mit einem Grappa oder ähnlichen Destillaten den Magen aufzuräumen, hatte sich nun einmal in den Köpfen der Menschen festgesetzt. Weil mir jedoch Alias Spielraum für das Vertragen von alkoholischen Getränken nicht bekannt war, verzichte ich auf das Präsentieren von Hochprozentigem und bot stattdessen Espresso an. Wir wählten beide einen der heißen, italienischen Muntermacher und taten damit gut daran. „Wollen wir uns noch etwas auf die Terrasse setzen?", fragte ich nach. Alia, deren riesige schwarze Augen, wohl auch vom Alkohol begünstigt, noch mehr glänzten als sonst, strahlte mich an. „Ja, warum nicht." Ich nahm unsere beiden Weinkelche und führte Alia zum Indoorpool. Sogleich schob ich die beiden großen Glastüren auf. Ein sanfter Abendwind blies herein und vermischte die Luft mit den Düften der vielen Blumen und Kräutern, die in meinem kleinen Garten, liebevoll gepflegt, blühten. Ich positionierte zwei Liegen mit einem kleinen Tischchen dazwischen nebeneinander und gönnte unseren Augen einen letzten abendlichen Blick ins schöne Bröltal, bevor die Nacht alles in ein tiefes Schwarz tauchen würde. Um uns vor den stechenden Plagegeistern zu schützen, zog ich die beinahe durchsichtige Gardine vor und dimmte die Deckenbeleuchtung im Schwimmbad auf ein Minimum herunter. Die entstandene romantische Stimmung schien weder Alia noch mir unangenehm. Wir saßen eine ganze Weile schweigend da, und jeder für sich ging seinen Gedanken nach. „Magst du weiter berichten, wie deine Flucht verlaufen ist? Meistens hilft es ein wenig, wenn man sich alles einmal von der Seele reden kann." „Ja, ich bin froh, wenn ich mit dir darüber reden kann. Wo war ich stehen geblieben?" „Du hattest dich dem Flüchtlingstreck angeschlossen, der euch in die Türkei brachte." „Ja, stimmt. Die Organisationen des Roten Kreuz sowie des Roten Halbmondes nahmen sich unser an. Weil aber immer mehr Flüchtlinge ins Land kamen, versuchte man uns so rasch wie möglich weiter zu vermitteln. Da ich angab, Bekannte in Deutschland zu haben, flog man uns umgehend mit einem Militärjet der Luftwaffe nach Köln/Bonn. Vom Flughafen aus brachte man uns nach Köln zu einer zentralen Flüchtlingssammelstelle. Dort wurden wir gut verpflegt und konnten uns das erste Mal richtig waschen und duschen. Eine Woche lang versuchte man, die eingetroffenen Flüchtlinge unterzubringen. Da ich gute Freunde in Hennef glaubte, bat ich darum, mich dorthin bringen zu lassen. Die Verwaltung stellte uns kostenlos Bahnfahrkarten zur Verfügung und brachte uns zum Bahnhof. Als wir jedoch hier eintrafen, und ich mich bei der Polizei nach meinen Bekannten erkundigte, erhielt ich leider die Mitteilung, dass die Familie bereits verstorben ist. Als ich in Bonn studierte, habe ich bei dem älteren Ehepaar sehr preisgünstig gewohnt und Deutsch gelernt. Die Frau des wirklich liebevollen Ehepaars war Lehrerin für Deutsch und Englisch, was mir natürlich sehr weiterhalf. Und nun bin ich bei dir." Ich konnte erkennen, dass sich ihre Augen ein wenig mit Tränen gefüllt hatten. „Und, ist es denn so schlimm bei mir?" „Aber nein, nur ich weiß jetzt überhaupt nicht mehr, wie es weiter gehen soll. In Syrien werden wir sofort verhaftet, solange das alte Regime an der Macht bleibt. Die Freunde meines Mannes, die in London leben, kennen mich kaum und werden uns wohl nur ungern aufnehmen wollen. Ich muss jedoch einmal nach London fliegen um an das Vermögen meines Mannes, dass er außer Landes gebracht hatte, zu gelangen." „Das ist überhaupt kein Problem. Ich zahle dir die Tickets und passe während der Zeit deiner Abwesenheit auf die beiden Kleinen auf. Meine Mutter hat uns übrigens für übermorgen zu sich zum Kaffee eingeladen. Sie möchte dich und die Kinder unbedingt gern kennen lernen. Ich hatte mit ihr telefoniert, während du unter der Dusche standest." „Ja, warum nicht. Ich lebe gern in einer großen Familie." Irgendwie merkte sie, dass sie jetzt etwas gesagt hatte, dass sie eigentlich gar nicht sagen wollte. „Ich meine natürlich:

46

Eine große, nette Familie kennen zu lernen. Hast du noch Geschwister?" „Ja, eine kleine Schwester. Sie ist Urologin und praktiziert in eigener Praxis in Bonn. Mein Vater ist bereits vor einigen Jahren verstorben. Dann gibt es noch ein paar sehr weit entfernt verwandte Onkels und Tanten, die ich aber kaum kenne und natürlich meine Mutter, die in einer Seniorenresidenz in Bonn mit ihrem Lebensgefährten Professor Doktor Otto von Schleswig, einem Urologen und Dozenten an der Bonner Uni zusammenlebt." „Professor von Schleswig? Den kenne ich. Bei dem habe ich Vorlesungen gehört." „Das ist ja ein Zufall. Er war auch der Doktorvater meiner Schwester." „Also, auf das Treffen am Sonntag freue ich mich schon." „Wird es auch den Kleinen gefallen?" „Mal schauen, aber auch das werden sie überstehen, nachdem was sie bisher alles durchmachen mussten."

„Hast du eigentlich gültige Papiere oder müssen wir welche für dich beantragen? Ach ja, und dann interessiert mich natürlich brennend, wie alt du eigentlich bist?" „Meine Papiere und die von den Kindern konnte ich retten. Auch mein Zeugnis, dass meinen Abschluss als Ärztin in Bonn nachweist, habe ich bei mir. Ich bin achtunddreißig." „Das ist ja toll. Was ist mit der Approbationsurkunde als Pädiater?" „Diese habe ich leider wegen des raschen Aufbruchs nicht mitnehmen können. Ich muss sie mir von der Universität in Damaskus zusenden lassen. Allerdings müsste sie ins Deutsche übersetzt und von einem Notar beglaubigt werden, wenn ich das noch richtig im Kopf habe aus meiner früheren Zeit in Deutschland." „Wir werden gleich am Montag deine Zulassung als Kinderärztin anfordern und später notariell beglaubigen lassen. Ein Freund von mir ist Anwalt und mit verschiedenen

Notaren befreundet. Außerdem werden wir Sonntag mit Otto sprechen, damit er seine Beziehungen spielen lassen kann um dir weiterzuhelfen." „Das würde ja bedeuten, ich könnte vielleicht mit den Kindern in Deutschland bleiben?" „So sehe ich das auch." Alia wurde regelrecht euphorisch und strahlte. „Erzähl mir etwas von dir, Johannes." „Stimmt, von mir weißt du eigentlich noch überhaupt nichts. Ich werde dreiund-vierzig Jahre, bin ledig und kinderlos, habe als Sohn eines Ärzteehepaars das Licht der Welt erblickt und darf mich rühmen, eine sehr intelligente Schwester mein eigen zu nennen." „Das hört sich irgendwie an, als würdest du deine Schwester nicht mögen. Ist es so?" „Aber nein, ganz bestimmt nicht. Wir sind nur häufig sehr unterschiedlicher Meinung, gerade was Diagnosen und auch unser Privatleben angeht. Sonst kommen wir sehr gut miteinander aus. Du wirst Jennifer auch am Sonntag kennen lernen. Wahrscheinlich bringt sie auch ihren blasierten Typen mit." „Was heißt blasiert?" „Ach, Henning ist ein aufgeblasener Schönheitschirurg, der meint, er wäre der beste und schönste Arzt von Bonn. Er hat einige, medizinische Erfolge errungen und auch veröffentlicht. Seitdem rennen sie ihm die Praxis ein und lassen sich von ihm Fett absaugen, Augenlider strafen, Brüste und Penisse vergrößern. Wer weiß schon, was er sonst noch alles zerschnippelt." Alia lachte laut los. „Ich wusste gar nicht, dass sich Männer ihre Geschlechtsteile auch vergrößern lassen." „Wie es scheint schon, und dafür bezahlen sie ganz bestimmt eine Menge Geld. Tja, was gibt es noch über mich zu berichten? Ich habe die Praxis von Vater und Mutter in Siegburg übernommen und ausgebaut. Weißt du was? Die Etage unter meiner Praxis haben wir nicht wieder vermietet, nachdem der Internist aus Altersgründen seine Praxis aufgegeben hat. Wenn du alle Unterlagen zusammen hast, könntest du dort eine Kinderarztpraxis eröffnen. In Siegburg gibt es nur sehr wenig Pädiater. Was hältst du davon?" „Das wäre ja phantastisch!" Alia war ruckartig aufgesprungen und saß nun Freude strahlend auf dem Rand der Liege und schaute mich an. Das sie dabei ein wenig den Sitz des Gürtel ihres viel zu großen Bademantels vernachlässigte und mir damit einen kurzen Einklick auf ihren, flachen Bauch gewährte, störte weder mich, noch bemerkte sie dies. „Ich glaube, ich kann gleich überhaupt nicht schlafen vor Aufregung." „Dann lies ein wenig. In deinem Schlafzimmer stehen eine Menge Bücher." „Ich werde jetzt aber trotzdem zu Bett gehen. Ich bin total kaputt." „Dann wünsche ich dir eine gute Nacht. Und nimm zwei Flaschen Wasser mit herunter, eine für dich und eine für die Kinder." „Ja, mache ich und Johannes?" Ich drehte mich wieder zu ihr um. „Ja?" „Ich möchte dir vielmals danken für all das, was du für uns getan hast." „Ich bitte dich. Das war ja wohl nicht viel, und ich habe das bisschen auch sehr gern getan. Schlaf gut." „Du auch." Was dann folgte, würde mir ganz sicher die Nachtruhe für Tage, wenn nicht Wochen rauben: Alia kam auf mich zu, legte ihre Arme auf meine Unterarme und küsste mich auf beide Wangen. Ich war heilfroh, dass es dunkel war sonst hätte sie sicher bemerkt, dass ich rot wurde.

Kapitel 8

Und es kam so, wie es kommen musste: Nachdem ich brav meine Beißerchen elektrisch geputzt und das genau so, wie es mir Claudia beigebracht hatte, drehte ich mich alle paar Minuten hin und her in meinem Bett. Um meine Einschlafphase zu verkürzen, begann ich als erste Maßnahme damit, mein Kopfkissen zu zerknüllen, um es dann in alle möglichen Richtungen glatt zu streifen. Der Erfolg blieb erwartungsgemäß aus. Als nächstes nahm ich mir vor, einfach nur an etwas Schönes zu denken und alles Schlechte zu verdrängen. Dieser Versuch entpuppte sich als glatter Fehlversuch, weil meine Gedanken plötzlich nur noch um Alia kreisten. Da ich als Landmensch gern im Einklang mit der Natur lebte, stellte ich meine Einschlafbestrebungen wieder um und begann, Schäfchen zu zählen. Doch auch diese Prozedur verhalf mir nicht in Abrahams Schoß. Als nächstes dachte ich an ein leichtes Schlafmittel, von dem ich meinen Patientinnen jedoch stets abriet, und deshalb verwarf auch ich den Versuch auf diesem Wege zu entschlummern. Wie ich noch so über weitere Methoden zum sanften Einschlafen nachdachte, mich dabei erst auf den Rücken legte, dann flach auf den Bauch und irgendwann auf die rechte Seite, schlief ich einfach so ein.

Gegen sieben Uhr in der Früh vernahm ich Geräusche im Haus. Irgendetwas trippelte immer wieder den Gang zwischen den Zimmern entlang. Die kleinen Schritte waren gut auf dem Granitboden vernehmbar. Mal schnell und dann wieder langsam. Um nachzuschauen, was los war, stand ich auf. Um keinen meiner Gäste ob meines Adonisleibes zu schocken, zog ich mein Schlafanzugoberteil über und trat auf den Gang. Karima und Aadil liefen dort immer wieder auf und ab und schienen eine Toilette zu suchen. „Morgen, ihr beiden. Pipi?", fragte ich nach. Beide nickten nur. Sogleich zeigte ich den beiden Zwergen den Weg zu zwei meiner WCs. Als sie beide wieder erschienen, zeigten sie mir ihre Hände, die sie brav gewaschen hatten. Es schien sich dabei um ein Ritual zu handeln, dass ihnen ihre Mutter beigebracht hatte. Vielleicht um sich in den

verschiedenen Flüchtlingslagern keine Bakterien-
infektion einzuhandeln. Mit großen Augen schauten sie
mich an. „Habt ihr Hunger?", fragte ich die beiden, doch
eine Reaktion blieb aus. Ich versuchte es mit einfachen
englischen Worten, was meinem wenig komplexen
Sprachschatz ohnehin mehr entgegen kam. Und schon
trat ein Lächeln in die beiden noch leicht verschlafenen
Kindergesichter. Mit heftigem Nicken taten sie Kund,
dass ihnen im wahrsten Sinne des Wortes die Mägen
knurrten. Ich bedeutete den beiden mir zu folgen. Wir
gingen leise die Treppe hoch in die Küche. Was nun
folgte, hätte ich mir vor einigen Tagen noch nicht einmal
träumen lassen; ich benahm mich wie ein richtiger
Vater. Wegen der leichten Sprachschwierigkeiten zeigte
ich den Kindern, was die Küche an besonderen
Spezialitäten aufzuweisen hatte und wenn ihnen etwas
zusagte, sollten sie einfach nur darauf zeigen. Doch da
die beiden ausgehungert schienen, nahmen sie die
Händchen überhaupt nicht mehr herunter.

Während ich Brötchen backte, Kakao und Kaffee
kochte, Speck in der Pfanne briet und Eier für Rühreier
aufschlug, holten die beiden Kinder ihre Teddys, die sie
gleich auf zwei Stühlen am Tisch platzierten.
Gemeinsam und mit viel Liebe deckten wir den
Frühstückstisch im Wintergarten. Die beiden Kleinen
sorgten dafür, dass alles ordentlich auf dem Tisch
verteilt zu stehen kam. Ein besonderes Interesse
weckte bei den Beiden das unter einem großen Tuch
abgedeckte Schweinebein. Ich nahm die Verkleidung
davon weg und präsentierte ihnen den geräucherten
Schinken, dessen herzhafter Duft uns allen gleich in die
Nase stieg. Mit dem äußerst scharfen Messer schnitt ich
uns Dreien dünne Kostproben davon ab, die blitzschnell
in den kleinen Mündern verschwanden. Ich bereitete

noch eine kleine Wurstplatte zu, gab etwas Käse auf einen Servierteller, entnahm dem Küchenschrank ein Glas Nussnougatcreme und eines mit Honig und stellte alles auf den Frühstücktisch. Karima und Aadil liefen schnell die Treppe hinunter, um ihre Mutter zu wecken, während ich im Garten noch ein paar Blumen pflückte und diese in einer geschmackvollen Vase ebenfalls auf den Tisch stellte. Es folgte noch Orangensaft und eine Dose Müsli. Alia wirkte noch sehr verschlafen, als sie mit ihren verstrubbelten Haaren in dem übergroßen Bademantel und den beiden Kinder an der Hand am Tisch erschien. Ich servierte rasch meine Eierspezialität und gesellte mich zu meinen Gästen. Es entwickelte sich ein Frühstücksmorgen, wie ich ihn leider noch nie erlebt hatte, ließ ich mal die Zeit meiner Kindheit außen vor. Die Kinder sprachen besser Englisch, als sie bisher zugegeben hatten. Vielleicht diente ihnen ihre Zurückhaltung auch als Absicherung, wer wusste das schon. Jedenfalls waren auf einmal alle Ängste und vielleicht auch Vorurteile wie weggeblasen. Als Karima mich dann fragte, ob sie mit ihrem Bruder im Garten spielen gehen dürfte, war mein Familienvaterfeeling perfekt. Alia lächelte nur und freute sich über ihre endlich wieder lachenden Kinder.

„Alia, darf ich dir ein Angebot machen?" Die junge Mutter legte ein wenig ihre Stirn in Falten, was beinahe dazu führte, dass sich ihre Augenbrauen über der Nase trafen. „Ja, warum nicht?" „Ich möchte, dass du mit den Kindern hier wohnen bleibst. Wenn du magst auch für …" Ich stockte, denn ich wollte Alia nicht überfallen, nachdem, was sie alles in letzter Zeit erlebt hatte. Unerwartet entspannten sich sogleich ihr Züge und die Augenbrauen wanderten zurück an ihren ursprünglichen Platz. „Ja gern, wenn dir das nichts ausmacht."

„Ausmacht? Ich freue mich doch, dass ihr da seid." „Na, warte erst einmal ab, wenn die ersten Diskussionen mit den Kindern anfangen." „Ich werde es überstehen." Alia lächelte und legte ihre Hand auf meine und streichelte sie ein wenig. Als stände ich in einem Lichtbogen, ausgelöst durch eine ungeheure elektrische Entladung, so fühlte sich diese Berührung an. Verdammt, Johannes, du hast dich Hals über Kopf und mit Haut und Haaren in diese Frau verliebt, ging es mir durch den Kopf. Still saßen wir noch eine ganze Weile nebeneinander bis die beiden Kinder aus dem Garten zu uns herauf eilten. „Wir haben Durst", kam es beinahe wie aus einem Mund. „Limo, Wasser, Cola oder Fruchtsaft?", fragte ich. „Cola?", kam die vorsichtige Antwort der beiden, die jedoch erst noch Blickkontakt mit ihre Mutter hielten. „Ausnahmsweise, ihr Quälgeister", antwortete Alia lachend und nahm ihre beiden Zwerge in die Arme. Ich war derweil schon mal in die Küche aufgebrochen, um eine Flasche der koffeinhaltigen Limonade und zwei Gläser zu holen. Gluckernd verschwand die kalte Limo in den Mündern meiner Gäste. „Ich möchte euch einen Vorschlag machen", hob ich zu einer kurzen Rede an, wie es mein Vater früher zu tun pflegte, wenn er uns etwas mitzuteilen hatte. „Wenn wir uns gleich alle schön gemacht und geduscht haben, möchte ich mit euch nach Bonn fahren, um euch neu einzukleiden. Einverstanden?" Vater setzte dieses „Einverstanden" stets zum Ende seiner Bekanntmachung, wohl wissend, dass es kein Veto gab, voraus. Ich war gespannt, in wie weit mein Vorschlag ankommen würde. Alia war sofort Feuer und Flamme, während die beiden Kinder erst durch die Ankündigung eines Pizzaessens geködert werden mussten. Mit einmal kam geschäftiges Treiben auf, eher ausgelöst von Alia und Karima. Mutter und Tochter begannen mit dem Abräumen des Tisches. Ich gesellte mich zu ihnen und verstaute alles Spülbare in der Geschirrspülmaschine. Doch auch Aadil trug so viel er konnte in die Küche. Wir ließen die beiden Ladies noch weiter der Hausarbeit nachgehen, während ich dem Jungen das Schwimmbad zeigte. Aadil machte große Augen und das nicht zu Unrecht. Claudia hatte viel Zeit, Mühe, Geschmack und Geld in die Gestaltung unserer Schwimmhalle gesteckt, und was dabei herausgekommen war, konnte sich durchaus sehen lassen. „Kannst du schwimmen?", fragte ich Aadil. Ich versuchte ihm das Verstehen meiner Frage noch zu vereinfachen, indem ich mit meinen Armen Schwimmbewegungen vollzog. Der Kleine, dessen pfiffiges Gesicht, mir mehr und mehr ans Herz wuchs, suchte ein wenig nach der passenden Vokabel. Er sagte es auf Syrisch, ich ihm auf Englisch und zu guter Letzt zeigte er mir den Stand seines Könnens mit einer Bewegung seines rechten Daumens und Zeigefingers. Ich zeigte ihm, dass die Wassertiefe etwa so seiner Körpergröße entsprach, die bei etwa ein Meter dreißig lag. Er wollte gleich schwimmen gehen, doch ich gab ihm zu verstehen, dass wir unsere Wasserspiele bis zum Nachmittag verschieben müssten, weil wir gleich losfahren wollten. Ein wenig enttäuscht wanderte er mit mir herunter ins Untergeschoss, wo seine Mutter bereits bewaffnet mit einem Handtuch zum Duschen auf ihn wartete. Zwanzig Minuten später standen alle zur Abfahrt bereit. Alia rief mich kurz zu sich in ihr Schlafzimmer.

„Johannes, ich muss dir leider sagen, dass wir überhaupt kein Geld haben. Das einzige, was uns geblieben ist, sind ein paar Goldmünzen." Alia griff nach dem langen Umhang, den sie am Tag zuvor getragen hatte und schnitt mit einer Nagelschere den Saum auf.

Heraus purzelten fünf nicht unerheblich große Goldmünzen. „Hier, ich gebe sie dir, Johannes. Das ist alles, was wir noch haben." „Das kommt überhaupt nicht in Frage", schimpfte ich richtig los. Ich nahm ihre Hand und führte sie in mein Schlafzimmer. Alias Augen weiteten sich, als sie zwangsweise mein Schlafzimmer betreten musste ohne zu wissen, was sie nun erwartete. „Schau hier: Ich habe hier einen Safe. In diesen schließen wir deine Münzen ein, damit sie nicht gestohlen werden. Ich nehme kein Geld von dir. Ihr seid meine Gäste und alles was ihr braucht, übernehme ich. Auch, wenn wir gleich neue Garderobe für euch kaufen." Tränen liefen ihr die Wangen herunter. „Du bist wirklich ein lieber und guter Mensch, Johannes. Danke." Sanft legte sie mir ihre Hände um den Hals und küsste mich sanft auf den Mund. Ich musste mich zuerst aus diesem Traum aus Tausend und einer Nacht aufwecken, bevor ich wieder klar denken konnte. Und schon spürte ich ihre kleine Hand in meiner, die mich bereits hinter sich herzog. „Dann lass uns aufbrechen. Du hast es ja nicht anders gewollt", sagte sie zu mir und lachte. Ihr Gang die Treppe hoch fühlte sich beinahe schwebend an, und ich meinte zu spüren, dass sie im Moment genauso glücklich war wie ich.

Kapitel 9

Wenn Sie, meine lieben männlichen Leser, im festen Glauben sind, Sie hätten bereits sämtliche Qualen eines Shoppingsamstages mit der Familie erlebt, dann muss ich Sie jetzt und hier eines besseren belehren. Eigentlich gehe ich gern in Begleitung einkaufen. Das sei hiermit mal vorausgeschickt. Doch in diesem meinem Fall gestaltete sich die Suche nach brauchbaren Schnäppchen und sonstigen Angeboten als besonders schwierig, weil die beiden Kinder von einer solchen Vielfalt an Produkten, die sie so überhaupt nicht kannten, schlichtweg erschlagen wurden. Dabei fing alles so geruhsam an. Ich stellte den Kombi in der Stadthausgarage ab. Wir fassten uns alle an die Hand und bildeten eine kleine Viererkette, die sich erst auflöste, als die ersten Geschäfte in der Fußgängerzone auftauchten und mit ihren Angeboten lockten. Während sich die Mädels hauptsächlich um neue Garderobe bemühten, hielten Aadil und ich uns eher männlich bescheiden zurück. Der Kleine war mir sehr schnell ans Herz gewachsen. Wir suchten die Sportartikelabteilung eines Großkaufhauses auf und durchstöberten dort die Sportschuhabteilung. Aadil liebäugelte gleich mit einem Paar Nikes Laufschuhen in stahlblau. Wie groß Augen werden konnten, hatte ich bereits bei Alia gesehen, doch stand der Junge ihr in nichts nach. Ich kaufte die Schuhe für ihn und als ich ihm die Tüte mit dem Karton in seine Händchen drückte, fühlte ich förmlich, wie ein Schatz an ihn übergegangen war. Irgendwann mussten wir dann auch die Shoppingerfolge der beiden Damen auslösen, was nicht ganz ohne war. Alia fand sogar die kleine Straße in der Fußgängerzone wieder, die sie noch von ihrer Studienzeit her kannte, in der sich ein Schuhgeschäft an das andere reihte. Der krönende Abschluss unseres Einkaufswahnsinns wurde mir jedoch leider strikt vorenthalten. Als Alia noch nach Dessous schauen ging, nahm sie nur Karima mit und meine Geldbörse. Wir beiden Männer, die wir uns sprachlich immer mehr annäherten, schauten uns derweil eine neue Spielkonsole an, deren Erwerb wir jedoch aus Kostengründen an das Christkind weiter leiteten.

Nachdem wir uns alle Vier mittlerweile nur noch leicht kriechend fortbewegen konnten, kehrten wir im Giacomo ein und gönnten uns ein paar Cola und jeder eine leckere Pizza. Selbst die beiden Kleinen schafften mühelos den Verzehr ihrer italienischen Spezialitäten. Gegen siebzehn Uhr rollte mein Kombi, in dessen Gepäckabteil nicht mal mehr eine Streichholzschachtel Platz gefunden hätte, in die Garage. Alia lief gleich in den Dielenbereich und zog ihre Schuhe aus. Alsdann entluden wir den Wagen. Alle Tüten und Taschen sowie den Korb mit Lebensmitteln stellten wir im Haus ab. Was dann folgte, nachdem wir die Lebensmittel in der Küche verstaut hatten, die hoffentlich diesmal für einige Tage reichten, war ähnlich wie Weihnachten. Alia zeigte den Kindern, was sie alles für sie gekauft hatte. Sie selbst begnügte sich mit zwei hübschen, jedoch simplen Kleidern sowie einer Jeans und ein paar Blusen. Der Vorführung der eben erworbenen Dessous durfte ich leider nicht beiwohnen. Mit einem Grinsen auf ihren Gesichtszügen verschwand Alia dazu im Bad. Dabei gab es wohl kaum Damenunterwäsche, die ich noch nicht gesehen hatte. „Wollen wir ein bisschen schwimmen?", erkundigte ich mich bei meiner Gästeschar, die meinem Vorschlag keineswegs als uninteressant zurückwiesen. „Ja, dann zieht euch mal die Badeklamotten an. Wir treffen uns gleich am Pool."

Ich flitzte flott die Treppe ins Tiefgeschoss hinunter und verschwand in meinem Ankleidezimmer. Ein kleines Problem befiel mich: Die Badesachen hatte Claudia noch in den Schrank eingeräumt, und nun galt es sie wieder zu finden, doch dies ging schneller als ich dachte. Obwohl wir sonst immer im Adamskostüm in den Pool gesprungen waren, standen mit drei klassische Badehosen zur Verfügung. Eine davon war ziemlich knapp in schwarz mit blauen Streifen an den Seiten. Diese trug ich eigentlich, wenn überhaupt eine sein musste, am liebsten. Die beiden anderen waren auch nicht übel, gefielen mir aber farblich nicht so. Vor allem die rote fand ich hässlich. Mir fiel bei meiner Suche auch noch ein tangaähnlicher Hauch von Bademode in die Finger. Dieses Teil hatte mir mal Claudia geschenkt. Ich konnte nicht verleugnen, dass dieses Teil gern von mir zum Beginn von zwischen-menschlichen Badespielchen im Pool mit ihr getragen wurde und hier und heute gänzlich fehl am Platz sein würde. Ich stieg in meine Lieblingsbadehose und machte mich auf den Weg zum Indoorpool. Aus dem Schlafzimmer von Alia drang fröhliches Lachen an mein Ohr. Ganz sicher wurden dort gerade die neuesten Bademoden von den Kleinen ausprobiert. Ich fragte mich gleich, ob Alia auch mit uns schwimmen gehen wollte. Ganz sicher würde ich es in wenigen Minuten erleben.

Mittels Temperaturvorwahlschalter gab ich der Solar-anlage die Anweisung, das Wasser kurzfristig noch etwas mehr anzuwärmen, damit der Badespaß vollkommen würde. Ich holte Badetücher aus dem Schrank und zwei aufblasbare Sessel, die ich schnellstens mit einer Pumpe aufblies. Von weitem hörte ich bereits meine kleinen Badegäste heran stürmen. Alia schien sich an unserem Planschfestival nicht beteiligen zu wollen. Sie trug eine Shorts und eine Bluse und ließ sich gleich in einen der Liegestühle fallen. Doch sie sprang sofort wieder auf und goss für jeden von uns ein Glas Limonade ein. Dann gab es kein Halten mehr. So klein Aadil auch war, so mutig sprang er immer wieder ins Wasser und in meine Arme. Nach etwa einer halben Stunde hatte er es drauf. Er schwamm wie ein kleiner Fisch in dem großen Becken hin und her. Karima benahm sich da schon vorsichtiger. Zwar konnte sie schon ganz gut schwimmen, doch es fehlte ihr noch an der Ausdauer. Auch ihr gab ich noch einige Tipps, wie sie sich im Wasser noch effizienter fortbewegen konnte. Circa zwei Stunden lang tobten wir im Wasser herum, schubsten uns gegenseitig von den Sesseln oder spielten Ball. Doch gegen halb acht waren die Batterien der Kinder leer, und auch ich hatte genug für heute. Karima wollte nur noch auf meinen Arm, damit ich sie aus dem Wasser trug. Aadil torkelte leicht schlaftrunken aus dem Becken heraus in die Arme seiner Mutter, als hätte er Alkohol zu sich genommen. Die Kleine hatte ihre Scheu vor mir anscheinend ganz abgelegt. Sie legte ihren Kopf mit den schwarzen Locken auf meine Schulter und ließ sich hängen wie ein Sack nasser Sand. Alia versteckte die Bande in ihren Handtüchern und rubbelte sie trocken. Ich sprang kurz unter die Dusche, trocknete mich ab und zog mir ebenfalls eine Shorts und ein T-Shirt an. Wir fütterten die Kleinen noch mit Broten und brachten sie im Anschluss zu Bett. Karima zupfte an meinem T-Shirt, als ich schon gehen wollte und bat mich, ihr eine Geschichte vorzulesen. Weil ich nach meinen Kinderbüchern erst lange hätte suchen müssen, erfand ich einfach eine lustige Tiergeschichte. Karima nahm ihren neuen Teddy in den Arm und schaute mich unentwegt an. Mit ihrem kleinen, rechten Händchen hielt sie meine Hand fest. Doch lange währte ihre Zeit als Zuhörerin nicht. Ich spürte, wie ihre kleine Hand in meiner erschlaffte und sie ganz langsam einschlief. Zu dieser Zeit schlief Aadil bereits tief und fest in seinen Federn und das ebenfalls mit seinem Teddy im Arm.

Kapitel 10

Leise schloss ich die Türe zum umfunktionierten Kinderzimmer und ging die Treppe hoch. Alia stand in der Küche und räumte auf. Zwei Tränen liefen an ihren Wangen herunter. Als sie mich bemerkte, wischte sie diese ganz schnell mit einem Handtuch weg in der Hoffnung, ich hätte es nicht bemerkt. „Was ist los?", fragte ich sie, und als sie den Kopf hob sah ich, dass die beiden letzten Tränen wohl nicht die einzigen waren, die sie vergossen hatte. „Ach, ich weiß auch nicht. Das war ein richtig schöner Tag. Du hast verdammt viel Geld für uns ausgegeben. Die Kinder hatten wirklich einen tollen Nachmittag. Sie durften ungehemmt mit dir toben und spielen. Es hatte wieder so etwas von einer richtigen Familie. Ahmed, mein verstorbener Mann, hätte nie so mit den Kindern herumgetollt. Für ihn wirkte das Toben mit Kindern eher würdelos. Und eben noch beim Abendessen haben mich Karima und Aadil gefragt, ob wir hier bleiben können, weil sie dich sehr gern haben, und sie sehr glücklich sind." „Das ist ja fantastisch. Natürlich könnt ihr hier bleiben. Ich kümmere mich Montag sofort um deine Zulassung als Kinderärztin. Praxisräume stehen direkt unter meiner Praxis zur Verfügung. Ich habe sogar einen Kinderwagenparkplatz im Treppenhaus eingerichtet", berichtete ich ihr noch mit besonderem Stolz. „Für die Kinder suchen wir eine liebe Lehrerin, bei der sie die deutsche Sprache erlernen, damit sie so bald als möglich hier zur Schule gehen können." „Ich muss aber noch nach London, Johannes und unser Geld hierher holen. Wir können nicht immer auf deiner Tasche liegen." „Nun mach dir bitte mal nicht so viele Gedanken. Ich fühle mich nicht ausgenutzt. Aber ich werde dir so gut ich kann helfen, euer Vermögen nach Deutschland zu holen." Alia lächelte mich an. Gerade als ich sie zum Trost in die Arme nehmen wollte, presste sie völlig unerwartet ihre rechte Hand gegen ihren Unterleib und krümmte sich vor Schmerzen. „Was ist passiert?", fragte ich aufgeregt und hielt sie fest. Noch bevor sie antworten konnte, brach sie ohnmächtig zusammen.

Sofort griff ich zu und bettete sie auf einem der großen Badetücher auf dem Granitboden. Zart tätschelte ich ihre Wangen, bis sie allmählich wieder zu sich kam. „Was ist passiert, Alia? Hallo, hörst du mich?" Vorsichtig nickte sie. „Alia, was hast du?" „Ich habe so furchtbare starke Schmerzen in meinem Unterleib." Mit der Behandlung dieser Art von Erkrankungen verdiente ich zwar meinen Lebensunterhalt, doch wenn urplötzlich ein solcher Notfall eintritt, bleibt mir dies nicht in den Kleidern stecken. Eine fürchterliche Vorahnung schoss mir durch den Kopf: Bei der Behandlung nach ihrer Vergewaltigung wurden Fehler gemacht und nun waren Komplikationen aufgetreten. „Bleib ruhig liegen, ich spritze dir ein Medikament." Ich eilte zu meinem Medikamentenschrank, zog ein krampflösendes Präparat auf und injizierte es Alia, deren Züge sich bereits während der Injektion wieder entkrampften. Ich hob sie auf und legte sie auf meine Sofalandschaft. „Alia, ich sollte mir ansehen, was da in dir passiert ist." Ihrer Skepsis entnahm ich sofort, dass ihr dies nicht ganz so recht war. „Wir machen es anders: Meine Mutter praktiziert nach wie vor einmal die Woche bei mir in der Praxis und behandelt all ihre Freundinnen und ehemaligen Patientinnen. Sie ist eine wirklich gute Frauenärztin. Ich werde sie anrufen, ob sie dich kurz einmal untersuchen kann." Wenn sich Alias Züge bereits leicht durch mein appliziertes Medikament entspannt hatten, fielen nun auch noch alle restlichen

Anspannungen von ihr ab. Sie nickte und lächelte mich an. „Bist du mir jetzt böse? Ich bin sicher, dass eine solche Untersuchung auch für dich reine Routine ist, aber....." Alia fing wieder an zu weinen. „Kein Problem. Ich nehme es dir keinesfalls übel, nach alle dem, was du in der letzten Zeit erlebt hast. Lassen wir meine Mutter die Untersuchung durchführen. Ich rufe sie gleich an." Alia beruhigte sich allmählich und schloss ihre Augen. Ich ging gleich zum Telefon und ließ die Technik eine Verbindung zu meiner Mutter herstellen. Es dauerte nicht lange und sie nahm ab. „Ich glaube, es ist jetzt vier Jahre her, dass du deine liebenswerte Mutter zweimal an einem Tag und das in so kurzen Abständen hintereinander angerufen hast. Wo brennt es mein Junge? Sehnsucht, meine liebreizende Stimme heute ein weiteres Mal zu vernehmen, kann dich dazu nicht verleitet haben." „Hallo, Mama, ich habe ein Problem." Kurz und prägnant berichtete ich ihr, was vorgefallen war. „Kannst du sie gleich in die Praxis bringen?" „Ich werde es versuchen." „Gut, dann schicke ich Otto zu dir nach Hause, damit er sich als Babysitter verdingen kann." Ich musste schmunzeln, ließ mit jedoch nichts anmerken. Sie war halt so. Wenn sie etwas kurzfristig organisieren musste, fackelte sie nicht lange und teilte all ihre Lieben um sich herum entsprechend ein. „Hast du etwas gesagt, Johannes?" „Nein, Mama, ich bringe Alia gleich in die Praxis. Dann treffen wir uns dort. Otto hat ja einen Schlüssel von meinem Haus." „Und wenn er sich durch dein Türblatt hindurch knabbern müsste, er wird pünktlich bei dir aufschlagen." „Ich weiß, Mama." „Dann rede jetzt nicht weiter mit mir herum; kommt ohnehin nichts vernünftiges dabei heraus und bring die Kollegin in unsere Praxis. Blutet sie?" „Ich kann nichts erkennen." „Also gut und los geht's." Noch bevor sie den Hörer auflegte hörte ich, wie sie Otto bereits für seinen

Job einteilte und losschickte. Dann vernahm ich nichts mehr.

„Alia, bist du wach? Meine Mutter ist bereits auf dem Weg in die Praxis und Otto von Schleswig fährt hierher, damit jemand bei den Kindern ist, wenn sie unerwartet aufwachen." Alia lächelte etwas verschlafen. „Du hast eine scheinbar sehr fürsorgliche Mutter." „Die habe ich in der Tat." „Ich schreibe den Kindern eine kurze Nachricht, damit sie keine Angst haben, wenn sie hier einen Fremden antreffen und nicht ihre Mutter." „Ja, das ist eine gute Idee. Hier sind Papier und ein Kugel-schreiber." Blitzschnell malte sie für mich unleserliche Zeichen auf das Blatt Papier, das ich ihr gereicht hatte. Ich ging nach unten und hing den Zettel an die Treppe zum Aufgang nach hier oben. Dort würden sie ihn sicher finden. Alia schlüpfte zwischenzeitlich in ihre neuen Flip Flops und erwartete mich an der Haustüre. Ich griff nach meinem Schlüsselbund und öffnete die Haustüre. Der elektrische Garagentormotor summte bereits los und hob das Sektionaltor in die Höhe. Ich half Alia noch in den Beifahrersitz und sogleich fuhren wir los.

Alia hatte während der ganzen Fahrt bis nach Siegburg kein Wort gesprochen. Ob dies an der Spritze lag, die ich ihr verabreicht hatte, die ganz sicher ihren eher ruhigen Zustand begünstigte oder vielmehr daran, dass sie einfach nur Angst vor dem Untersuchungsergebnis hatte; ich konnte und wollte es in diesem Moment nicht ergründen. Ich hatte einfach nur große Sorge um sie. Der Praxisparkplatz lag verwaist da. Nur die wie ein lauerndes Haifischmaul wirkende Frontpartie von Mutters strahlend weißem SLK Cabrio starrte uns entgegen und mahnte uns zur Eile. Ich half Alia aus dem Wagen. Sie schien jetzt etwas wacher zu sein, doch keinesfalls schmerzfrei. Ihr gebückter Gang zeugte davon und ließ nur erahnen, wie es wirklich um sie bestellt war. Ich schloss die Haustüre auf, und wir betraten gemeinsam das Praxistreppenhaus. Auf dem Plateau des Treppenhauses in der ersten Etage stand bereits Mutter und wartete auf uns. Wer bis dato den Begriff Halbgötter in weiß für Ärzte nicht richtig einzuordnen wusste, erhielt hier die passende Antwort darauf. In einen weißen Arztmantel und eine weiße Hose gewandet, deren Anblick den Gebrauch einer Schneebrille erforderte, um nicht zu erblinden, stand Mutter vor uns. „Hallo, mein Sohn. Kaum zu glauben, dass du auch schon eingetroffen bist. Solltest dir mal einen fahrbaren Untersatz zulegen, der es dir auch in einem Notfall ermöglicht, sich rasch von A nach B zu bewegen." Ihr süffisantes Lächeln hatte ganz sicher nichts mit Hohn oder Spott zu tun: Sie schien sich offensichtlich große Sorgen zu machen, denn die Ansätze meiner telefonisch angedeuteten Diagnose ließ wahrlich nichts Gutes erahnen. „Hallo, mein Kind. Ich bin Adele. Hab keine Angst und komm erst einmal herein." Alleine in ihrer Art, mit einem kranken Menschen in Kontakt zu treten, um dabei gleichzeitig zu versuchen Ängste abzubauen, war Mutter einfach unschlagbar. Das sie darüber hinaus eine verdammt gute Gynäkologin war, von der ich nach meinem Studium eine Menge gelernt habe, stand ohnehin außer Zweifel. Vater war zumeist auf Kongressen anzutreffen und vergnügte sich dort häufig mit jungen Kolleginnen. „Mein Name ist Alina. Ich habe so starke Schmerzen." „Seit wann hast du diese Beschwerden?" „Seit meiner Vergew …", Alia fing an zu weinen. Mutter nahm sie in ihre Arme und drückte sie an sich. „Hast du diese Beschwerden permanent?" „Nein, intermittierend." „Komm mit in den Behandlungsraum. Wir sehen uns das mal in Ruhe an. Schau mich nicht so an, mein Sohn. Du schaltest bitte das Ultraschallgerät ein und lässt es schon mal warm laufen." Mehr als ein bejahendes Nicken war jetzt nicht angebracht. Mutter hätte jeden Widerspruch und selbst jede Rückfrage mit einer Handbewegung abgetan. Ich verzog mich derweil in mein Büro und tat so, als würde ich Arztberichte lesen, was überhaupt nicht möglich schien, da sich meine Gedanken nur noch um den Gesundheitszustand von Alia drehten.

Ich vernahm, dass Mutter mit Alia in den Raum mit dem noch ganz neuen Ultraschallgerät wechselte. Minuten verwandelten sich in eine Ewigkeit. Die Sorge um Alias Gesundheitszustand beraubte mich jeglicher Gelassenheit. Noch während ich meinen Gedanken nachging, öffnete sich meine Bürotüre. Mutter trat ein. „Schau mal her, Johannes, ich hätte hier gern deine Meinung gehört." Mutter trat an meinen Schreibtisch und nahm mir gegenüber Platz, während sie mir einen Ausdruck aus dem Ultraschallgerät vorlegte. Ich nahm den auf DIN A4 vergrößerten Ausdruck in beide Hände und schaute ihn an. Plötzlich brach mir der Schweiß aus und ich stammelte: „Mama, das ist ja ein … das ist, das ist ein Tumor?" „Das sehe ich leider genauso, Johannes. Ihre Verletzungen nach der Vergewaltigung im vaginalen wie im analen Bereich kann man getrost vernachlässigen. Ihre Wunden in der Seele sind ganz sicher ungleich größer." „Und wie schätzt du den Tum..?", ich hatte Probleme, diesen Begriff für eine bösartige Geschwulst in Bezug auf Alia so einfach auszusprechen. „Es könnte Gebärmutterhalskrebs sein, vielleicht aber auch nur ein Myom. Unser Ultraschallgerät ist super, aber nicht durch ein CT oder MRT zu ersetzen. Malen wir also mal nicht den Teufel an die Wand und warten die Blutuntersuchung und den

Abstrich ab. Ich habe ihr bereits Blut für ein großes Blutbild entnommen und ebenso einen Abstrich." „Und wo willst du jetzt die Untersuchungen so rasch durchführen lassen?" „Das habe ich schon veranlasst. Otto lässt seine Beziehungen spielen. Er übernimmt gleich die Proben und bringt sie nach Bonn in die Uni Klinik. Er nimmt Alia auch gleich mit in die Uni, damit dort ein MRT gemacht werden kann. Spätestens morgen Mittag liegen uns dann alle Ergebnisse vor. Bis dahin sollte Alia sich ruhig verhalten und liegen." Ich legte meinen Kopf in meine Hände und stützte die Ellenbogen auf meine Schreibtischplatte auf. Gebannt betrachtete ich dabei den Ultraschallausdruck. Wie ein alles verschlingender Krake grinste mich die tödliche Fratze des Tumors an, der nur darauf zu warten schien, Alia in seinen Schlund zu ziehen und für immer darin zu verdauen. Jetzt war ich es, der den Tränen verdammt nahe war. „Du hast dich in das Mädchen verliebt, nicht wahr, Johannes?" Erst zögerte ich, nickte dann aber doch. „Ich glaube, ihr geht es ebenso." Ich hob den Kopf und schaute Mutter an. „Jetzt schau mich nicht so wie ein unter Verstopfung leidender Seehund an. Es ist so. Eine Mutter sieht und spürt das eben sofort, mein Sohn." Alina war ebenfalls ganz still in mein Büro eingetreten. „Wie schlimm steht es um mich, Adele?", erkundigte sie sich mehr als zögerlich bei Mutter. „Ich kann dir noch nichts wirklich Konkretes sagen, Alia, aber irgendetwas wächst da in dir heran und wir hoffen, dass es nicht bösartig ist." Alia versuchte sich noch am Türrahmen festzuhalten, doch sie rutschte ganz langsam daran herunter, bis sie auf der Erde saß und ihren Kopf gegen das Holz lehnte. „Mama, musstest du ihr das so schonungslos ins Gesicht sagen?" „Lass mal gut sein, Johannes, deine Mutter hat doch Recht. Was nützt es denn, wenn sie mir keinen reinen Wein einschenkt. So kann ich besser mit der Diagnose umgehen. Und was habt ihr mit mir vor?" Ich erklärte es ihr kurz und sie nickte einvernehmlich. „Haut ab, ihr Zwei. Ich mache hier alles wieder ordentlich, damit Gudrun morgen nicht mit dir schimpft, mein Sohn." „Ist gut, Mama, danke." „Wenn es dir einigermaßen gut geht, Alia, komm morgen Nachmittag zu meinem Kaffeeklatsch. Wenn du es nicht schaffst, ist das auch nicht tragisch. Wir holen das später nach, und nun macht das ihr hier verschwindet." Ich hatte Alia bereits aufgeholfen und führte sie nun vorsichtig ins Treppenhaus zurück zum Auto. Zügig fuhren wir zurück nach Hennef.

Kapitel 11

Als wir zu Hause vorfuhren, war es bereits stockfinster geworden. Ich schob den Schlüssel ins Schlüsselloch und drückte die Haustüre auf. Der große Zeiger der Uhr im Flur rückte gemächlich der Zehn entgegen. Otto kam uns gleich entgegen gelaufen. „Hallo, ihr beiden."
„N´abend, Otto", entfuhr es mir nicht wirklich glücklich. „Hallo, Herr Professor. Danke, dass Sie das alles für mich tun." „Also, dass kannst du gleich vergessen, Alia. du heißt doch Alia, nicht wahr?" Sie nickte ihm kurz etwas verschüchtert zu. „Ich bin für alle nur noch Otto. Den Professor habe ich vor Jahren an den Nagel gehangen. Also sag bitte auch du Otto zu mir." Alia lächelte gequält. Dies lag jedoch nicht an der Situation, sondern an den Schmerzen, mit denen sie scheinbar wieder zu kämpfen hatte. „Ich muss mich erst noch daran gewöhnen, dich Otto zu nennen. Schließlich kenne ich dich noch als Professor, bei dem ich Vorlesungen gehört habe." „Tatsächlich? Du hast bei mir gehört?" Alia erläuterte Otto kurz, wann dies

gewesen war, und er freute sich sichtlich, dass aus seinen Studentinnen tatsächlich etwas geworden war. „Komm, lass uns nach Bonn fahren und schauen, ob meine Beziehungen ausreichen, damit wir noch in dieser Nacht ein MRT von dir erhalten. „Bis später, Alia. Ich bleibe bei den Kindern und warte auf dich." Ich nahm sie kurz in meine Arme und drückte sie, was ihr gut zu tun schien. „Es wird alles gut werden, Alia. Du musst auch fest daran glauben", flüsterte ich ihr leise ins Ohr. Wieder lächelte sie nur gequält, doch sie hatte verstanden, dass sie sich auf mich verlassen konnte.

Von diesem Moment an begann für mich die grausame Zeit des Wartens. Bereits eine halbe Stunde, nachdem Otto mit ihr losgefahren war, trat ich ans Küchenfenster und schaute hinaus auf die Straße in der Hoffnung und mit der irrigen Annahme im Hinterkopf, dass jeden Augenblick zwei starke Scheinwerfer meine Einfahrt erhellten, Alia aus dem Wagen sprang, um mir freudestrahlend entgegen zu schweben und zu berichten, dass alles in Ordnung sei. Doch es kam ganz anders, völlig anders. Gegen eins in der Nacht rollte tatsächlich Ottos E-Klasse vor meiner Haustüre vor. Ich hatte dies überhaupt nicht bemerkt, weil ich vor dem Fernseher eingenickt war. Otto vermied auch zu klingeln. Er verschaffte sich mit dem Zweitschlüssel Zutritt und stand urplötzlich vor mir. Entsprechend war der Schrecken, den er mir damit eingejagt hatte. „Hallo, Otto, wo ist Alia?" „Jetzt entspann dich erst mal, mein Junge. Alia liegt auf der Privatstation von Professor Rademacher. Er ist Spezialist für", sogleich fiel ich Otto ins Wort. „Ich weiß, wer Rademacher ist. Jetzt sag mir schon, was los ist, Otto." Mein Ton war ein wenig laut geworden, doch er nahm mir dies ob meiner Sorge um Alia keineswegs krumm. „Also, Rolf hat Alia stationär aufgenommen und für heute 9:00 Uhr einen OP-Termin angesetzt. Zwar kann auch er noch nicht sagen, ob es sich um einen bösartigen Tumor handelt, der ihr stark zusetzt, aber er möchte kein Risiko eingehen und umgehend den Eingriff vornehmen. Größe und Lage der Geschwulst scheinen allerdings äußerst problematisch zu sein. Rolf hat seinen ganzen Stab zusammen-getrommelt. Ich möchte nichts beschönigen, Johannes, dafür kennst du mich zu gut und zu lange, aber es besteht absolute Lebensgefahr." Entnervt fiel ich auf meinem Sofa in mich zusammen, unfähig etwas zu tun. „Jetzt mach dich nicht gleich völlig verrückt, bevor überhaupt feststeht, welcher Befund vorliegt, Johannes. Rademacher ist eine Kapazität auf diesem Sektor." „Was ist dann so schlimm an der OP?" „Die Lage des Tumors bereitet Rademacher große Sorgen. Ihre große Bauchschlagader liegt extrem und abnormal verlagert ganz in der Nähe der Geschwulst. Diese Verlagerung könnte bei ihrer letzten Entbindung passiert sein. Wir können die Ursache nicht lokalisieren. Schlimmstenfalls kommt es zum Riss der Aorta und Alia würde innerlich verbluten." Ich saß mit offenem Mund wie ein staunender und andächtig zuhörender Student vor meinem Professor, der mir gerade etwas erklärte, mit dem ich als Gynäkologe zwar bestens vertraut war, doch was ich jetzt einfach nicht verstand. „Ich sage es dir so, wie es der Befund aussagt. Es soll nichts beschönigt werden, mein Junge." Diesen letzten Satz hörte ich schon nicht mehr. Ich war mit meinen Gedanken bei ihr. Ich dachte an die Kinder und was aus ihnen werden sollte, wenn Alia....., ich weigerte mich diesen Gedankengang fortzusetzen. „Johannes? Hast du alles mitbekommen?" „Ja, Otto, ich fahre morgen früh zu ihr hin und werde das Ergebnis der OP in der Klinik abwarten." „Dann fahre ich jetzt nach Hause. Es tut mir sehr leid, dass ich nicht mehr für dich tun konnte, mein Junge." Otto, der große Professor, nahm mich in seine Arme und drückte mich an sich. „Du hast dich in die Kleine verguckt, nicht wahr?" Ich nickte und lächelte kurz gequält. „Du hast getan, was du tun konntest, Otto. Ich danke dir und grüß Mutter von mir. Sag ihr bitte auch, dass ich noch nicht weiß, ob ich pünktlich zum Kaffee erscheinen kann." „Vergiss den Kaffee, Johannes. Du weißt doch ganz genau, dass deine Mutter für diese Art von Situationen besonderes Verständnis aufbringt." Otto drehte sich um und verschwand wieder ganz leise im Dunkel der Nacht.

Obwohl ich hundemüde war, wälzte ich mich wieder hin und her in meinem Bett und fand nicht in den Schlaf. Die Sorge um Alia raubte mir meine Nachtruhe. Ich musste darüber nachdenken, was mit den Kindern geschieht, wenn ihr etwas zustoßen würde. Der Entschluss, sie zu adoptieren, reifte sofort in mir heran, um ihnen eine Abschiebung nach Syrien zu ersparen. Alle vermeintlichen Szenarien ging ich durch, was mir das Einschlafen jedoch keineswegs erleichterte. Doch irgendwann schaffte ich es dann doch. Gegen viertel nach sieben in der Früh wurde ich von Getrippel kleiner, nackter Füßchen geweckt, die über meinen Granitboden flitzten. Ich stand auf und sah nach. Karima und Aadil verließen gerade die Toilette und schauten mich erwartungsvoll an. „Morgen, ihr beiden. Kommt mit zu mir ins Bett." Erst etwas unentschlossen, dann jedoch hoch erfreut folgte mir das Geschwisterpaar in mein Schlafzimmer. Blitzschnell kuschelten sie sich unter meiner Decke an mich. „Schläft Mama noch?", erkundigte sich Karima bei mir. „Das könnte sein, aber Mama schläft nicht nebenan." Zwei Augenpaare fixierten mich sofort entsetzt wie ein Adler seine Beute.

„Was ist mit Mama?", fragte Aadil „Eurer Mama ging es gestern nicht gut." „Hatte sie schon wieder so furchtbar Bauchweh?" „Ja, leider. Hatte sie das schon öfter?" „Mmhhh, schon eine ganze Zeit." „Ist sie denn nicht einmal zu einem Arzt gegangen?" „Doch, aber der hat gesagt, sie müsste operiert werden und das könnte sehr schlimm für sie werden. Wo ist Mama denn jetzt? In einem Krankenhaus?" „Ja, Karima. Eure Mama liegt seit letzter Nacht in Bonn in der Universitätsklinik und wird heute von einem Spezialisten operiert. Meine Mama hat sie gestern untersucht und dies für besser gehalten, damit sie bald wieder bei euch sein kann." „Was ist ein Spezialist?", fragte der Kleine nach „Ein Facharzt, der nix anderes tut als Bäuche aufschneiden, um Bauchweh wegzuoperieren, Aadil", klärte Karima ihren Bruder treffend auf, was ich in dieser Einfachheit nicht hätte besser machen können. Es folgte kein Toben am frühen Morgen und auch eine Kissenschlacht fiel aus. Still lagen die Kinder rechts und links neben mir in meinen Armen. Lediglich das Ticken meines Weckers und ihr Atem holen war vernehmbar. Wir lagen noch etwa eine halbe Stunde so da, bis ich den Vorschlag äußerte, Frühstück zu machen. Wenig später saßen wir gemeinsam an meiner Küchentheke, kauten lustlos an unseren frischen Brötchen und rührten Gedanken versunken in unseren Kakao- und Kaffeetassen. „Was machen wir denn jetzt?", fragte Karima. „Ich habe vor, wenn es euch recht ist, mit euch zusammen nach Bonn ins Krankenhaus zu fahren, um dort zu sein, wenn eure Mama nach der Operation wieder aufwacht. Was denkt ihr?" Beide Kinder nickten. Es war ein Anblick, der mir beinahe das Herz brach. Der sonst so fröhlich und spitzbübisch dreinschauende Aadil, dessen Mund rundum mannigfaltige Spuren der Nussnougatcreme aufwies, saß nur noch traurig da und auch Karima war nicht mehr der Sonnenschein, den sie sonst darstellte. Ich konnte einfach nicht anders, trat hinter die beiden Kinder und nahm sie fest in meine Arme. „Es wird ganz bestimmt alles gut werden." Doch außer einem eher höflichen Nicken erfolgte keine weitere Reaktion. „Kriegst du das alleine hin, euch beide zu waschen und anzuziehen?", fragte ich Karima und fing mir mit dieser Frage einen mehr als bösen Blick von Aadil ein. „Ich brauche keinen, der mich wäscht oder anzieht. Ich bin doch kein Baby mehr." Karima nickte nur. Wir verließen auf mehr als unterschiedliche Art und Weise meine Küchenhocker und verschwanden im Haus in alle Richtungen. Ich räumte noch rasch auf, duschte und zog mich an. Zwanzig Minuten später trafen wir uns im Flur des Hauses. Bis auf geringe Spuren von Zahnpasta an Aadils linkem Mundwinkel konnten wir uns als landfein bezeichnen. Zehn Minuten vor zehn meldete ich mich am Schwesternzimmer der Station, auf der Alia lag, bei der Oberschwester an. Die kräftige Farbige schien ein Herz aus Gold zu besitzen. Sie schäkerte gleich mit Aadil und lachte mit Karima, wenn auch die Stimmung stark gedrückt war. „Ihre Frau ist bereits im OP", erklärte mir die Oberschwester. „Der Chef operiert selbst." Ich wollte nicht erst noch lange Erklärung abgegeben und verzichtete auf die Richtigstellung des Familienstandes. „Kann ich vorher noch kurz mit Professor Rademacher sprechen?" „Das kann ich nicht sagen. Versuchen Sie Ihr Glück am Zugang zum OP-Trakt zwei Etagen tiefer." Ich dankte kurz für den Hinweis und drückte der Schwester noch ein paar Sachen zum Anziehen für Alia in die Hand. „Kommt, wir müssen mit dem Aufzug zwei Stockwerke herunter fahren."

Kapitel 12

Die Dienst habende Schwester am Zugang zum OP zeigte sich da schon mehr zugeknöpft. „Professor Rademacher ist bereits bei der OP-Vorbereitung. Ich kann ihn jetzt nicht stören." Manchmal regeln sich im Leben Dinge auch ganz wie von selbst und sogar zu unserem Vorteil. Ich wollte schon mit den Kindern den Warteraum aufsuchen, als der leitende Operateur über den Gang im OP-Trakt lief und mehr durch Zufall Blickkontakt mit mir hatte. Natürlich wusste ich nicht, was Otto mit dieser Operationskoryphäe besprochen hatte. Irgendwie war es mir auch gleich. Ich wollte nur wissen, wie es Alia ging, und wie er die OP durchziehen wollte. Professor Rademacher änderte seine Weg-richtung und kam direkt auf mich zu. Wieder so ein Halbgott in weiß, jedoch in blauer OP-Kleidung, dachte ich als die große Gestalt auf mich zukam. „Kollege Steinhauer, nicht wahr?", begrüßte er mich kurz und knapp. „Genau der bin ich, hallo, Herr Professor." „Jetzt lassen Sie bloß den Titel weg. Ich glaube, wir haben gerade andere Sorgen." „Gern, Herr Kollege", antwortete ich und traf wohl nun eher seinen Ton." „Können wir offen reden?" „Ja, sicher." Ich bat die beiden Kinder schon einmal auf der Sitzbank im Wartebereich Platz zu nehmen. „Ich weiß ehrlich gesagt noch nicht, was mich im Leib der Kollegin Maschari wirklich erwartet. Die kompletten Auswertungen des Abstriches, den Ihre Frau Mutter entnommen hat, liegen mir noch nicht vor, genauso wenig wie das große Blutbild. Wir haben einfach zu wenig Personal. Laut MRT hat sich die Geschwulst genau um die große absteigende Bauchaorta gelegt. Ich brauche Ihnen nicht zu erklären, was das heißt." „Nein, das brauchen Sie wirklich nicht. Und wie sind ihre Aussichten?" „Im schlimmsten Fall ist der Tumor bösartig und bereits mit der Zerstörung der Aorta befasst. Fragen Sie mich jetzt bitte nicht, was ich dann machen werde. Ich weiß es nämlich noch nicht. Sollte es sich um ein Myom handeln und alles Gewebe im Umkreis unbelastet sein, könnte die Sache glatt gehen. Ich brauche auf jeden Fall für die OP eine verdammt ruhige Hand. So, ich muss los. Drücken Sie der Kollegin und mir mal kräftig die Daumen. Eigentlich gibt es schönere Sonntags-beschäftigungen als komplizierte, lebensbedrohliche OPs durchzuführen." „Ich wünsche Ihnen alles Gute." Professor Rademacher hörte meine gut gemeinten Wünsche schon nicht mehr. Hoch konzentriert ging er bereits direkt auf den OP zwei zu und verschwand darin, ohne sich noch einmal umzuwenden.

„Geht es Mama gut?", empfing mich Aadil sofort, als ich den Wartebereich erreichte. Beide Kinder schauten mich verständlicherweise mit ihren großen Augen fragend an. „Ich kann es euch nicht genau sagen. Zurzeit schläft sie und gleich wird sie operiert." „Ist der Arzt gut, der Mama den Bauch aufschneidet?" „Er ist der beste Arzt für diesen Bereich in der ganzen Umgebung, Karima. Wisst ihr was, wir gehen jetzt in der Kantine etwas trinken." Ich informierte die Schwester, wo wir im Hause zu finden sind und fuhr mit den Kindern im Lift ins Erdgeschoss zum Kantinenbereich. Doch alle Köstlichkeiten des Kantinenwirts konnten weder die Kinder noch mich zu einer Verbesserung unserer Stimmungslage animieren. Um weiter Zeit totzuschlagen, spazierten wir durch den Garten der Klinik, aber auch dies bereitete uns keinen Spaß. Dann fasste ich einen Entschluss: Wir fuhren wieder hoch zur Chirurgie und fragten nach, ob es etwas Neues zu berichten gab, doch wie es hieß, würde Alia immer noch operiert. Ich ließ meine Karte bei der Schwester und fuhr mit den Kindern zu meiner Mutter.

„Das ist ja richtig toll, dass ihr mich besuchen kommt", rief meine Mutter uns schon von weitem entgegen, als sie uns so niedergeschlagen dahin traben sah. „Jetzt mal herein in die gute Stube. Setzt euch." Mutter hatte ein absolutes Feeling dafür, sich in kritischen Momenten richtig einzubringen. Ganz sicher ein Relikt ihrer langen Erfahrung als Ärztin, doch entsprach diese Art auch ihrem Naturell. Sie vermied es vorsätzlich, sich nach dem Gesundheitszustand von Alia zu erkundigen und beschäftigte sich gleich mit den Kindern, denn wie schlecht es um deren Mutter stand, konnte sie sich an den Fingern einer Hand abzählen. Karima und Aadil durften entgegen ihrer sonstigen Gepflogenheit sogar fernsehen. Erst als ich alleine in ihre Küche trat, fragte sie nach. „Ich kann noch nichts sagen. Professor Rademacher ist noch mit ihr im OP." „Sieh es positiv, Johannes. Der Eingriff wird schon gut verlaufen." „Wollen wir es hoffen." Otto von Schleswig gesellte sich zu uns und versuchte sich als Spaßmacher, doch auch seine Versuche, mich mit Witzen aufzuheitern, scheiterten kläglich." Gegen kurz vor drei trafen auch meine Schwester Jennifer mit Lebensgefährten Henning und dem jungen Hund Tapsi, ihrer Neuerwerbung ein. „Hallo, Brüderchen", begrüßte sie mich gleich augenzwinkernd. „Siehst schlecht aus, mein liebes Bruderherz. Schlauchen dich etwa die vielen Frauen-unterleibe so sehr, die du untersuchen musst?" „Ich komme zurecht, danke, Schwesterherz. Ich wusste gar nicht, dass du Nachwuchs bekommen hast. Bist ja auf den Hund gekommen." Bei Tapsi handelte es sich um einen portugiesischen Wasserhundwelpen, der nur Unsinn im Kopf hatte. Der kleine Racker hatte es gleich

Karima und Aadil angetan. Zum Wohlwollen meiner Mutter war das Fernsehen sofort uninteressant. Hund und Kinder tollten durch den Garten der Seniorenresidenz, unterhielten dabei viele andere alte Menschen und hatten eine Menge Spaß miteinander, bis sie irgendwann zu dritt auf Mutters Hollywoodschaukel saßen und friedvoll nebeneinander völlig kaputt einschliefen. Als die beiden Kinder nebst Spielgefährten nach etwa einer Stunde erwachten, nahm sich Jennifer der beiden an. „Ich hätte nie gedacht, dass mein Schwesterlein es so gut mit Kindern kann", stellte ich fest, als ich alleine mit Mutter in der Küche stand und die drei beobachtete. „Tja, mein Lieber, Jenni wünscht sich schon recht lange ein Baby." „Aber ist denn Henning dafür der richtige Vater?" Mutter vermied es, etwas dazu zu sagen, doch ihr Gesichtsausdruck sprach Bände. „Warten wir es ab, wie sich die Beziehung der beiden entwickelt. Ist ja nicht Jennis erste Beziehung", orakelte sie. „Und hoffentlich nicht ihre letzte", vervollständigte ich ihren Satz in Erwartung eines Rüffels, der jedoch ausblieb. „Jetzt fahr schon ins Krankenhaus, mein Junge. Ich passe mit Jenni und Otto auf die beiden Kleinen auf." „Danke, Mama, du bist ein Schatz", rutschte es mir so heraus, und wie es schien traf ich damit genau ihren Geschmack.

Die Schulferien neigten sich dem Ende. Man merkte dies vor allem an dem zunehmend stärker werdenden sonntäglichen Ausflugsverkehr, der bei dem Wetter wieder eine Menge Familien ins Grüne lockte, die noch vor einer Woche irgendwo in dieser Welt ihre Körper an gut bevölkerten Stränden im Sand hin und her bewegten. Doch nach schöner Natur stand mir zurzeit überhaupt nicht der Sinn, so gern ich mich auch im Freien aufhielt. Ich kämpfte mich durch die Stadt bis zum Parkplatz der Unikliniken. Es war ruhig geworden in der monumentalen Gesundheitsfabrik. Nur noch wenige Besucher schlenderten durch den Eingangs- bereich gefolgt von gehfähigen Patienten, die dringend nach einer Möglichkeit gierten, unbemerkt eine Zigarette zu rauchen. Ich fuhr mit dem Lift erstmal zur Station, wo ich jedoch Alia nicht anzutreffen vermutete. Ich hoffte, hier bereits erste Informationen zu ihrem Gesundheits- zustand zu erhalten. Die sehr liebe, farbige Ober- schwester hatte bereits Dienstschluss und war von einer nicht minder freundlichen und liebenswerten Kollegin aus irgendeinem östlichen Nachbarland abgelöst worden. Ich fragte gleich nach, ob sie etwas zum Verbleib von Alia sagen könnte, da ich sie nicht in ihrem Zimmer antraf, womit ich jedoch gerechnet hatte. Doch eine Aussage über Alias Zustand war der mit starkem Akzent sprechenden Oberschwester leider nicht möglich. Sie verwies mich an die Intensivstation. Der Lift brachte mich gleich auf die richtige Ebene. Ein paar Schritte noch, und ich erreichte das Vorzimmer der Intensivstation. Eine vom harten Dienst ziemlich ermattete Schwester nahm mich in Empfang. „Mein Name ist Johannes Steinhauer. Ich möchte mich nach dem Gesundheitszustand von Frau Dr. Alia Maschari erkundigen. Wie hat sie die OP überstanden, Schwester?" „Dazu darf ich so einfach keine Auskunft geben. Sind Sie ein Verwandter?" Jetzt konnte mich nur noch eine Notlüge in die Lage versetzen, meinen Informationsstand zu verbessern. „Ich bin ihr Lebens- gefährte", antwortete ich, was ja zurzeit, bis auf den sexuellen Part, der Realität entsprach. „Tja … ehhh" Die Schwester spielte auf Zeit und versuchte in ihrem tiefsten Innern zu ergründen, in wie weit sie mich über den Zustand von Alia einweihen durfte. Ein Zufall kam ihr zu Hilfe. Professor Rademacher betrat durch einen

Nebeneingang den Intensivbereich. Als er mich erkannte, kam er gleich auf mich zu. „Hallo, Herr Kollege", sprach er mich sofort an und erkannte meinen fragenden Blick. „Sie lebt", waren die einzigen beiden Worte, die er mir entgegen schleuderte, was mich nicht gerade zu Begeisterungsstürmen ermunterte, wenn dies auch eine gute Nachricht darstellte. Doch was hieß das schon. Ich hatte Patienten erlebt, die jahrelang im Wachkoma lagen und auch lebten, nur war dies ein menschenwürdiges Leben oder eher ein Vegetieren? Ich fragte nach. „Und wie hat sie die OP überstanden?" „Kommen Sie, wir trinken in meinem Büro einen Kaffee zusammen", wich er aus. Ich folgte dem großen Magier, dem ein Ruf als harter Hund vorauseilte, wenn es um Operationsperfektion ging, etwas unsicher in sein Büro.

„Nehmen Sie Platz. Wenn ich Otto richtig verstanden habe, sind Sie der Lebensgefährte von Frau Maschari?" Wieder bediente ich mich dieser Notlüge. „Ja, so ist es." „Ist ja auch egal. Es geht ihr sehr schlecht, das muss ich leider vorwegschicken. Einziges Licht am Horizont: Es handelte sich um eine gutartige, wenn auch sehr große Geschwulst, die beinahe alle Funktionen ihrer Unterleibsorgane beeinträchtigte. Hätte sie die OP noch ein, zwei Monate herausgezögert, wäre sie ganz sicher an Organversagen verstorben. Mich wundert nur, dass sie das als Gynäkologe nicht bemerkten." „Ich glaube, ich muss Ihnen reinen Wein einschenken, Herr Rademacher." So begann ich, ihm die Geschichte von Alia und den Kindern zu erzählen. Ich ließ nur wenige Punkte der Story aus, unter anderem meinen Disput mit den beiden Ordnungshüterinnen in Hennef und die Exkursion in die Eisdiele, was ihn ganz sicher nicht sonderlich interessiert hätte. Rademacher schien froh über meine Aufrichtigkeit zu sein. „Frau Maschari wies ganz tief im Uterus noch deutliche Spuren einer Vergewaltigung aus, die durch Penetration mit irgendwelchen Gegenständen herrühren, die jedoch heute nicht mehr bedrohlich erscheinen. Die behandelnden Ärzte hätten diese Verletzungen jedoch erkennen und sofort behandeln müssen." Ich erzählte dem Professor noch das, was ich von Alia zu diesem Thema erfahren hatte. Er schien jedoch zu bemerken, dass er meine Geduld auf eine starke Probe stellte. „Lassen Sie mich unserem Frage- und Antwortspielchen ein Ende bereiten, Herr Kollege: Ich musste während der OP Frau Maschari den Uterus, die Eierstöcke und ein kleines Stück des Enddarmes entfernen. Mein Team und ich waren weiter gezwungen, die große Bauch-schlagader zu verlegen, die Blase anzuheben und natürlich nicht zu vergessen, die Geschwulst zu entfernen, die sich bereits an Darm und Blase heran-gemacht hatte." Meinem entsetzten Gesicht entnahm der erfahrene Chirurg wohl gleich, dass ich mir erhebliche Sorgen machte. „Und wie sehen Sie ihre Heilungschancen?" „Frau Maschari hat viel Blut verloren, das wir ersetzen mussten. Ich kann auch noch nicht ausschließen, dass sie sich in Folge der Vergewaltigung eine schwere, versteckte Sepsis einge-handelt hat, die ihren geschwächten Zustand nicht gerade verbessert und den Heilungsprozess begünstigt. Wir haben sie für drei Tage in ein künstliches Koma versetzt. Mittwochnachmittag wecken wir sie wieder auf, wenn sie sich aufwecken lässt. Ihre Chancen, die OP zu überleben, sehe ich bei guten sechzig Prozent." „Das ist doch schon mal ein guter Anfang", war das einzige, was mir jetzt einfiel und irgendwie schien es wie eine Floskel. Rademacher erkannte dies gleich. „Kopf hoch, Herr Kollege. Kinder wird sie zwar keine mehr gebären können, aber den ersten Schritt, sie wieder zu einer

79

guten Ehefrau werden zu lassen, haben wir getan." Dieser Ausspruch schien mir keine bessere Floskel zu sein als die, die ich formulierte. „Kann ich Sie sehen?" „Ja, natürlich. Ich wollte ohnehin zu ihr." Ich folgte dem Professor zur Intensivstation, wo man mich in Schutzbekleidung steckte. Als ich an ihr Bett trat, musste ich mehrfach schlucken. Sie werden jetzt sicher sagen: Was erzählt uns der Mann denn da? Er ist doch Arzt und kennt alle Dinge, die nach einer Operation durchgeführt werden müssen. Ist ja richtig, doch wenn es den Menschen betrifft, den man liebt, ändert sich die Einstellung zu allen medizinischen Gerätschaften. Nur ein kleines, still daliegendes Bündel in der Mitte des Bettes schaute unter einem Gewirr von verschieden farbigen Kabeln und Schläuchen hervor. Ich fingerte nach dem Stuhl rechts in der Ecke und zog ihn mir heran. Langsam und ohne Alia aus den Augen zu lassen, als wenn die Gefahr bestünde, dass sie von hier weglaufen könnte, setzte ich mich an ihr Bett und legte ihre rechte Hand in meine Hände. Warm und zerbrechlich fühlte sie sich an. Als ich mit ihr alleine war, sprach ich sie an. „Alia, ich bin`s, werde schnell wieder gesund. Aadil, Karima und ich warten schon auf dich. Mach dir keine Sorgen, ich werde gut auf deine Kinder aufpassen." Als ich ihre leblos wirkende Hand vorsichtig zurück auf das Bett legte, schrillte mit einmal eine Alarmsirene. Alinas Herz hatte aufgehört zu schlagen.

Kapitel 13

„Meinst du, Mama wird bald wieder gesund, Tante Adele?", fragte Karima, als sie gemeinsam in der Küche das Abendbrot zubereiteten. „Es wird bestimmt alles gut gehen, Karima. Ganz sicher wird der liebe Gott auf euch beide und eure Mama aufpassen." „Ich weiß nicht. Er hatte bestimmt zu viel Arbeit und einmal kurz nicht aufgepasst, sonst wäre Mama nicht von den Männern verprügelt und danach noch so krank geworden." Adele Steinhauer nahm Karima, die ihr schon so richtig ans Herz gewachsen war, in ihre Arme. Selbst die sprachlichen Probleme hatten sie bereits in den Griff bekommen. „Bete fleißig zu ihm, und er wird dir ganz bestimmt zuhören und entscheiden, was gut für dich und deinen Bruder ist." „Wenn er nun will, dass Mama zu ihm kommt, kann ich dann bei dir bleiben, Tante Adele? Aadil und ich wollen nicht wieder zurück nach Syrien. Dort ist niemand mehr, der uns haben möchte." „Ach, Kind, mach dir jetzt bloß nicht so viele Sorgen. Wir werden uns schon um euch kümmern, und Johannes ist ja auch noch da." „Den mag ich auch sehr gern. Er hat mir eine schöne Einschlafgeschichte erzählt, und er kümmert sich sehr um uns." Verschwörerisch zog Karima Adele am Ärmel zu sich herunter. „Ich wünsche mir, dass Johannes Mamas Freund wird, und wir wieder eine richtige Familie werden." Sogleich legte sie ihren rechten Zeigefinger auf ihre Lippen zum Zeichen, dass Adele nichts davon verlauten lassen soll. „Du hast eigentlich ganz Recht, mein Kind. Alt genug ist Johannes ja für den Aufbau einer Familie." „Und du wirst dann meine Oma." Wieder nahm Adele die Kleine in ihre Arme. „Lassen wir das Schicksal und den lieben Gott über den weiteren Weg entscheiden." Sie nahmen die Platten mit den fertigen Broten auf, die sie in der vornehmen Küche von Adele Steinhauer für alle geschmiert hatten und trugen sie auf die Terrasse hinaus.

Aadil saß bei Jennifer auf dem Schoß und lauschte der Geschichte, die Jennifer ihm aus dem uralten Kinderbuch vorlas, dass sie in Mutters

Bibliotheksschrank gefunden hatte. Der kleine Tapsi hatte sich ebenfalls zu ihnen gesellt und döste vor sich hin, das wuschelige Schnäuzchen auf seine Vorderpfoten gelegt. Henning lief durch den Garten und telefonierte in einem Stück mit seinem mobilen Telefon. „So, die Herrschaften, es gibt Abendessen." Otto legte gleich seine Sonntagszeitung auf die Seite. Jennifer und auch Aadil setzten sich ebenfalls an den großen Tisch und griffen bei den leckeren Schnittchen kräftig zu. Lediglich Henning telefonierte noch weiter und beteiligte sich nicht am gemeinsamen Abendessen. Adele verteilte noch an alle einen mit Honig gesüßten Früchtetee, den die fröhliche Runde gleich zu schätzen verstand.

Die Intensivschwester sowie der Dienst habende Mediziner stürzten sofort herbei. Ich saß wie gelähmt am Bett von Alia, unfähig zu jedweder Handlung. Gebannt starrte ich in das kleine, wächsern wirkende Gesicht, aus dem ganz langsam aber stetig das Leben entwich. Der permanente Sinuston signalisierte akustisch ganz deutlich die fehlende Herztätigkeit. Auch auf dem Bildschirm waren weder systolische noch diastolische Ausschläge erkennbar. Weil ich durch meine ungünstige Sitzposition die einzuleitenden Wiederbelebungsversuche behinderte, schob mich die Intensivschwester samt Stuhl etwas barsch zur Seite, was ich ihr jedoch nicht übel nahm. Schließlich ging es um Leben und Tod. Der Intensivarzt führte bereits eine aufgezogene Spritze in der Hand, deren Nadel er in Alias rechte Herzkammer einstach und ihr dabei wohl Atropin applizierte. Die Schwester hatte bereits den fahrbaren Beistelltisch mit dem Defibrillator herbeigerollt und die Elektroden in ihren Händen. Nun ging alles rasend schnell. Die Handlung lief wie ein Film vor meinen Augen ab. Ständig sah ich in das kleine, liebevolle Gesicht von Alia, aus deren Mund ein Beatmungsschlauch herausragte, der durch den erzeugten Druck ihren Brustkorb auf und nieder fahren ließ. Sofort übernahm der Arzt die beiden Elektroden und setzte sie bei Alias in Herznähe auf den Brustkorb auf. Im Stillen betete ich, dass der Sinusknoten in Alias Herz seine Arbeit wieder aufnahm und den Takt der elektrischen Ströme wieder lenkte. Sie durfte einfach noch nicht sterben, doch sie war sehr schwach. Heftig pfeifend baute sich die Energie im Defibrillator auf, die der Arzt mittels der Elektroden auf den Herzknoten jagte. Beim dritten Versuch zeigte sich auf dem Monitor wieder eine einsetzende Herztätigkeit, und auch der Piepton war wieder deutlich hörbar. Mir fiel ein Stein vom Herzen. Ich bleib noch bis kurz vor zweiundzwanzig Uhr, bis mir die Intensivschwester nahe legte, doch nach Hause zu fahren. Ohne Murren gab ich ihr meine Karte für den Fall, dass man mich rufen musste und fuhr zu meiner Mutter.

Aadil und Karima liefen mir bereits an der Türe entgegen, als ich Mutters Wohnung betrat. Obwohl sie sich wegen dringenden Schlafbedarfes nur noch recht langsam voran bewegten, waren ihre Gedanken noch sehr wach. „Hallo, Johannes, wie geht es Mama?", fragten mich die beiden sofort, als würden sie gemeinsam singen. „Mama geht es soweit gut. Sie muss jetzt drei Tage schlafen, und wenn sie wieder aufwacht, wird sie der Arzt untersuchen und nachschauen, wie es ihr geht." Die beiden Kinder gaben sich mit dieser Aussage zufrieden und liefen zurück auf die Terrasse, wo sie sich wieder zu Tapsi setzten. Mutter und Jennifer schauten mich nur an und warteten, bis die Kinder verschwunden waren. „Und?", fragte Mutter, die jedoch gleich am Hochziehen meiner Augenbrauen erkannte, dass meine Erklärung den Kindern gegenüber nur die halbe Wahrheit darstellte. „Sie haben Alia erstmal bis Mittwoch ins künstliche Koma versetzt. Als ich eben bei ihr am Bett saß und ihre Hand hielt, kam es zu einem Zwischenfall. Sie mussten sie reanimieren." Ich erzählte Jennifer und meiner Mutter, was mir Professor Rademacher zum Ausgang der OP berichtet hatte. „Jetzt sieh mal nicht alles so schwarz, Johannes. Wenn Rademacher etwas anpackt, dann hat das Hand und Fuß. Er weiß, was er tut." Jenni nahm mich in ihre Arme. „Lass den Kopf nicht hängen, Johannes. In ein paar Monaten ist alles vergessen, und ihr werdet bestimmt sehr glücklich." „Was machen wir denn mit den Kindern, wenn wir arbeiten müssen?" „Morgen kannst du die beiden zu mir bringen. Otto und ich sind zu Hause." „Das ist doch schon mal ein Anfang. Vielleicht finde ich ja in der Nachbarschaft eine Tagesmutter, die sich der Kinder annimmt." „Kommst du heute Abend alleine klar oder soll ich mit zu dir fahren?" „Du möchtest nur einmal in einem ordentlichen Haushalt übernachten. Gib es zu, Schwesterherz." „Du bist so doof, Hannes! Also, soll ich nun mitkommen oder nicht?" „Gern. Wo ist eigentlich dein Menschheitsverschönerer?" „Er ist noch zu einer Vernissage gefahren, zu der er eingeladen war. Ich werde mich ohnehin von ihm trennen. Wir passen nicht zusammen." „Welch weiser Entschluss, mein Kind", mischte sich Mutter in unsere Diskussion ein. „Such dir einen netten Kerl, mit dem du deiner Mutter einen hübschen Enkel zeugen kannst." Mutter musste lachen. „Mensch, Mami, die Typen, die eine Familie gründen wollen, und das in meinem Alter, laufen nicht zu hunderten in der Gegend herum. Ich hätte ja auch gern ein Kind, aber ich kann mir ja keinen Vater schnitzen." Jennifer wurde richtig ungehalten. „Lass dir eine Samenspende verpassen, mein Kind. Dann kannst du dir alle Wunschparameter deines Kindes zusammenstellen." „Das fehlt noch. Ne, Mama, ich möchte schon einen passenden Kerl zu meinem Nachwuchs." „Ich wollte dir gerade mit einer Samenspende aushelfen. Ein schöneres Kind als aus meinem Samen hervorgeht, kannst du überhaupt nicht gebären." „Das wäre noch das allerschlimmste. Deine Hängefigur und meine Vorstellung von einem schönen Kind weichen da schon immens voneinander ab." „War nur gut gemeint, Schwesterherz." „Du bist ja in zwei Wochen bei mir zur Vorsorgeuntersuchung angemeldet. Ich werde deine Prostata nicht mit dem Finger abtasten, sondern mit der ganzen Hand." Obwohl niemanden wirklich zum Spaßen aufgelegt war, besserte sich unsere Stimmung ein wenig. Eine Viertelstunde später bevölkerten zwei hundemüde Kinder und ein nicht minder müder Wasserhundrüde, der jedoch noch gar nicht wusste, dass er ein Männchen ist, meine Rücksitzbank und meine liebe Schwester den Beifahrersitz.

Wir brachten die beiden Kleinen sogleich ins Bett, als wir zur Hause eingetroffen waren. Ich hielt mich da bewusst raus, weil die Kinder gewöhnt waren, von einer Frau für die Nacht zurechtgemacht zu werden. Die Gute Nacht Geschichte allerdings erzählte dann doch ich meinen kleinen Gästen, wobei jedoch Aadil nicht mehr allzu viel davon mitbekam. Er war fast zeitgleich mit dem Zudecken tief und fest eingeschlafen. Jennifer hatte sich bereits während meiner Märchenstunde zurückgezogen. Als ich mit meiner Geschichte schloss, quälten sich zwei kleine Ärmchen unter der Bettdecke hervor und legten sich mir um den Hals. Leise flüsterte Karima mir ins Ohr: „Wenn Mama wieder gesund ist, kannst du dann ihr fester Freund werden?" „Ja, gern, natürlich, aber wieso?", stammelte ich ein wenig unbeholfen. „Weil wir dann hier bei dir und deiner Familie bleiben können. Mama wäre mit dir sicher glücklich, und wir bekommen eine neue Oma und eine neue Tante." „Darüber sprechen wir, wenn Mama wieder bei uns ist. Einverstanden?" „Aber du machst mit?" „Wir müssen dazu aber auch mal Mama fragen. Lass sie zuerst einmal wieder gesund werden." „Können wir noch zusammen beten, dass der liebe Gott sie bald wieder bei uns sein lässt?" „Das machen wir." Karima faltete ihre Händchen und fing leise an zu beten. Ihre Worte trafen mich sehr tief und lösten eine Menge Emotionen aus. Wenn ich jetzt in einen Spiegel blicken würde, wüsste ich, warum sich mein Blick eingetrübt hatte: Tränen in meinen Augen waren Schuld daran. Als die Kleine mit ihrem Gebet geendet hatte, gab ich ihr noch einen Gute Nacht Kuss und deckte sie zu. Bevor ich das Kinderzimmer verließ, schaute ich noch nach Aadil, der schon weit weg war im Land der Träume. Was mich besonders bei den Kleinen erstaunte war die Tatsache, wie ungeheuer schnell sich die beiden sprachlich angepasst hatten. Natürlich gab es noch einige Probleme, aber wenn sie erst ein paar Monate in Deutschland lebten, waren die Sprachbarrieren rasch überwunden, und sie konnten hier eine Schule besuchen, geisterte mir durch den Kopf.

Ich ging die Treppe hoch und schaute mich um, doch nirgendwo waren Schwesterlein oder Tapsi zu sehen. Doch je näher ich der Türe zum Schwimmbad kam, desto lauten drangen Geräusche purer Lebensfreude an mein Ohr, und mir schwante schon fürchterliches. Als ich den Schwimmbadbereich betrat, wusste ich gleich, warum hier so laut gejuchzt wurde. Jennifer schwamm splitternackt in meinem Pool herum, gefolgt von einem

Knäuel portugiesischem Wasserhund. Es fiel mir schwer zu entscheiden, wer sich nun graziler in meinen Fluten bewegte. „Komm auch rein, Hannes, das Wasser ist einfach herrlich." „Nein, lieber nicht. Ich hab Angst, dass ich von deiner Bestie mit Haut und Haaren verschlungen werde." „Feigling", rief mir Jenni zu und bespritzte mich mit Wasser. Ich holte Handtücher aus dem Schrank und legte sie zum Abtrocknen bereit. Da es draußen immer noch sehr warm, beinahe schwül war, schob ich die große, gläserne Schiebetüre auf und setzte mich auf die Terrasse, die vom Schwimmbadbereich nach draußen abging. Wenig später stieg mein Schwesterherz samt Nessie, dem Seeungeheuer, aus meinen Fluten. „Schau mir nicht so auf meinen Arsch, Brüderchen. Ich bin deine Schwester. Überhaupt war ich eben schon etwas erstaunt, dass du mir eine Samenspende von dir angeboten hast. Hast du schon so einen Notstand? Claudia ist doch erst eine Woche weg." „Unsinn! Selbst wenn wir beide als einzige Menschen auf einer einsamen Insel stranden würden, wäre mir jede Palme lieber als du." Wir mussten beide lachen, während Jenni sich in ein Handtuch wickelte. Tapsi hatte es da einfacher. Mit atemberaubender Geschwindigkeit schüttelte sich das kleine, schwarze Wollknäuel und wuchs, nachdem alles Wasser aus Tapsis Fell sich auf meinem Granitboden verteilt hatte, auf das doppelte Volumen an. Jenni warf sich nebst Hund auf einen meiner Liegestühle und schaute mich an. „Ein Glas Rotwein wäre jetzt sicher lecker und nicht das für die einfachen Gäste, Brüderchen. Immerhin ist deine Schwester zu Besuch." Ich hatte verstanden und servierte einen guten Roten nur vom Besten. „So lass ich es mir gefallen", beschrieb Jenni die Situation überaus treffend. Doch schon bald wurde sie tiefernst. „Meinst du, Rademacher kriegt Alia wieder auf die

Füße?" „Ich wünsche mir nichts Sehnlicheres. Doch als ich eben sah, dass sie wiederbelebt werden musste und wie sich ihr zarter Körper unter den starken Stromstößen des Defibrillators wand, kamen mir schon gewaltige Zweifel. Sie wäre die richtige Frau für mich." „Das weißt du schon nach zwei Tagen? Du kennst sie doch noch gar nicht richtig." „Ich fühle das, und die beiden Kinder möchte ich auch nicht mehr missen." „Das jedoch kann ich gut verstehen. Aadil ist wirklich ein knuffiges Kerlchen und Karima bereits eine kleine Dame. Ich hätte auch gern ein Kind." „Ach, Jenni, du wirst auch noch den Richtigen dafür finden. Musst halt noch Geduld haben."

Kurz nach Mitternacht borgte sich Schwesterlein noch einen Pyjama von mir. Nach frischer Zahnpasta duftend fragte sie: „Und wo kann ich jetzt schlafen?" „Auf dem Sofa, auf einer Liege am Pool oder im Garten. Ich geh jetzt mal Zähnchen putzen. Schlaf gut, Schwesterherz." Ich brauchte nicht lange mit der abendlichen Körperpflege. Bevor ich ins Schlafzimmer schlenderte, schaute ich noch einmal kurz bei den Kindern ins Zimmer hinein. Aadil und Karima schliefen tief und fest. Leise und auf Zehenspitzen verließ ich den Raum und betrat mein Schlafzimmer. Hier allerdings traf mich beinahe der Schlag. Mein schönes, großes Bett wurde von einem schlanken Wesen, in meinen Schlafanzug gewandet, bevölkert wie auch von einem kleinen schwarzen Monster, das sich offensichtlich darin mehr als wohl fühlte. „Ist doch nur für eine Nacht", bettelte Jenni, während mich zwei liebevoll dreinschauende Augenpaare ansahen. Ich war müde, abgespannt und willigte völlig überrumpelt ein.

Kapitel 14

Gegen viertel nach sechs in der Früh summte mein Wecker. Ich versuchte gleich aus einem Gewirr von fremden Armen, Beinen und Pfoten heraus den Standort meines Weckers zu ergründen. Ich konnte nicht gerade behaupten, gut geschlafen zu haben. Ständig fühlte ich einen Arm oder ein Bein von Jennifer an meinem Körper, und als ich sie endlich auf ihrer Seite mittels ihrer Decke fixiert hatte und auf ein wirklich ausschweifendes Schlaferlebnis hoffte, leckte Tapsi an meinem rechten großen Zeh. Ich zog den Fuß unter die Decke und hoffte auf Ruhe. Doch hatte ich anscheinend mit meiner Reaktion den eigentlichen Spieltrieb von Tapsi erst richtig entfacht. Knurrend wühlte er am Fußende mit seinen Pfötchen unter meiner Decke herum in der Hoffnung, endlich meinen Fuß zu finden. Wirklich Ruhe gab das kleine Monster erst, als ich meinen Fuß wieder herausstreckte und es sich darauf betten konnte. Eine Fügung der Natur bescherte mir glücklicherweise die Fähigkeit, nicht kitzelig zu sein. Wie gerädert erhob ich mich aus meinen Federn und ging eine Runde zum Wachwerden schwimmen. Die Kleinen schliefen noch tief und fest. Doch auch hier blieb ich nicht lange alleine. Jennifer und Tapsi fanden offensichtlich ebenfalls Gefallen an meinem Frühsport und nutzten die Gunst der Stunde. Planschend stürzten sie sich in meine Fluten.

Schlag viertel vor sieben saß die ganze Familie am Frühstückstisch beziehungsweise vor dem Fressnapf und labte sich an meinen kulinarischen Köstlichkeiten aus dem Kühlschrank. Als alle satt zu sein schienen, übernahm Jenni das Kommando, und ich muss sagen, für eine ungeübte Frau mit Mutterinstinkt machte sie ihre Arbeit schon sehr erfolgreich. „Hast du schon etwas von Mama gehört?", fragte Aadil, sich noch den Restschlaf aus den Augen reibend. „Nein, noch nicht. Aber ich fahre gleich im Krankenhaus vorbei und sehe nach ihr. Dann rufe ich euch sofort an. Einverstanden?" Aadil und Karima nickten mir wohlwollend zu. „Fährst du mich in die Praxis?" „Aber sicher doch. Taxi Steinhauer erledigt alle ihm gestellten Aufgaben kurz und prägnant. Ist damit zu rechnen, das ich auch in der kommenden Nacht deine Bettnachbarin sein werde?" „War das jetzt eine Drohung, Schwesterherz?" Mit einer gehörigen Portion Beschützerinstinkt stellte die wilde Bestie ihr Frühstück ein und schaute mich mit zur Seite geneigtem Köpfchen an. Noch in Erwartung eines todbringenden Angriffs kam Tapsi mit wedelndem Schwänzchen auf mich zu und bat um seine Streicheleinheiten. Auch die Kinder, die unsere Konversation gut verstanden hatten, schauten mich ebenso fragend an. „Ja, natürlich: Bring ruhig mein Haus durcheinander, zerwühle mit deinem Hund mein Bettzeug und reinige dich in meinem Pool." Nun mussten auch die Kinder lachen. Tapsi war zwischenzeitlich auf meinen Schoß gesprungen und hatte es sich dort so richtig bequem gemacht. „Ja, kein Problem. Ich besorge uns etwas zu essen für heute Abend." Ich ließ mir diese Prozedur noch fünf Minuten gefallen. „Da ich für das alles aufkommen muss, was vor allem du und dein Hund am Abend zu sich nehmen, muss ich jetzt zur Arbeit und Geld verdienen." „Ohhhhh, mein armer, geplagter Bruder. Muss er sich doch krumm legen für seine liebes Schwesterlein." Jennifer erhob sich von ihrem Platz und streichelte über meinen Kopf, woraufhin ich die fürchterlichsten Grimassen folgen ließ, die mir einfielen. Meine kleinen Gäste bogen sich vor Lachen. Wenig später saßen wir bereits im Auto und befanden uns auf dem Weg nach Bonn.

Die vorher so fröhlich, gelöste Stimmung war verflogen. Stille hatte sich im Auto breit gemacht. Keiner von uns sprach mehr ein Wort. Dreißig Minuten später standen wir bei Mutter in der Seniorenresidenz in Bonn vor der Türe ihrer Suite. Sie lehnte bereits völlig angezogen im Türrahmen und lächelte uns zu. „Guten Morgen Zusammen", sprudelte es nur so aus ihr heraus. „Habt ihr einigermaßen geschlafen?" Tapsi nahm es mit der Begrüßung der Hausherrin nicht so genau und rannte gleich an ihr vorüber ins Wohnzimmer, wo er es sich auf Mutters gutem Fernsehsessel gemütlich machte und sein Köpfchen auf seine Vorderpfoten platzierte. „Wollt ihr draußen stehen bleiben, oder kommt ihr herein?" „Morgen, Mama", begrüßten wir unsere Mutter wie im Chor. In der Diele ihrer Wohnung nahm sie die Kleinen gleich in ihre Arme. „Wir machen uns heute einen schönen Tag. Nicht wahr?" Aadil und Karima nickten erwartungsvoll. Unerwartet öffnete sich Mutters Schlafzimmertüre und Otto betrat, nur mit einer Shorts bekleidet, den Flur. Er grüßte kurz und verschwand im Bad. Jenni und ich konnten ein Schmunzeln nicht unterdrücken. „Jetzt grinst nicht so. Otto hat mir meinen Radiowecker neu eingestellt." Doch auch Mutter huschte ein Lächeln über ihre Gesichtszüge. „Dein Wecker muss ein schwierig zu bedienendes Gerät sein, wenn Otto sich dermaßen in Schweiß gearbeitet hat, dass er sich bis auf die Shorts entkleiden musste." Jennifer drehte sich weg vor Lachen, nachdem sie die Situation so treffend beschrieben hatte. „Das Sexualleben eurer Mutter ist tabu und geht euch überhaupt nichts an. Habt ihr eigentlich nichts zu tun? Das wird für euch ohnehin ein teurer Tag. Das Betreuen von zwei süßen Kindern und einem verrückten Hund von einer akademisch gebildeten Kraft mit Promotion wird nicht gerade preiswert ausfallen." „Mama, du bist Gynäkologin und weder Erzieherin noch Tierbändiger. Also kannst du uns deine Dienste nur als pädagogische Hilfskraft in Rechnung stellen." Jenni hatte einfach super gekontert, was wieder etwas zur Erheiterung beitrug. Mutter behielt allerdings recht: Unsere Pflichten riefen. „Wird das denn gut gehen mit euch den ganzen Tag lang?", fragte ich noch zum Abschied nach. „Macht dass ihr wegkommt und sagt mir Bescheid, wenn ihr etwas Neues über den Zustand von Alia in Erfahrung bringt." Wir nickten beide und verließen nach kurzer Verabschiedung Mutters Suite.

Ich setzte Jenni gleich in ihrer Praxis ab, die nicht weit von ihrer Penthousewohnung im Herzen von Bonn entfernt lag. Kurz vor acht stand ich am Bett von Alia, die noch genauso dalag wie gestern, als ich die Intensivstation verließ. Der Dienst habende Arzt berichtete mir, dass sich ihr Zustand stabilisiert habe, und jetzt nur die Zeit für sie spielen könne. Ich streichelte ein paar Mal über ihre warme Stirn und legte ihre kleine Hand in die meine. Eine Regung war jedoch nicht wahrnehmbar. Ich verabschiedete mich und fuhr in meine Praxis, wo bereits die Patientinnen auf dem Gang Platz nehmen mussten, mangels Sitzplätzen im Wartezimmer. „Guten Morgen, Chef. Wo bleiben Sie denn? Haben Sie etwa verschlafen?," begrüßte mich sehr ungehalten meine Seniorhelferin Gudrun mit einem Blick, der Bände sprach, so in der Richtung: Jetzt hat er keine Freundin mehr, und nun schlägt er sich die Nächte um die Ohren. „ Morgen, Gudrun. Es ist stets erquicklich an einem Montagmorgen so liebevoll von Ihnen begrüßt zu werden. Ich hatte am Wochenende einen schwierigen Notfall zu begleiten und bin damit auch noch nicht am Ende. Wenn die Uniklinik anruft,

stellen Sie bitte gleich zu mir durch, Gudrun."
„Entschuldigen Sie bitte, Chef. Das konnte ich ja nicht
wissen. Obwohl wir uns heute Morgen beim Betreten
der Praxis schon wunderten, dass in Raum zwei wohl
eine Behandlung stattgefunden hatte und ein Ultraschall
erstellt wurde. Ich brauche für die Rechnungsstellung
noch die Daten über die Versicherungszugehörigkeit der
Patientin." „Vergessen Sie es, Gudrun. Geht aufs Haus."
Um weiteren Diskussionen zu entgehen, betrat ich mein
Büro und schlüpfte in mein Weißzeug. Rasch
informierte ich telefonisch meine Mutter über den
Gesundheitszustand von Alia. Wenige Minuten später
startete ich mit der Ordination und versuchte die bereits
verlorene Dreiviertelstunde wieder hereinzuholen, was
mir jedoch bis mittags nicht gelang. In meiner Praxis
werden immerhin Patientinnen behandelt und keine
Motoren repariert, und so nahm ich mir halt die Zeit, die
ich für jede Frau benötigte. Gegen ein Uhr mittags
machte sich mein Rücken durch Schmerzempfind-
lichkeit bemerkbar; eine Stunde später weiteten sich die
Beschwerden bis zum Nackenbereich aus. Es wurde
dringend Zeit eine Pause einzulegen, die ich mir nun
auch nahm. Dies bedeutete jedoch, dass an diesem
Vormittag drei Patientinnen einfach nicht mehr
behandelt werden konnten. Ich entschuldigte mich bei
allen Dreien persönlich und gab ihnen für den
kommenden Mittwochnachmittag, an dem ich eigentlich
die Praxis geschlossen hielt, neue Termine. Heimlich
verkroch ich mich in mein Büro, wo bereits zwei
Unterschriftenmappen zur Bearbeitung auf mich
warteten, wie auch vier halbe Brötchen mit gekochtem
Schinken. Gudrun war als Praxishelferin einfach uner-
setzbar. Ich biss mit Heißhunger in die erste Brötchenhälfte und begann so, meinen Zuckerspiegel
wieder zu normalisieren. Nach dem Konsum der dritten

Hälfte mit dem leckeren Metzgerschinken, der vom Schwein wäre mir eigentlich lieber gewesen, setzte ein wohliges Sättigungsgefühl ein. Obwohl mein Griff nach der vierten Hälfte schon in Völlerei auszuarten schien, wollte ich diese nicht verkommen lassen. Ich spülte die letzten Reste meiner Mahlzeit mit einem Kaffee aus der Thermoskanne herunter und gönnte mir als Dessert ein Diclofenac Medikament in der Hoffnung, den Nachmittag einigermaßen schmerzfrei zu überstehen. Doch bevor ich mich wieder meinen Patientinnen widmen wollte, rief ich meinen besten Freund, Rechtsanwalt Harro Schubert an.

Das Kurzwahlverfahren meines Telefons ersetzte mein wenig ausgeprägtes Zahlengedächtnis und wählte Harros Direktdurchwahl. Er schien mich als Anrufer gleich erkannt zu haben und begrüßte mich sofort entsprechend. „Hallo, mein Gutster, das ist ja eine Überraschung, dass du dich mal wieder meldest." „Hallo, Harro. Ich hoffe es geht dir gut?" „Aber hallo. Wir waren am Wochenende mit ein paar Kollegen auf Sylt. Heinz Helmut hat uns mit einer Chartermaschine dorthin geflogen. Du kennst Heinz Helmut doch noch?" „Ich glaube schon. Ist das nicht der kleine dicke Typ, der bei euch Verwaltungsrecht macht?" „Also, so klein ist er ja nun auch nicht, und wenn du ihn dick nennst, solltest du schnell laufen können." „Wie ich dich kenne, habt ihr dort die Sau raus gelassen." „Vorsichtig ausgedrückt: Ja." „Ist denn alles gut gegangen?" „Aber sicher doch. Du kennst mich doch, Hannes. Außerdem habe ich mir erst noch vor zwei Wochen von deiner Schwester mein Fortpflanzungsinstrument sowie alle Zusatzaggregate wie Prostata und so weiter durchchecken lassen. Funktioniert alles wie neu. Was kann ich denn für dich tun? Ich habe gleich wieder Mandanten zu Besuch. Wir müssen mal wieder essen gehen." „Da gebe ich dir allerdings Recht, wenn nur die Zeit nicht so knapp bemessen wäre. Lass uns das vorerst verschieben." „Dann schieß mal los, Hannes. Was liegt an?" Ich erzählte meinem Freund die ganze Geschichte. „Und wie kann ich dir nun behilflich sein?" „Alia hat in Bonn studiert und auch dort ihr Examen abgelegt. Sie hat jedoch ihre Facharztausbildung zur Kinderärztin sowie das dazugehörige Examen in Damaskus abgelegt. Was müssen wir machen, damit sie hier eine Praxis als Pädiater eröffnen darf?" „Na, du kannst einen ja Sachen fragen. Meldest dich erst ein paar Wochen nicht und dann gleich so ein Hammer. Das ist etwas für Heinz Helmut. Ich sag ihm, dass er sich bei dir melden soll." „Das ist super. Vielen Dank, Harro." „Kein Thema. Dafür werde ich mir auf deine Kosten im Peperoni Lammkoteletts schmecken lassen." „So viel du magst, wenn Heinz Helmut mir keine Rechnung schreibt." „Dann werden wir ihn mitnehmen müssen, Hannes, und ob das nun preiswerter wird, als wenn er dir nach Gebührenordnung eine Rechnung erstellt, wage ich zu bezweifeln." „Schau´n wir mal. Ich melde mich bei dir, wenn ich wieder Land sehe. Bis dahin." „Mach´s gut alter Schwede." Das Gespräch war beendet. Ich zog mir wieder meinen Arztmantel an, um den zweiten Teil des Tages in Angriff zu nehmen.

Kapitel 15

Die ersten beiden Patientinnen an diesem Nachmittag betreue ich schon länger. Sie kommen zur Nachuntersuchung nach Unterleibsoperationen zu mir. Beide Frauen hatten ihre Eingriffe gut überstanden und stellten meine Heilkunst nicht auf eine allzu große Bewährungsprobe. Dagegen stellte meine dritte

Patientin an diesem Nachmittag doch ein ganz anderes Kaliber dar. Die internistische Kollegin Monika Roth, deren Praxis nur einen Steinwurf weit von der meinen entfernt liegt, und die mich schon das eine oder andere Mal von einem grippalen Infekt, einer Mittelohrentzündung sowie einer marginalen Gastritis befreite, hatte sich zur dringenden Untersuchung angekündigt. Dies machte sie immer genau dann, wenn wieder einmal eine ihrer Beziehungen in die Brüche gegangen war. Monika war Anfang fünfzig und immer auf der Suche nach einem adäquaten Partner. Anscheinend hatte sie herausgefunden, dass mich Claudia verlassen hatte, und nun startete sie mal wieder einen ihrer unzähligen Versuche, mich für sich gewinnen zu können. Meine Mädels hatte ich diesbezüglich bereits vor langer Zeit instruiert und zu besonderer Aufmerksamkeit gemahnt. Monika Roth besaß nämlich die ungewöhnliche Angewohnheit, wenn sie meinen Behandlungsraum betreten hatte, sich gleich gänzlich zu entkleiden und auf ihre Knoten in der Brust hinzuweisen, indem sie meine Hände nahm, um diese gleich auf ihre ganz sicher nicht unattraktive Oberweite zu platzieren. Wobei ich nicht ganz sicher bin, ob nicht Henning, der wohl verflossene Lover von meinem Schwesterherz, seine gestaltenden Hände daran gelegt hatte. Doch da musste ich nun durch. Aicha, eine meiner Helferinnen, rief mich in Behandlungsraum drei, wo Monika Roth bereits damit befasst war, sich sämtliche Kleider vom Leib zu reißen. „Hallo, Monika", begrüßte ich die Kollegin so freundlich wie nur möglich. „Was kann ich für dich tun?" „Grüß dich, Johannes. Es sind mir mal wieder Knoten in den Brüsten aufgefallen, die du dir unbedingt ansehen musst, und wenn ich mich nicht irre, ist der nächste turnusmäßige Abstrich fällig. Hier, fühl nur?" Schon hatte sie wieder meine Hände gepackt und auf ihre feste Oberweite gelegt." „Nun mal ganz langsam mit den jungen Pferden, Monika. Laut Übersicht bist du mit der Routineuntersuchung erst wieder in drei Monaten fällig. Setz dich bitte dort auf die Liege, damit ich deine Brüste untersuchen kann." Aicha stand hinter Monika Roth und bot alle Kräfte auf, nicht vor Lachen laut herauszuplatzen. Ich sensibilisierte alle Nervenenden in meinen Fingern, doch auch nach mehrfacher Abtastung konnte ich nicht den Hauch einer Gewebeverfestigung ertasten. „Spürst du nichts?" „Nein, Monika, es war sicher eine stressbedingte, temporäre Knotenbildung." Ich wählte einen gynäkologischen Befund, den es in der Schulmedizin überhaupt nicht gibt, um Monika vor Aicha nicht bloßzustellen. „Und hier?" Schon hatte sie sich wieder meiner Hände habhaft gemacht und drückte sie fest gegen ihre linke Brust unterhalb der Brustwarze. „Keine Sorge, Monika, der Knoten hat sich wohl von ganz alleine zurückgebildet." Ganz neu jedoch für mich war, was Monika nun folgen ließ. Ruckartig legte sie sich auf den Rücken und spreizte ungeniert ihre Beine weit auseinander. Selbst Aicha wurde von dieser Aktion völlig überrumpelt und vergaß vor Entsetzen weiter zu lachen. „Sieh dir nur mal den Ausfluss an, der stetig aus meiner Vagina herausläuft, Johannes." Um Aicha wieder ins normale Leben zurückzurufen, ließ ich mir von ihr ein paar Watteträger reichen. Sicherheitshalber nahm ich eine Probe, die wir später zu weiteren Untersuchung einschicken würden. „Mach bitte noch eine Ultraschalluntersuchung, um wirklich sicher zu gehen, dass mir nichts fehlt." Aicha, die sich zwischenzeitlich wieder gefangen hatte, verdrehte schon wieder die Augen. Ohne dass ich ihr eine Anweisung dazu geben musste, rollte sie schon das Gerät herbei. Als ich Monika jedoch zur intravaginalen

Untersuchung den Sensor einführte, entfuhr ihr ein Laut, der gemeinhin an den Lustschrei eines Orgasmus erinnerte. Jetzt war es endgültig um Aicha geschehen. Sie lachte laut auf, und auch ich musste arg an mich halten, nicht in dieses Lachen einzufallen. „Ist es schlimm?", erkundigte sich Monika. Aicha sprang auf und verließ umgehend den Behandlungsraum. Wenig später löste sie Gudrun ab, die die Untersuchung von Monika Roth mit mir gemeinsam und völlig frei jedweder Emotion beendete. Erfreulicherweise waren Monika die Krankheitsbilder ausgegangen. Sie erhob sich und zog sich gleich wieder an. „Ich danke dir, Johannes, dass du dir gleich Zeit für mich genommen hast. Jetzt bin ich doch beruhigt." „Das ist doch kein Thema, Monika. Bevor du dir unnötig Sorgen machst, ruf kurz an und lass dir einen Termin geben. Sollte der Befund des Abstriches atypisch ausfallen, melde ich mich bei dir." „Nochmals danke und zu Gegendiensten jederzeit gern bereit." „Das weiß ich doch sehr zu schätzen, Monika. Bis bald mal wieder. Vielleicht sehen wir uns noch mal beim Medizinerstammtisch." Diesen Ausspruch hätte ich besser unterlassen. Ich konnte förmlich sehen, wie sie ihren Kalender im Kopf durchging um zu checken, wann der nächste Stammtischtermin anstand. „Ja, dann bis zum nächsten Termin", verabschiedete sie sich dann doch endlich. Der normale Wahnsinn des Praxisalltages konnte weitergehen. Gegen halb sieben und weiteren zwölf Patientinnen konnte ich meinen Rücken kaum noch schmerzfrei bewegen. Gudrun hatte die Mädels bereits nach Hause geschickt und den Sterilisator eingeschaltet. Als ich schwer gebückt mein Büro betrat, stand bereits ein Glas Wasser auf dem Tisch und der Streifen mit den Diclofenactabletten lag daneben. Summiere ich alle bereits bekannten Vorzüge von Gudrun, hätte ich sie sofort von der Stange weg ehelichen müssen. Doch ist Perfektion wirklich alles? Ich entledigte mich meines Weißzeuges und begab mich zur Toilette. Als ich zurückkam, hatte Gudrun bereits alle benutzten Bekleidungsgegenstände in den Wäscheeimer geworfen. „Schönen Feierabend, Chef. Bis morgen", rief sie mir noch zu und verließ die Praxis. Auch ich vergeudete keine unnötige Zeit mehr und lief die Treppen hinunter zum Parkplatz.

Es war schon recht ruhig geworden auf Bonns Straßen, als ich auf den Parkplatz der Unikliniken abbog. Den Weg zur Intensivstation fand ich bereits blind. Ich meldete mich kurz an und nahm an Alias Bett Platz. Sie lag noch genauso da, wie ich sie heute früh am Morgen verlassen hatte. Wieder nahm ich ihre Hand und sprach leise zu ihr: „Es wird alles gut werden. Ich habe schon wegen deiner Zulassung als Kinderärztin Kontakt zu meinen Anwalt aufgenommen. Den Kindern geht es gut. Sie machen die Wohnung von meiner Mutter unsicher. Noch zwei Tage, dann wecken sie dich wieder auf, und es wird von Tag zu Tag aufwärts gehen. Wirst sehen, bald sind wir eine richtig kleine Familie." Irgendwie hatte ich das Gefühl, einen leichten Druck in meinen Händen zu spüren. Doch musste dies aus medizinischer Sicht ein Trugschluss sein. Sanft drückte ich meine Lippen auf ihre Hand, bevor ich sie wieder zurück auf das Laken legte. Gerade als ich die Intensivstation verlassen wollte, traf ich auf Professor Rademacher. „Hallo, Kollege Steinhauer, ich freue mich, Sie zu sehen. Ihrer Freundin geht es schon besser. Ihre Vitalfunktionen haben sich stabilisiert und so wie ich das sehe, können wir Frau Maschari übermorgen aufwecken. Ich habe ja Ihre Rufnummer, falls sich an ihrem Zustand etwas ändert." „Hallo, Herr Rademacher, dann bleibt mir also nur das Daumen drücken?" „So ist es. Lassen Sie mich mal machen. Ach ja, und bestellen Sie Otto schöne Grüße und sagen Sie ihm, dass ich jetzt ein Essen bei ihm gut habe." „Mache ich, ruhigen Abend." „Ihnen auch, Herr Kollege."

Ein wenig beruhigter als gestern ließ ich mich in meinen Wagen fallen und steuerte die Seniorenresidenz an, in der meine Mutter und Otto von Schleswig ihr Unwesen trieben. Es blieb ganz ruhig in Mutters Wohnung, nachdem ich geklingelt hatte. Wenig später öffnete sie. „Dieser Familienzuwachs beschert mir doch tatsächlich einen täglichen Besuch meines Sohnes und darüber hinaus noch zwei liebe Enkel. Guten Abend, Johannes, wie geht es Alia?" „Hallo, Mama, Rademacher ist sehr mit ihrem Genesungsverlauf zufrieden und zuversichtlich, sie übermorgen komplikationslos aufwecken zu können. Was machen die beiden Kleinen?" „Denen geht es bestens. Wir waren heute erst mal ausgiebig shoppen und sie haben mir die Haare vom Kopf gegessen. Jetzt liegen sie mit Hund und Otto auf dem Sofa und schauen fern, wobei ich noch nicht sicher bin, wer zuerst einschläft." Ich musste lachen. Mutter schien ihr Job als Oma richtig Spaß zu machen. „Morgen kann ich mich noch den ganzen Tag um die wilde Bande kümmern, aber für Mittwochvormittag habe ich sechs Patienten bestellt. Hast du schon Jemanden im Auge, der sich um die Kinder kümmern kann?" „Leider noch nicht, aber darum kümmere ich mich morgen gleich als erstes. Ist Jennifer auch schon da?" „Ja, sie hilft mir in der Küche. Hast du Hunger?" „Ehrlich gesagt ja, was gibt es denn?" „Nudeln mit Gulasch." „Da sag ich nicht nein." Es dauerte nicht lange, und Mutters Esszimmer war mal wieder wie in früheren Zeiten mit Leben erfüllt. Sie hatte nichts verlernt, was ihre Gabe als Köchin betraf und so stocherte niemand in seinem Essen herum, weil die Teller viel zu rasch leer gegessen waren. Selbst Tapsi leerte seinen Napf in Rekordzeit. Die Stimmung bei den Kindern nach meiner Nachricht, dass es ihrer Mutter schon etwas besser ging, war dementsprechend euphorisch, und als Mutter zum Dessert noch ihren berühmten Schokoladenpudding mit Vanillesoße auf den Tisch brachte, kannte ihre Freude keine Zurückhaltung mehr. Und wenn ich ehrlich bin, hatte auch ich lange nicht mehr so gut gegessen wie heute Abend. Gegen zweiundzwanzig Uhr lagen Karima und Aadil bei mir zu Hause in ihren Federn und schliefen nach einer kurzen Geschichte sofort ein.

„Trinken wir noch ein Glas Wein zusammen?" „Ja, gern, Jenni, ich hole die Flasche und die Gläser. Möchtest du wieder schwimmen gehen?" „Nein, heute nicht." Zur Feier des Tages kramte ich sogar noch etwas Salzgebäck hervor und servierte all meine Köstlichkeiten auf der Terrasse im Schwimmbad. „Hast du dir eigentlich schon mal Gedanken darüber gemacht, wie es weitergehen soll, wenn Alia wieder gesund wird?" „Ja sicher, wie kommst du jetzt darauf?" „Weil es ja auch für die Kleinen und natürlich auch für Alia selbst wichtig ist, wie ihr zukünftiges Leben aussehen wird. Sie gewöhnen sich ja schon an unsere Lebensverhältnisse. Was zum Beispiel geschieht, wenn der Syrienkonflikt beendet ist und der Asylantrag ausläuft? Du bist dir doch sicher darüber im Klaren, dass wenn es schlecht für sie läuft, sie und die Kinder von heute auf morgen ihre Sachen packen müssen, um den Weg in ihre Heimat anzutreten." „Jetzt lass sie doch erst wieder ganz gesund werden. Kommt Zeit, kommt Rat." „Ich will dir ja keine Angst machen, aber um unser Asylrecht steht es nicht gerade zum Besten." „Das weiß ich ja. Ich habe heute mit Harro telefoniert, der dir übrigens sehr dankbar zu sein scheint, dass bei ihm alles noch normal funktioniert." Jennifer lachte laut los. „Harro ist ein verrückter Kerl, aber richtig nett. Es freut mich, dass er so gut über mich spricht. Ich glaube aber, der wechselt seine Ladies noch häufiger wie ich meine Untersuchungshandschuhe." „Also, wenn du deine Untersuchungshandschuhe mehrfach benutzt, fände ich das schon merkwürdig." „Das ist doch nur so ein Spruch, Brüderchen. Der Verschleiß an Weibern, der auf sein Konto geht, ist halt enorm. Ich glaube im Raum Bonn gibt es keine Frau im Alter zwischen fünfundzwanzig und fünfundvierzig, die er nicht schon mal flach gelegt hat." „Und wie ist es mit dir?" „Er hat zumindest schon mal versucht, mich zum Essen einzuladen." „Das erscheint mir aber doch unverfänglich." „Wer weiß das schon. Wahrscheinlich hätte ich ihn auch nicht von der Bettkante geschubst." „Schwesterherz, welch frivole Aussage. Wenn das Mama gehört hätte." „Sie kennt ihre Tochter. Mach dir da mal keine Sorge. Papa war da schon erheblich prüder, obwohl er es ja wohl ziemlich übertrieben hat, wenn ich Mamas Erzählungen Glauben schenken darf." „Er hat Mama wohl recht oft betrogen?" „So wie es scheint auf jeder Tagung, die er besuchte, und er war häufig unterwegs zu offiziellen Anlässen."

„Krieg ich noch einen Schluck Rotwein?" „Ja, gern." Jenni schien mein Wein sehr zu schmecken, und irgendwie gefielen ihr auch die Abende mit mir hier auf meiner Terrasse. Ich glaube, sie fühlte sich ein bisschen einsam in ihrem Penthousepalast in Bonn. „Ist jetzt eigentlich Schluss mit Henning?" „Ja, ich hab ihn gleich Montagmorgen aus der Praxis angerufen und ihm meine Entscheidung mitgeteilt. Es schien ihm jedoch nicht im Geringsten etwas auszumachen, dass ich ihm den Laufpass gab." „Und was jetzt? Streunst du wieder rum wie die Roth und baggerst alles an, was anderen Geschlechtes ist?" „Aber ganz sicher nicht. War Monika wieder bei dir in der Praxis zur dringenden Untersuchung? Schaff dir doch mal einen Ultraschallsensor für trächtige Elefantenkühe an und untersuche sie damit. Dann hast du vielleicht endlich Ruhe vor ihr." „Oder sie kommt von da an dann jeden Tag zu mir." Wir mussten beide laut lachen ob der Vorstellung. „Ist schon doof, dass wir beide immer noch solo sind, findest du nicht auch, Jenni?" „Ach, ich weiß nicht, man kann eine Beziehung auch nicht erzwingen. Wir stehen beide von morgens bis abends in der Praxis und das auch noch in Fachrichtungen, die uns täglich Patienten bescheren, die als potenzielle Partner in Frage kommen könnten, und doch war bisher nichts adäquates dabei. Ist schon merkwürdig. Claudia war auch nicht die richtige Frau für dich. Zumal ich ja glaube, dass sie dich betrogen hat." „Wie kommst du denn jetzt darauf?" „Nun spiel hier mal nur nicht den gehörnten Gockel, Bruderherz. Claudia wurde immer wieder mal in Siegburg im Brauhaus turtelnd mit diesem Ferdinand Schulz gesehen." „Diesem Immobilienhai?" „Genau dem. Sie soll sogar eines morgens aus seinem Haus gekommen sein. Hat mir eine Freundin erzählt, die ganz in der Nähe wohnt und dies beim morgendlichen Joggen beobachtet hat." „Na wunderbar, und damit kommst du jetzt erst raus?" Ich spielte den Ahnungslosen. „Ich hätte es dir ja erzählt, wenn ich es selbst gesehen hätte. Bei Dritten weiß man doch nie. Vielleicht war es sogar der Wunsch meiner Freundin, dich damit für sich zu gewinnen?" „Jetzt mach aber mal halblang und seit wann hast du denn Freundinnen?" Wie nicht anders zu erwarten, warf mir Jennifer ein Kissen an den Kopf. „Also, wie heißt die Gute?" „Ruth." „Ruth Peters? Die kleine Dicke, die die

Dessousboutique am Marktplatz betreibt?" „Genau jene. Mit dem richtigen Fettreduktionsprogramm sähe sie in einem halben Jahr sicher ganz attraktiv aus, und wenn ich mir dich so anschaue, mein lieber Bruder, könnten auch dir fünf Kilo weniger an Körpergewicht gut zu Gesicht stehen." „Das glaube ich ja wohl jetzt nicht. Da biete ich meiner lieben Schwester seit Tagen den Blick auf einen wunderschönen Sonnenuntergang von meiner Terrasse aus und muss mich dann als adipös titulieren lassen." Jennifer musste sehr an sich halten, um nicht vor Lachen ihren Rotwein zu verschütten. „Ohhh, mein armer gekränkter Bruder, du bist halt etwas dick geworden. So etwas nennt man halt Wohlstandsbauch. Wir könnten ja mal öfter zusammen Joggen." „Du meinst, ich soll mit dir planlos durch die Gegend rennen, nur um so ein Hungerhaken wie du zu werden? Für Männer gibt es übrigens keine Konfektionsgröße vierunddreißig." „Die würdest du sowieso niemals erreichen. Ich trage übrigens sechsunddreißig." „Es reicht doch auch, wenn einer der beiden Partner in einer Beziehung so schlank ist. Oder etwa nicht?" „Ach, Brüderchen, du bist halt ein Mann, der schon in der Steinzeit Mammuts jagte und kein Verständnis für Frauen aufbringt." „Alles dumme Klischees. Ich bin sehr verständnisvoll, jawohl." „Jetzt weint er gleich noch." „Du bist doof, Jenni", antwortete ich grinsend. Wir blieben noch etwa ein halbe Stunde sitzen und plauderten über alles Mögliche, und ich muss sagen, es machte mir richtig Spaß. Als wir uns zur Nachtruhe in mein Schlafzimmer zurückzogen, stellten wir fest, dass mein Bett bereits von Tapsi bevölkert wurde, der tief und fest schlummert. Vorsichtig und in der Hoffnung, unseren Wolf nicht aufzuwecken, krochen wir unter unsere Decken.

Kapitel 16

In den Dienstag startete ich genauso wie gestern in den Montag. Hund und Kinder lieferten Jenni und ich bei Muttern ab. Danach fuhr ich meine Schwester in ihre Praxis, und bevor ich mich ebenfalls wieder in meine Tretmühle begab, schaute ich bei Alia vorbei, die zwar nach wie vor tief und fest künstlich schlief, deren Werte sich jedoch von Tag zu Tag stabilisierten. Ich blieb wieder fünfzehn Minuten an ihrem Bett sitzen und fuhr dann ebenfalls in meine Praxis in der Hoffnung, mir heute keinen Rüffel von Gudrun einzufangen. Und es geschah so, wie erhofft: Da ich zeitiger meinen Arbeitsplatz aufsuchte als gestern, verschonte mich meine Chefhelferin mit mahnenden Worten. Dafür waren meine beiden Wartezimmer wieder bis auf den letzten Platz belegt. Warum dies wohl schon seit Jahren so der Fall war, blieb mir wohl auf ewig ein Rätsel. Wahrscheinlich lag es daran, dass bereits meine Eltern unsere Patienten als Menschen betrachteten und nicht als reine Mittel zum Geldverdienen, und diese Tradition behielt ich gerne aufrecht.

Meine Frage nach frischem Weißzeug erübrigte sich wie jeden Morgen. Gudrun hatte bereits alles für mich zurechtgelegt, und wie gewöhnlich schaute sie kurz einmal in mein Büro herein, während ich nur in Unterhosen gekleidet auf einem Bein in meine weiße Arztjeans hüpfte. Wie jeden Morgen verließ sie dann, vermeintlich peinlich berührt, mein Office und verschwand in den Weiten der Praxis. Lediglich Mittwochsnachmittags änderte sich der Ablauf der Ordination, nämlich genau dann, wenn Mutter Sprech-stunde hielt. Gudrun war an diesen Tagen, wenn Mutter behandelte, stets an ihrer Seite, begleitet von Sarah, unserer Auszubildenden. Nun muss ich erklärend erwähnen: Mutter hat wirklich ein Händchen dafür, Krankheitsbilder mit einer Engelsgeduld zu erklären. So entwickelte es sich zu einer Tradition, dass noch keine unserer Azubis jemals durch eine Prüfung gefallen war. Ich will sie nun nicht in den Ärztehimmel heben und spreche auch nur deshalb so gut über sie, weil sie mir gerade nicht zuhören kann, aber sie ist wirklich in unserer Gilde eine Ausnahmeerscheinung. Ihre Schwangerschaftsberatung von minderjährigen Müttern wird nicht nur von allen Jugendämtern in der Umgebung besonders empfohlen, sondern selbst die niedergelassenen Kollegen schicken uns ihre Problemfälle vorbei. Sie hält sämtliche Formulare für die meist sehr jungen Frauen bereit, die benötigt werden, um Gelder zur Unterstützung zu beantragen. Es wäre nicht das erste Mal, wenn Mutter äußerst resolut mit irgendeinem Amt telefoniert um durchzusetzen, was ihrer Patientin zustand. Sie macht diesen Job wirklich fantastisch, und so ist die Rate an Schwangerschaftsabbrüchen drastisch zurückgegangen. Jetzt habe ich mich regelrecht für Mutter in Rage geschrieben und beinahe vergessen, dass Gudrun bereits in der eins auf mich wartet.

Auch wenn sich meine nächste Aussage wenig patientenfreundlich anhört, aber gegen zwölf Uhr hatte ich eineinhalb Wartezimmer aufgearbeitet und entsprechend behandelt. Ich nahm mir fest vor, heute keine Frau auf einen anderen Termin zu vertrösten und bat Gudrun, noch einmal alle vier Behandlungsräume nach Schwerpunkt zu belegen. Die Untersuchung der beiden werdenden Mamas bereitete mir mal wieder besonders viel Spaß. Es war selbst für mich als Mediziner immer wieder wie ein Wunder, dass daraus, was auf dem Ultraschallbild zu sehen war und für Laien ohne Erklärung überhaupt nicht erkennbar erschien, in wenigen Monaten ein kleiner Mensch entstehen würde. Beide Mütter hinterließen einen wirklich glücklichen und ihr Nachwuchs einen gesunden Eindruck. Mutter Nummer eins zeigte ich noch meinen mahnenden Finger, das Rauchen gänzlich einzustellen, während Mutter Nummer zwei ein Rezept mit einem Eisen-präparat erhielt. In Raum Nummer drei wartete eine schon recht betagte Patientin auf meine Untersuchung sowie meinen Rat. Ihre Gebärmutter hatte sich sehr weit gesenkt und schränkte ihre Lebensqualität doch erheblich ein. Sie erzählte mir, dass sie als junges Mädchen noch von meinem Vater behandelt worden war, und meine Mutter ihre beiden Schwangerschaften begleitet hätte. Sie war eine lustige, ältere Dame von Ende siebzig. Leider konnte ich ihr direkt nicht weiterhelfen. Ich verschrieb ihr zwar eine Hormonsalbe, die ihre Beschwerden etwas lindern sollten, doch würde sie um eine Operation nicht umhin kommen. Sie versprach mir, meinen Vorschlag zu überdenken und sich in zwei Wochen mit ihrer Entscheidung wieder bei mir vorzustellen.

Ich stürmte mit der Aussicht auf eine baldige Mittagspause in Raum vier und traf dort auf Frau Bergmann, eine Neupatientin, die zusammengekauert im Besucherstuhl vor dem Schreibtisch saß. Meine Helferin Monika saß auf meinem Platz und führte bereits eine erste Anamnese durch, in dem sie den kleinen Fragebogen mit der Patientin durchging. Unbemerkt griff ich nach der eben neu angelegten Patientenkarte und prägte mir den Namen ein. Monika hatte ihre Befragung abgeschlossen, erhob sich und ließ mir den Anamnesebogen liegen. „Hallo, Frau Bergmann", begrüßte ich die Neupatientin. „Was kann ich für Sie tun?" Zögerlich antwortete sie: „Ich ..., ich möchte gern ein Baby bekommen, aber ich werde einfach nicht schwanger. Mein Mann und ich haben schon alles versucht, aber es geht einfach nicht." Ich konnte sehen, wie sich langsam ihre Augen mit Tränen füllten. Ein Blick zu Monika herüber signalisierte ihr, dass ich mit der Patientin alleine sprechen wollte. Ohne große Erklärungen verließ meine Helferin den Behandlungsraum. „Erklären Sie mir bitte, was Sie schon alles versucht haben, Frau Bergmann." „Mein Frauenarzt, Doktor Müller in Bonn, hat mich gründlich untersucht und uns angeraten, den richtigen Moment des Eisprungs abzupassen. Außerdem sollte ich dann auf dem Rücken liegend mit meinem Mann Verkehr haben." Ich versuchte kurz darüber nachzudenken, wer wohl dieser Frauenarzt war. Der Name in Verbindung mit Gynäkologie war mir gänzlich unbekannt. Nun war Bonn groß und mit seinen Außenbezirken noch größer. Jeden Kollegen, und dann auch noch aus einer anderen Stadt, konnte ich natürlich nicht kennen. Seine Behandlungsmethodik hingegen schien mir, gelinde gesagt, etwas altbacken. „Haben Sie die Untersuchungsergebnisse des Kollegen mitgebracht?" „Nein, er möchte Sie mir nicht geben." „Das ist aber merkwürdig. Sie gehören doch Ihnen, wie auch alle Röntgenaufnahmen." Die Angelegenheit wurde suspekt und begann mich zu interessieren. „Und wer hat Sie zu mir geschickt?" „Mein Hausarzt, Doktor Schreiner." „Tja, Frau Bergmann, wenn ich mir so Ihre Anamnese anschaue, sind Sie doch ein völlig gesunde Frau." Allmählich schien meine Neupatientin ihre Ängste abzulegen. Meine Art, die Sache anzugehen, gefiel ihr offensichtlich. „Darf ich Ihnen einen Vorschlag machen, wie wir weiter vorgehen können?" Ein Strahlen huschte über ihre Gesichtszüge.

„Ja, gern, glauben Sie denn, wir werden zusammen Erfolg haben?" Sie wurde sofort leicht rot als sie bemerkte, was sie da eben gesagt hatte. „Ich bin nicht der liebe Gott, aber wir werden nichts unversucht lassen, Sie und Ihren Mann zu glücklichen Eltern zu machen. Sind wir also im Geschäft zur Operation gesundes Baby?" Sämtliche Ängste waren wohl von ihr abgefallen als sie mir gleich antwortete: „Ja, Herr Doktor, ich mache alles mit, solange es zum Erfolg führt." „Dann schlage ich vor, wir starten heute mit einer intensiven Untersuchung, einem Abstrich und einem Ultraschall. Wenn Sie Zeit haben, kommen Sie bitte morgen früh um acht Uhr nüchtern zur Blutabnahme herein. Sie brauchen dann nicht lange zu warten. Gudrun, meine erste Helferin, wird Ihnen rasch Blut abnehmen. Sie sind ganz sicher gegen kurz nach acht hier wieder durch die Türe, und wenn ich alle Ergebnisse vorliegen und ausgewertet habe, rufe ich Sie an und wir vereinbaren einen Termin, um zu beratschlagen, wie wir Ihren Babywunsch umgesetzt bekommen." „Ja, so machen wir es." Wie von einer Feder angetrieben sprang ich auf und rief Monika zur Unterstützung herbei. Sie übernahm Frau Bergmann und bereitete alles für die Untersuchung vor. Da mir auch heute wieder eine Mittagspause versagt schien, schaute ich rasch in mein Büro und fand dort zwei halbe Brötchen mit hausgemachter Fleischwurst und eine volle Thermoskanne Kaffee vor. Gudrun sei Dank. Viel zu hastig verspeiste ich die beiden Brötchenhälften, die sehr lecker schmeckten und spülte sie mit einem Becher Kaffee herunter. Gestärkt ging ich in die Vier und wusch mir die Hände. Frau Bergmann unterhielt sich, während sie bereits für die Untersuchung auf dem Behandlungsstuhl Platz genommen hatte, mit Monika. Zwanzig Minuten später half Monika Frau Bergmann vom Stuhl herunter. Mein erster Eindruck ihres Zustandes ließ keine Erkrankungen erkennen. Auch das Ultraschall brachte keine überraschenden Erkenntnisse. Wie es aussah, war Frau Bergmann eine kerngesunde Frau von Mitte dreißig. Ich ließ sie gleich meinen ersten Eindruck ob ihres Gesundheitszustandes wissen. „Das bedeutet, dass alles OK ist?" „Das bedeutet erst einmal, dass ich keine Veränderungen, die auf eine Erkrankung schließen lassen, erkennen kann und das einige Folikel zur Befruchtung vorhanden sind. Bessere Voraussetzungen konnten wir uns nicht erhoffen. Warten wir noch Ihre Blut- und Hormonwerte ab. Dann entscheiden wir gemeinsam, wie wir weiter vorgehen werden." Frau Bergmann strahlte und das sicher nicht nur, weil sie die lästige Prozedur der Untersuchung auf dem verhassten Stuhl überstanden hatte. „Ich bin morgen um acht Uhr hier. Vielen Dank, Herr Doktor, bis morgen." „Keine Ursache, aber seien Sie bitte noch nicht zu euphorisch, bis wir die übrigen Ergebnisse vorliegen haben. Ich rufe Sie wegen eines Termins an." Endlich, doch noch zehn Minuten Mittagspause bis die nächsten Patientinnen eintrafen. Den nachmittäglichen Patientinnenansturm überstand ich schadlos und freute mich, dass heute sogar schon um halb sechs Feierabend war.

Die darauffolgende Nacht entwickelte sich für mich zum blanken Horror. Jenni und Tapsi waren nach unseren bereits zum Ritual avancierten zwei Gläsern Rotwein gleich in einen Tiefschlaf gefallen, während ich mich wieder von einer Seite auf die andere wälzte und einfach nicht in den wohlverdienten Schlaf fand. Tapsi war eigentlich der Erste, der bemerkte, dass irgendetwas mit seinem Nachtlagerbereitsteller nicht stimmte. Doch auch seine liebevoll gemeinten Versuche, mir durch Lecken meines rechten Fußes Eintritt ins Land der Träume zu verschaffen, blieben erfolglos, ja, sie sorgten sogar eher für das Gegenteil. Ich wurde wacher als zuvor. Da seine weiteren Versuche mich dann doch irgendwann kitzelten, und ich voll gesabbelte Füße einfach nicht ausstehen konnte, sprach ich den vierbeinigen Verwandten des amerikanischen Präsidentenhundes darauf an, was zur Folge hatte, dass nun auch Jennifer aufwachte. „Was ist los, Brüderchen?" „Ich kann einfach nicht einschlafen und Tapsi vereinfacht diese Prozedur nicht gerade." Jenni lachte. „Ist er nicht ein liebes Kerlchen?" „Einfach entzückend, der liebe Kleine." Jenni lachte wieder und nahm mich in den Arm. „Mach dir doch nicht so viele Sorgen. Rademacher versteht sein Handwerk." „Aber sie liegt seit der OP wie tot da und bewegt nicht einmal eine Wimper." „Sie wird schon wieder, deine Alia. Sag mal, weiß sie eigentlich überhaupt schon, dass du sie liebst?" „Ehhhh, nun ja, also eigentlich, ehrlich gesagt, nein." „Brüderlein, worin hast du dich denn da wieder verrannt? Vielleicht möchte sie dich ja überhaupt nicht als Partner haben, weil ihr die Gefühle dazu fehlen oder du ihr einfach zu hässlich bist. Was dann?" „Du bist ja eine so was von blöde Schwester", erwiderte ich. „Daran habe ich überhaupt noch keinen Gedanken verschwendet. Du hast ja Recht. Wenn sie mich vielleicht überhaupt nicht will?" Dieses Unwohlsein in der Magengegend kannte ich noch aus alter Zeit, gerade vor Lateinarbeiten. „Dann hast du jedenfalls ein gutes Werk getan, auf Aadil und Karima aufgepasst, während ihre Mutter gesund gepflegt wurde. Jetzt schau mich bloß nicht so wie Tapsi an, als würde ich vor seinen Augen einen gewaltigen Rinderknochen abnagen ohne ihn an diesem Festmahl teilhaben zu lassen. Deine Chancen stehen ja immerhin fifty fifty." Nach dieser Betrachtungsweise der Möglichkeiten von

Jenni war natürlich an Nachtruhe überhaupt nicht mehr zu denken. „Stürz dich bloß nicht gleich auf sie, wenn sie gerade die Augen öffnet, um ihr deine Liebe zu gestehen. Lass sie erst mal in Ruhe nach Hause kommen und wieder Herr ihrer Situation werden. Alles Weitere wird sich geben. Schade eigentlich, die Abende hier mit dir am Pool bei Rotwein und Gebäck werde ich ganz bestimmt vermissen." „Du kannst uns doch gern jederzeit besuchen kommen." „Warten wir ab, wie sich das mit euch noch entwickelt. Ich kann es ja nicht fassen, dass du dir schon Gedanken über eine gemeinsame Zukunft machst, ohne überhaupt mit ihr darüber geredet zu haben. Du bist mir schon so ein richtiger Schwerenöter und Träumer." „Aber über meine Gefühle bin ich mir schon im Klaren." „Das ist ja schon mal ein erster Schritt. Sei mir bitte nicht böse, Brüderchen, aber ich habe morgen vierzig Anmeldungen in der Praxis. Ich brauche meinen Schönheitsschlaf." „Wie lange willst du denn noch schlafen, bis deine Schönheit endlich erblüht?" „Du bist so was von doof, Dr. Johannes Steinhauer. Da tröste ich dich so gut ich kann, und was bekomme ich: Hohn und Spott. Warte ab, wenn es dazu kommt, werde ich dir einen riesigen Kaktus zur Hochzeit schenken und dir das ganze Buffet leerfressen." Jenni rutschte im Bett wieder auf ihre Seite herüber, gefolgt von Tapsi, der ebenfalls wie Frauchen gleich einschlief.

Kapitel 17

Ich glaube, die Kinder bemerkten nichts von meiner Nervosität, als ich für uns das Frühstück bereitete. Tapsi war wohl der Einzige von uns an diesem Morgen, der besonders gut drauf war. Er rannte schnell wie ein Wiesel immer wieder den langen Gang von der

Haustüre bis zum Schwimmbad entlang und glitt auf dem glatten Granitboden dahin wie eine männliche Eisprinzessin. Die Kinder juchzten laut vor Freude und ermutigten ihn, doch noch einmal zu rennen. Als er genug davon hatte, quetschte er sich durch den engen Spalt zwischen Türblatt und Rahmen und verschwand im Pool. Ein kleiner Laut, der genauso klang als wenn ein kleiner Hund ins Wasser hopst, verriet uns, was Tapsi nun gerade anstellte. Er nahm ein Bad im Pool. Dies stellte im Prinzip kein besonderes Problem da. Doch weil er dort herumplanschte und seine Kapriolen bei den Kindern stets großen Anklang fanden, verlegten wir kurzerhand das Frühstück an den Pool. Kurz vor halb acht beendete ich die Vorstellung und unser Frühstück und mahnte zum Aufbruch. Karima und Aadil hatte ich bei meinen Nachbarn untergebracht, den wirklich sehr netten Russlanddeutschen, die selbst acht Kinder ihr Eigen nannten. Tapsi fuhr heute mit Frauchen in die Praxis, wo er den ganzen Tag lang Zeit fand, auszuschlafen, um neue Kräfte für den Abend zu tanken. Weil unser Aufbruch ohne Verzögerungen von statten ging, fing ich mir von Gudrun auch heute keinen Rüffel ein, da ich pünktlich um acht die Praxis betrat. Nach der morgendlichen, stets gleichen Prozedur, ich hüpfe auf einem Bein, springe in meine weiße Jeans und werde dabei kurz von Gudrun beobachtet, war ich bereit für den Tag. Auf dem Gang traf ich noch Frau Bergmann, der Gudrun eben Blut abgenommen hatte. Sie strahlte mich grüßend an, weil scheinbar alles nach ihrem Wunsch verlaufen war. „Morgen, Frau Bergmann. Es geht Ihnen gut, wie es scheint." „Ja, ich fühle mich entspannt und in Ihrer Praxis richtig gut aufgehoben." „Das höre ich natürlich gern. Ich würde mich sehr freuen, wenn ich Ihnen schon bald zur erfolgreichen Schwangerschaft gratulieren dürfte." „Das wäre einfach

großartig." „Ich melde mich bei Ihnen. Schönen Tag."
„Ja, danke, Ihnen auch."

Auch wenn der freundliche Gruß von Frau Bergmann gut getan, und ich heute Morgen keinen Rüffel von Gudrun erhalten hatte, fand ich einfach nicht in diesen Mittwoch hinein. Die Uniklinik hatte mir versichert, sich umgehend telefonisch zu melden, wenn Professor Rademacher Alia aufgeweckt hatte. Ich fieberte förmlich jedem Telefonläuten entgegen und war jedes Mal enttäuscht, wenn der Anruf nicht aus der Klinik stammte. Schon nach der Behandlung meiner zweiten Patientin legte sich meine Unruhe, und ich war wieder ganz in meinem Element. Erstaunlicherweise waren die Wartezimmer bereits gegen ein Uhr verwaist. Ich hing meinen Arztmantel auf den Bügel, den Gudrun mir an meinen Kleiderhaken gehangen hatte, damit der Kittel nicht irgendwo über einem meiner Stühle im Büro herumlag, wie mich Gudrun stets maßregelte, wenn ich mal wieder ausnahmsweise den Mantel über ein Sitzgestühl geworfen hatte. Meine Praxisperle verwöhnte mich heute mal wieder über alle Gebühr. Zwei halbe Körnerbrötchen mit Leberwurst, die Thermoskanne mit dem obligatorischen Kaffee und ein großes Stück selbst gebackenem Pflaumenkuchen, das von einem gewaltigen Sahnehäubchen beinahe ganz versteckt wurde, verschönerten meinen Schreibtisch und regten bereits beim Hinschauen meine Speicheldrüsen gewaltig an. Das Wasser lief mir sozusagen im Munde zusammen. Wenig später vernahm ich geschäftige Geräusche im Flur. Ein deutliches Zeichen dafür, dass Mutter eingetroffen war. Sie öffnete die Türe ihres Büros, das gleich neben dem meinen lag, und streifte sich wie jeden Mittwoch sofort ihren schneeweißen, gestärkten Arztmantel über und verschloss alle

Knöpfe bis auf den letzten unten. Dann ließ sie sich das Buch mit ihren Anmeldungen bringen und schaute hinein. Die Karteikarten der Patientinnen rief sich Mutter auf ihrem Bildschirm auf. Wenig später klopfte bereits Gudrun an ihrer Türe und meldete ihr den Besuch ihrer ersten Patientin. Mutter verfuhr jeden Mittwoch auf die gleiche Weise, und ich konnte mich des Eindrucks nicht erwehren, dass Gudrun diese stets gleiche Art der Abfolge und der Patientenbehandlung weit mehr zusagte als meine manchmal etwas legerere Art. Irgendwie gewann ich sowieso den Eindruck, dass Gudrun mehr von den ärztlichen Künsten meiner Mutter hielt als von den meinen. Dies stellte ich immer wieder dann fest, wenn mich Mutter dann und wann auf einen Fall ansprach und dessen Verlauf. Ein klares Zeichen dafür, dass Gudrun Mutter Einsicht in meine Behandlungspläne und Patientenkarten gewährte. Dagegen war überhaupt nichts zu sagen, da ich häufig Mutters Rat einholte, doch wäre es mir lieber gewesen, sie würde die Informationen von mir direkt erhalten und nicht von meiner Chefhelferin. Um Gudrun gänzlich den Wind aus den Segeln zu nehmen, nahm ich mir vor, Mutter die Zugangsdaten zu meinen Daten zu geben. Manches Mal sahen vier Augen ohnehin mehr als nur zwei.

Dieses selten dämliche Telefon, das mir sonst, wenn ich Arztberichte schrieb, Privatrechnungen erstellte oder Briefe verfasste permanent den letzten Nerv raubte, schellte heute nicht einmal. Ob dies wohl ein schlechtes Zeichen war? Schaffte es Rademacher nicht, Alia aufzuwecken? Ging es ihr vielleicht nicht gut oder war sie etwa .....? „Nein, denk positiv, Hannes", sprach ich mir selbst Mut zu. Vielleicht sollte ich einfach mal in der Uniklinik anrufen? Diese Idee schien mir bahnbrechend.

Ich nahm den Hörer in die Hand und ließ der Elektronik freien Lauf. Rademachers Sekretärin, die hübsche Dunkelhaarige mit der kräftigen Oberweite, nahm meinen Anruf entgegen und ließ verlauten, dass der Professor sich im OP befand und zurzeit leider nicht gestört werden könnte. Ich bedankte mich und legte auf. Doch noch bevor ich mir weiter Sorgen machen konnte, holte mich Monika in die eins ab, wo bereits eine Patientin im verhassten Gynäkologenstuhl Platz genommen hatte, der wohl in der Rangfolge von verhassten Sitzmöbeln neben dem Zahnarztstuhl ganz hoch oben anzusiedeln ist. Ein wenig irritiert stellte ich beim Betreten des Behandlungsraumes fest, dass neben meiner Patientin noch eine ältere Dame und eine weitere jüngere Frau den Raum bevölkerten. „Guten Tag, meine Damen", begrüßte ich alle Anwesenden. „Schön, dass Sie so zahlreich zur Behandlung erschienen sind, aber meine Tätigkeit wird nicht im Dutzend billiger." Doch mein lockerer Scherz entspannte die Situation im Raum nicht im Geringsten. Manchmal war ich doch froh, nicht Komiker geworden zu sein, sondern Arzt. Aicha hatte die Assistenz übernommen und begann mir zur erklären. „Chef, das ist Familie Gülügüz, deren jüngste Tochter Hylia in wenigen Wochen heiraten möchte. Sie wird begleitet von ihrer Mutter und ihrer Schwester. Die Familie möchte sicher gehen, dass bei Hylia alles in Ordnung ist und sie Kinder gebären kann." „Und das sie noch ihr unversehrtes Hymen besitzt." Aicha nickte mir kurz lächelnd zu und wie es schien, waren meine Besucher nicht so ganz des Deutschen kundig. Ziemlich verschüchtert saß meine noch sehr junge Patientin, bekleidet mit einem kurzen Rock und einer Bluse auf dem unteren Teil des Behandlungsstuhles und schaute mich ängstlich und erwartungsvoll an. Ich konnte mich überhaupt nicht daran erinnern, die Patientin am Montag weggeschickt zu haben, weil der Laden mal wieder brechend voll gewesen war, und ich es einfach nicht schaffte, alle Patientinnen zu behandeln. Die Antwort dazu folgte umgehend von Aicha.

„Chef, eine der Patientinnen vom Montag hat abgesagt, und da habe ich diesen Notfall eingeschoben." „Notfall? Wieso Notfall?" „Weil der Bräutigam von Hylia sie nur heiraten will, wenn sie einen Nachweis eines Gynäkologen beibringt, der ihre Unversehrtheit sowie den Nachweis ihrer Fruchtbarkeit bescheinigt. Ich kenne die Familie von Hylia schon eine ganze Weile und dachte, bei Ihnen ist Sie in guten Händen. Sie sind jetzt sauer auf mich nicht wahr?" „Du hättest mir wenigstens vorher etwas zu dem Fall sagen können. Schicke die Verwandtschaft bitte ins Wartezimmer. Dann schauen wir uns Hylia mal in Ruhe an." Ich ging noch mal rasch in mein Büro um nachzuschauen, ob endlich die Uniklinik angerufen hatte, doch leider immer noch Fehlanzeige. Dafür drang ziemlicher Lärm aus Warte-zimmer eins zu mir herüber. Rasch eilte ich hinzu. Hylia, ihre Mutter, ihre Schwester sowie Aicha waren in eine heftige Diskussion vertieft. Ich versuchte, mich einzumischen, doch vergebens. Alle sprachen weiter laut in die Runde, bis unerwartet, wie gerade von einem anderen Stern eingetroffen, der schneeweiße Kittel von Mutter im Türrahmen des Wartezimmers auftauchte. Augenblicklich wurde es still. Mutter erkundigte sich bei Aicha nach der Ursache der Diskussion und wurde von ihr in Kenntnis gesetzt. „Meine Damen, in dieser Praxis haben zwei Ärzte das Sagen, mein Sohn und ich. Wenn Ihnen die Behandlungsmethoden des Hauses nicht zusagen, steht Ihnen jederzeit frei, die Praxis zu verlassen. Aicha, übersetzten Sie das den Damen bitte und danach ist Ruhe." Mutter drehte sich auf dem Absatz herum und verschwand genauso leise schwebend wie sie eben uns allen erschienen war. Die Ruhe hielt an. Aicha nahm ihre Freundin Hylia wieder mit in den Behandlungsraum.

So wie es schien wusste die junge Braut zwar, wie man Kinder macht, doch damit endeten auch ihre Kenntnisse über Sexualität. Schließlich war sie gerade siebzehn Jahre geworden und erst seit einem halben Jahr in Deutschland ansässig, wo sie noch zur Schule ging. Niemand hatte ihr bislang erklärt, weshalb sie einmal im Monat mit Blutungen und Schmerzen zu kämpfen hatte und was dies wirklich auslöste. Meine Sorge, ihre Unschuld könnte verloren sein, war damit unbegründet, doch alles andere bedurfte wohl einer genauen Erklärung. Eigentlich war Hylia ein wirklicher Fall für Mutter, doch diese Blöße wollte ich mir nach dem Vorfall eben nicht auch noch geben. Ich bat das Mädchen, an meinem Schreibtisch Platz zu nehmen. Ganz allmählich begann ich mit meiner Beratung und das, was das Mädel aus sprachlichen Gründen nicht verstand, übersetzte Aicha für mich. Allmählich ließ ihre Verkrampftheit nach und sie konnte sogar über manche Dinge lachen. Doch irgendwann kamen wir zu dem Punkt, dass ich ihre Untersuchung durchführen musste. Umständlich nahm sie auf dem Stuhl Platz. Aicha half ihr dabei, sich unter ihrem Rock den Slip herunter- zuziehen. Ich ließ äußerste Vorsicht walten und so dauerte es auch nicht lange, bis sie endlich erlöst war. Ich konnte meine Patientin beruhigen. Sie befand sich bei bester Gesundheit und in jungfräulichem Zustand. Glücklich und zufrieden verabschiedete sich das weibliche Trio und verließ die Praxis. Ich führte noch die beiden übrigen Untersuchungen bei den beiden Frauen durch, die wir für heute Nachmittag bestellt hatten, bevor ich mich in mein Büro zurückzog.

Zwar floss der Kaffee aus der Thermoskanne nicht mehr ganz so heiß in meinen Becher wie noch heute Mittag, doch um wieder frisch zu werden, spielte die Temperatur ohnehin keine Rolle. Ich griff gerade nach dem Becher, als mein Telefon schellte. Beinahe wäre mir vor Schreck mein Kaffeebehältnis aus der Hand gefallen. „Steinhauer", meldete ich mich mit erwartungsvoller Stimme. „Pius hier, hallo Doktor Steinhauer. Harro hatte mich gebeten, für Sie ein wenig in Sachen Zulassung als Kinderärztin für Ihre syrische Freundin zu recherchieren. Ich bin in der Sache weiter gekommen." „Hallo, Heinz Helmut, ich denke wir können auch du sagen." „Ja, gern." „Ich bin der Johannes. Wir begießen das mal in Ruhe. Schieß los, was hast du herausgefunden." „Weil deine Freundin in Deutschland ihren Studienabschluss gemacht hat, darf sie nach deutschem Recht in Deutschland arbeiten. Nur mit ihre Facharztausbildung zur Pädiaterin gibt es Probleme, die zu einem Ermessensfall werden können, was heißt: Die von der Universität Damaskus ausgestellte Approbationsurkunde muss übersetzt und notariell beglaubigt werden. Was noch eine unserer leichtesten Übungen darstellen dürfte. Dann jedoch muss hier an der Bonner Fakultät entschieden werden, ob ihre fachärztliche Ausbildung adäquat einer deutschen Fachausbildung ist. Dies kann bedeuten, dass wenn sich die Uni in Bonn querstellt, wir einen jahrelangen Prozess vor letztendlich dem Bundessozialgericht führen müssen. Mache ich natürlich glatt für euch, nur kann ich das nicht für ´nen Appel und en Ei machen, weil alleine die Gerichtsgebühren schon ordentlich reinhauen. Aber soweit sind wir ja noch nicht. Ich hörte schon von Harro, dass deine

Mutter gute Kontakte über ihren Lebensgefährten mit der Uni pflegt. Begünstigend ist auch noch, dass deine Freundin den Status einer Verfolgten genießt. Dies könnte zu einer Ausnahmeregelung führen. Lange Rede, kurzer Sinn: Ich brauche schnellstens die deutsche Approbationsurkunde sowie die Abschlussurkunde zur Kinderärztin aus Damaskus, damit ich sie übersetzen und notariell beglaubigen lassen kann. Bist du bisher mit meiner Arbeit zufrieden, Johannes?"

„Vortrefflich, mein lieber Heinz Helmut. Ich versuche, alle Unterlagen so schnell als möglich in eure Kanzlei zu schaffen. Zurzeit liegt Alia aber noch im Krankenhaus. Sobald ich etwas in Händen halte, schicke ich dir alles rüber." „Sehr gut. Bisher bist du mir ein Essen im Peperoni und einen möglichst zeitnahen Termin bei deiner Schwester zur Vorsorgeuntersuchung schuldig."

„Seit ihr gerade alle in eurer Kanzlei auf dem Vorsorgetrip?" „Genauso ist es, Johannes. Wir haben gerade erst den Fall im Freundeskreis erlebt, dass ein guter Kollege an Prostatakrebs erkrankt ist. Außerdem werden die Behandlungsmethode deiner Schwester über alle Maßen gelobt. Sag mal, ist sie eigentlich noch solo?" „Ist sie, in der Tat." „Ich hab sie erst zweimal kurz gesehen. Sie ist schon ein steiler Zahn. Wäre da ein Gentlemanagreement zwischen uns beiden möglich, indem du mich ihr vorstellst?" „Nichts leichter als das, aber du kannst dir sicher vorstellen, dass dies im Gegenzug nicht ganz billig für dich wird." „Damit habe ich gerechnet. Was verlangst du?" Jetzt mussten wir jedoch beide laut lachen. Ich fing mich zuerst und schlug vor, für die kommende Woche ein zwangloses Abendessen unter Freunden zu vereinbaren, wohin ich sie mitbringen würde. Die Begeisterung von Heinz Helmut war ihm am Telefon anzuhören. „Das ist ja super. Ich geb dir gleich meine Geheimnummer, damit du nicht erst über die Zentrale gehen musst, wenn du mich anrufst." Ich schien einen neuen Freund gefunden zu haben, der mir jedoch sehr hilfreich unter die Arme greifen würde, wenn ich ihn brauchte.

Ich gönnte mir hocherfreut noch den gesamten restlichen Inhalt meines Kaffeebechers. Weil Mutter noch behandelte, schien der Moment günstig, unbemerkt aus meinem Weißzeug zu springen und mich wieder in den einfachen Johannes Steinhauer zu verwandeln, der jetzt nur noch ganz schnell nach Bonn in die Uniklinik fahren wollte, um nach seiner Traumfrau zu schauen. Fast wie auf Zehenspitzen bewegte ich mich unserer Rezeption entgegen, doch wie es der Zufall wollte, trat Mutter gerade aus der drei um in der vier weiter zu behandeln. „Hallo, Hannes, hast du schon etwas von Alia gehört?" „Hallo, Mama, leider nein, Rademacher ist wohl dauernd im OP wurde mir gesagt." „Ich denke, seine Sekretärin wimmelt alle Anrufer ab. Fahr hin und schau nach, wie es ihr geht. Wenn sie wach ist, grüß sie bitte schön von uns allen. Kommst du heute Abend zu uns zum Essen? Otto kocht. Jetzt schau nicht so ängstlich: Ich habe genügend Nexium im Haus, keine Sorge." Mutter musste lachen, weil jeder von uns genau wusste, wie gut er wirklich kochen kann. „Jenni kommt auch zum Essen." „Ja, gern. Gegen halb acht?" „Ich denke, das ist die richtige Zeit. Bis später, mein Sohn." Ich verabschiedete mich noch von Mutter und meinen Mädels und suchte dann ganz schnell das Weite.

Kapitel 18

Der Sommer schien Deutschland und besonders das Rheinland doch nicht ganz vergessen zu haben. Mein

Außenthermometer im Auto zeigte neunundzwanzig Grad Celsius an, und die Sonne lachte aus einem fast wolkenlosen Himmel herunter. Surrend ließ ich mein Schiebedach auffahren und ärgerte mich ein wenig, nicht einfach Mutters Cabrio stibitzt zu haben, um offen nach Bonn zu düsen. Doch sie verstand keinen Spaß, wenn es um ihr SLK Prachtstück ging. Sie ließ nicht einmal Otto damit fahren. Den Zeitpunkt, in die Klinik zu fahren, hatte ich offensichtlich gut gewählt. Die Pendler befanden sich noch nicht auf dem Heimweg und der allgemeine Verkehrsfluss verlief moderat. Zwanzig Minuten später entstieg ich meinem Kombi und nahm den Lift ins zweite Obergeschoss. Nur vereinzelt traf ich Besucher auf dem Gang zur Intensivstation. Meine Spannung stieg bereits ins Unermessliche. Wie würde es Alia heute gehen? Wird sie mich gleich wiedererkennen? Hatte es in der letzten Nacht etwa noch Komplikationen gegeben? Meine Schritte nahmen an Geschwindigkeit zu bis ich endlich die Türe mit der Aufschrift „Zutritt nur nach Anmeldung" erreichte. Da sich niemand zum Anmelden in dem verglasten Büro befand, öffnete ich die Türe und trat ein. Die Dienst habende Schwester winkte mir kurz zu, während ich an das Bett von Alia ganz in der rechten Ecke hinter dem Sichtschutz trat. Eigentlich war ich nicht mehr so schnell aus der Ruhe zu bringen, selbst wenn viel Blut floss, denn dafür hatte ich mich irgendwann einmal für den Arztberuf entschieden. Doch hier und jetzt war alles anders. Alias Bett lag verwaist vor mir. Nur noch das zerknautschte Bettzeug mit ein paar roten Flecken verunreinigt, erinnerte daran, dass gestern Abend Alia hier noch gelegen hatte. Schwindel überfiel mich und meine Knie wurden wackelig. Mit einem beherzten Griff an das Bettgestell überwand ich den minimalen Schwächeanfall. Die leitende Schwester der Station trat zu mir und sprach mich gleich an: „Der Professor hat ihre Freundin heute Morgen aufwachen lassen. Wir haben sie einige Stunden beobachtet und dann auf Station in ihr Zimmer verlegt. Es geht ihr den Umständen entsprechend gut. Sie wird sich sicher freuen, Sie wieder zu sehen." Meine Ängste waren wie weggeblasen. Ich musste wirklich an mich halten, der etwas knorrig wirkenden Schwester nicht einen Kuss auf die Wange zu drücken. Rasch verabschiedete ich mich von ihr und stürmte aus der Station dem Aufzug entgegen. Mir war bisher nicht bewusst gewesen, dass das Warten auf einen Fahrstuhl so Nerven zerreißend sein konnte. Als sich endlich die Türe öffnete, und ich zwischen anderen Besuchern eingepfercht stand, fuhr das Teil auch noch zuerst ins Erdgeschoss, bevor ich endlich an den Schalter mit der Aufschrift vier gelangte. Erfreulicherweise ließ sich der Lift nun nicht mehr aufhalten und stürmte ins vierte Obergeschoss der Klinik.

Die liebenswerte, kräftige, dunkelhäutige Schwester, die ich bereits kannte, hatte Dienst und winkte mir mit einem Lächeln aus dem Schwesternzimmer zu. Mein Herz schlug einen Salto, als ich den Türgriff zu Alias Patientenzimmer in der Hand fühlte. Dann endlich stand ich in ihrem Zimmer. Alia lächelte mich sanft, aber noch sehr müde an. „Hallo, Alia, schön, dich endlich wieder wach zu sehen. Wie geht es dir?" „Hallo, Johannes, es geht mir gut. Ich habe keine Schmerzen, aber wie mir der Professor erklärte, war die Operation sehr schwer. Sie ist jedoch gut verlaufen." Ich trat sogleich an ihr Bett und nahm ihre Hand. Ein wenig irritiert schaute sie mich an. Ihre Hand fühlte sich warm und zart an. Ich ließ meinen Blick über ihren zugedeckten Körper streifen. Gegen die Schmerzen, den Flüssigkeitsverlust und den

Ausschluss einer Infektion erhielt Alia entsprechende Infusionen, deren kleine Schläuche sich im Port ihrer linken Hand sammelten. An der linken Bettseite hing noch ein PVC-Beutel mit aufgefangenen Sekreten sowie ein weiterer Beutel, der ihren abgehenden Urin auffing. „Wie geht es den Kindern?" „Denen geht es sehr gut. Sie sprechen schon immer besser Deutsch und haben eine Menge Freunde gefunden. Heute habe ich die beiden bei Nachbarn untergebracht, die selbst acht Kinder haben. Gestern und vorgestern verbrachten sie den Tag über bei meiner Mutter und haben mit Otto und Tapsi, dem Hundewelpen von meiner Schwester, herumgetobt. Meine Schwester schläft solange bei mir im Haus, bis du wieder ganz gesund bist. So bin ich nicht mit den Kindern alleine, obwohl ich mit ihnen viel Spaß habe. Ich merke sehr, wie mir eine wirkliche Familie fehlt." Unbeabsichtigt drücke ich ihre kleine Hand. Irgendwie spürte ich, dass ich bereits viel zu viel gesagt hatte. „Deine Freude wird kleiner werden, wenn meine beiden Kleinen erst mal zickig sind." „Das gehört doch mit dazu. Was sagt Rademacher denn sonst so zu deinem Zustand?" „Er ist sehr zufrieden und meint, wenn der Heilungsverlauf so weiter voranschreitet, darf ich in etwa einer Woche nach Haus. Aber wo ist denn eigentlich zu Hause?" Tränen liefen über ihre Wangen. Was dann in mich fuhr, war genau das, wovor mich meine Schwester gewarnt hatte, und was ich eigentlich vermeiden wollte. Doch als ich sah, wie sehr Alia unter ihren Zukunftsängste litt und ihre Tränen Bände sprachen, sprudelte es nur so aus mir heraus. „Alia, ich möchte dich jetzt und hier nicht überfallen. Aber ich wünsche mir, das du in Ruhe über meinen Vorschlag nachdenkst. Es ist im wahrsten Sinne mein Herzenswunsch, dass du mit den Kindern bei mir bleibst. Wir gestalten das Haus nach deinen Wünschen um und bauen dir eine Kinderarztpraxis in den bisher leer stehenden Räumen im Erdgeschoss unseres Praxisgebäudes auf. Ich habe wegen deiner Zulassung als Pädiaterin bereits mit einem befreundeten Anwalt Kontakt aufgenommen, der mir signalisierte, dass deine Chancen dafür sehr gut stehen. Was denkst du, Alia?" „Ich brauche nicht nachzudenken, Johannes, ich spüre, dass du dich in mich verliebt hast. Ist es so?" „Alia, ich hatte mir fest vorgenommen, dir nicht hier im Krankenhaus meine Gefühle einzugestehen, aber jetzt ist es raus. Ja, es stimmt, ich habe mich in dich verliebt, und ich wünsche mir nichts sehnlicher, als dass du meine Gefühle erwiderst." Der Strom ihrer Tränen versiegte und sie lächelte. „Was willst du mit einer Frau von achtunddreißig Jahren, die dir keine Kinder mehr schenken kann, und die sogar zwei fremde Kinder mitbringt, Johannes?" „Die Umstände sind doch völlig unerheblich. Unsere Gefühle für einander müssen stimmen, Alia. Ich werde Aadil und Karima wie meine eigenen Kinder gemeinsam mit dir großziehen. Für meine Mutter sind die beiden bereits zu ihren Enkelkindern geworden und meine Schwester tobt ebenfalls mit ihnen durch die Gegend, als wären sie unsere gemeinsamen Kinder. Gib uns eine Chance, Alia, auch wenn der Zeitpunkt hier und jetzt vielleicht nicht gerade der richtige ist für den Anbeginn einer Beziehung. Aber es ist mir sehr wichtig, dir zu zeigen, dass du ein Zuhause hast, wo wir uns alle gemeinsam wohlfühlen und deine Kinder und auch du selbst eine schöne Zukunft vor Augen haben." Die Tränen, die nun über ihre Wangen liefen, konnte ich ohne Erklärung nicht deuten." Was hast du, Alia?", fragte ich mehr als besorgt und in großer Angst, ob ich mit meinen Ausführungen sie einfach zu sehr bedrängt habe. „Es klingt einfach alles wie ein Traum, Johannes. Ich wache nach einer schweren Operation auf, und plötzlich steht ein Prinz an meinem Bett, der immer für mich und meine Kinder da sein möchte. Ich kann das alles noch nicht glauben." „Ich wollte dich nicht überfallen, Alia. Mir ist nur wichtig, dass du weißt, dass ich für dich da bin, und das ich dich sehr liebe." „Ich bin so glücklich, Johannes. Aber du kennst mich doch noch überhaupt nicht. Du weißt nichts von mir und meiner Vergangenheit. Meinst du nicht, dass es noch viel zu früh ist, sich über Gefühle im Klaren zu werden." „Nein, Alia. Ich glaube an Liebe auf den ersten Blick. Ich wurde wie vom Blitz getroffen, als ich dich Freitagnachmittag das erste Mal sah. Glaub mir, so etwas gibt es." Als ich spürte, wie sie ihre Hand langsam zusammendrückte und meine damit umfasste, konnte dies nur bedeuten, dass auch sie Gefühle für mich empfand. Ich fühlte, wie mein Herz Purzelbäume schlug und doch wurde ich gleich wieder auf den Boden der Tatsachen zurückgeholt. „Lass mir bitte noch ein wenig Zeit, Johannes. Hinter mir, wie auch hinter meinen Kindern, liegt ein langer Leidensweg mit großen Entbehrungen und eine gefährlichen Flucht, die mich beinahe das Leben gekostet hätte. Aadil und Karima müssen sich erst noch an die neue Umgebung gewöhnen und ihre Sprachkenntnisse verbessern." Alia schloss plötzlich ihre Augen und der Druck ihrer kleinen Hand, die in meiner lag, ließ stark nach. „Ich bin noch sehr müde, Johannes." „Natürlich. Schlaf dich erst mal in Ruhe aus. Morgen komme ich dich mit den Kindern besuchen. Ist dir das recht?" Nur noch ein zaghaftes Nicken signalisierte mir ihre Zustimmung. Vorsichtig beugte ich mich zu ihr herunter und küsste sie sanft auf ihre Stirn. Ich spürte ihre Hand, die nach meinem Kopf griff und ein leises Flüstern drang an mein rechtes Ohr. „Ich habe dich auch sehr lieb, Johannes", vernahm ich ganz schwach und leise und doch war es für mich wie ein Trompetenstoß, dessen Hall mir eine Melodie der Freude bescherte für eine schöne, gemeinsame Zukunft. Ich war mir sicher, dass Alia nicht mehr mitbekam, wie ich mich von ihr verabschiedete. Doch war mir dies völlig egal. Dieser Mittwochnachmittag hielt für mich einen der schönsten Momente bereit, wie ich sie in meinem ganzen Leben noch nicht erlebt hatte.

Auf der Fahrt von der Uniklinik zu Mutters Seniorenresidenz verfiel ich in eine schier grenzenloses Hochstimmung. Ich kramte eine von meinen alten BAP Lieblings CD hervor und schob sie umgehend in meinen Player. Ich öffnete das Schiebedach wie auch alle vier Seitenscheiben. „Verdamp lang her", schallte es mir etwas zu laut aus den Lautsprechern entgegen und sofort regelte ich die Lautstärke leicht herunter. Die Sonne stand schon sehr tief. Ich griff nach meiner Sonnenbrille und setzte sie auf. Gemächlich schwamm ich im Nachmittagsverkehr dem Straßenverlauf folgend mit und sang textsicher jeden Hit von der CD mit. Meinen Kombi stellte ich wie gewohnt auf dem Besucherparkplatz ab und sah, dass Jenni bereits eingetroffen war, nachdem sie die Kinder abgeholt hatte. Früher als gedacht betätigte ich den Klingelknopf an Mutters Haustüre. Zwei völlig überdrehte Kinder sowie ein nicht minder verrückt herumtobender Welpe empfingen mich. Ich nahm Aadil und Karima in meine Arme und gab ihnen einen Kuss. „Wie geht es Mama?", fragte Karima sofort nach. „Eurer Mama geht es schon viel besser. Sie ist aufgewacht und morgen Abend fahren wir sie zusammen besuchen." Die Freude war riesig und der Jubelschrei der beiden Zwerge nicht minder. Warum jedoch der Hund in diese Euphorie mit hineinbellte, war mir schlichtweg schleierhaft. Sicher wollte er nur kundtun, dass er dazu gehörte. Mutter erschien im Türrahmen. „Essen wir heute in der Diele?", fragte sie in die tobende Runde. Ich verschloss die Wohnungstüre und folgte ihr ins Wohnzimmer. Jennifer lag halb auf dem Sofa und blätterte in einer Frauenzeitschrift. „Hallo, Brüderchen. Und? Wie geht es Alia?" Auch Mutter schaute mich erwartungsvoll an. „Es geht ihr soweit gut. Sie ist noch recht schwach und nach einer Stunde gleich wieder eingeschlafen. Rademacher hat ihr während der Visite erklärt, dass sie noch etwa eine Woche in der Klinik bleiben müsste, bevor sie wieder nach Hause dürfte." „Das hört sich doch alles sehr gut an. Ich freue mich schon jetzt darauf, wenn sie wieder bei uns ist. Ich kenne sie ja noch kaum. Bis auf die wenigen eher medizinischen Gespräche, die ich mit ihr während der Untersuchung geführt habe, hatte ich noch keine Gelegenheit mit ihr ausgiebig zu plaudern." Jennifer legte die Zeitung beiseite und ihren Kopf leicht schief. Mutter verschwand befriedigt in die Küche zu Otto während sich die beiden Kinder mit Tapsi in den Garten trollten. „Was schaust du mich so an?" „Brüderchen, wenn ich dein stetes Grinsen auf deinem leider schon etwas in die Jahre gekommenen Antlitz richtig deute, bist du der armen Frau bereits heute im Krankenhaus auf den Zeiger gegangen und hast ihr deine Liebe erklärt. Und wie es scheint, warst du sogar erfolgreich?" „Es war ehrlich kein Vorsatz. Es hat sich einfach so aus dem Gespräch heraus ergeben, und ich glaube herausgehört zu haben, dass auch sie eine Menge Gefühle für mich empfindet. Natürlich benötigt sie noch Zeit, bis sie sich ganz für mich entscheidet. Außerdem muss sie erst wieder richtig gesund werden." „Kommt ihr zum Essen?", erlöste mich Ottos Ruf aus dem Esszimmer von Jennis Fragestunde. Es folgte ein wirklich fröhlicher Abend, den wir alle so schnell nicht wieder vergessen würden. Otto hatte sich förmlich selbst übertroffen. Die Kinder verputzten eine ganze Schüssel Spaghetti Bolognese. Für uns Erwachsene hatte er einen ganzen Lachs mit Kräutern gefüllt und diesen mit Rosmarinkartoffeln im Backofen geschmort. Zum Nachtisch servierte Mutter ihren stets hoch gelobten Schokopudding mit der Vanillesoße, bei dem Genuss nicht nur die Kinderherzen höher schlugen. Bevor wir uns im Anschluss alle zur Erledigung der Hausarbeiten helfend in der Küche versammelten, brühte uns Mutter noch einen leckeren Espresso auf. Doch nicht nur kulinarisch war der Abend ein voller Erfolg. Auch die Tatsache, dass Alia vorerst über den Berg schien, lockerte die Stimmung erheblich auf.

Kapitel 19

Irgendwie fühlte ich mich an diesem Donnerstag wie neu geboren. Obwohl mir Tapsi wieder die halbe Nacht an meinen großen Zehen herum geleckt hatte und ich mich mehrfach aus den Arm- und Beinumklammerungen meiner lieben Schwester befreien musste, schien mir heute die Welt zu Füßen zu liegen. Leider verführte mich diese Hochstimmung auch eine gewisse Leichtsinnigkeit an den Tag zu legen, die ich später doch sehr bereute. Nach dem üblichen, turbulenten Familienfrühstück setzte ich die Kinder bei meiner Mutter und Jennifer und ihr schwarzes Wollknäuel vor ihrer Haustüre ab. Pünktlich betrat ich meine Praxis und fing mir sofort ein wohlwollendes Lächeln von Gudrun ein. Sie kam mir heute irgendwie verändert vor. Wie es schien, hatte sie den freien Mittwochnachmittag genutzt, um sich ihre Haarpracht neu stylen zu lassen. Mein Fehler dabei war jedoch, dass ich mich zu einer Aussage bezüglich ihrer neuen

129

Optik hinreißen ließ, die nicht ohne Folgen bleib. „Die neue Frisur steht Ihnen aber sehr gut, Gudrun", sprudelte es im Überschwang meiner Gefühle nur so aus mir heraus. Natürlich sollte dieses Kompliment keinesfalls den Weg zu einer Annäherung an meine Chefhelferin ebnen. Ich wollte lediglich kundtun, dass mir ihre neue Frisur auf Anhieb gefiel. Ganz spontan und ohne Hintergedanken. Mich hätte das verschmitzte Grinsen meiner übrigen Helferinnen warnen sollen, doch meine tanzenden Endorphine schalteten alle meine Sicherheitssysteme auf geringe Empfindsamkeit und so setzte ich ungewollt eine ziemliche Kettenreaktion in Gang. Es begann damit, dass ich bereits zur Frühstückspause ein frisches Brötchen mit selbst gemachter Kirschmarmelade auf meinem Schreibtisch vorfand. Die Marmelade duftete aromatisch nach Kirschwasser und ich konnte mich des Eindrucks nicht erwehren, dass dies wohl als Aphrodisiakum gedacht zu sein schien. Zur Mittagspause erfreuten sich erst meine Augen und in Folge mein Gaumen an zwei Brötchenhälften mit Gudruns berühmt berüchtigter Leberwurst sowie an zwei weiteren Backwarenhälften, belegt mit einer noch höheren Dosis an Kirsch-marmelade. Gudrun schien entschlossen zu sein, heute nach meiner unbedachten Aussage einfach aufs Ganze gehen zu wollen. Ich muss gestehen, dass mir dies eigentlich völlig egal war. Langsam setzte ich mich in meinem Schreibtischstuhl zurück und ließ die mir servierte Kombination aus herzhaften wie süßen Genüssen meine Geschmacksnerven streichelten. Doch ich hatte die Rechnung ohne die Wirtin gemacht. Beim Biss in die zweite Leberwurstbrötchenhälfte klopfte es an meiner Tür und Gudrun trat ein. Sie bat darum, mich kurz sprechen zu dürfen.

Zwar stellte dies keine Besonderheit dar, dass die eine oder andere Helfern sich bei mir mal einen Rat holte, doch war dies wohl das erste Mal, dass sich Gudrun von mir beraten lassen wollte. Sofort stellte ich das genüssliche Kauen ein und dachte kurz darüber nach, was ihr wohl auf der Seele lag. Das Geld konnte es nicht sein: Die Gehälter meiner Ladies hatte ich bereits zum ersten März diesen Jahres für alle angehoben. Ich beschloss, mich einfach überraschen zu lassen und bat sie Platz zu nehmen. Verlegen spielte sie am Saum ihres weißen Kittels. „Essen Sie doch ruhig weiter, Chef", bat sie mich, und ich folgte ihrer Bitte, denn ich hatte tatsächlich Hunger und die Qualität meines Mittagsmenüs war einfach hervorragend. Ich sah Gudrun ganz entspannt an, wie sie Luft holte um mir ihre Frage zu stellen: „Ich..eh…ich möchte Sie bitten, mich zu untersuchen. Letztes Wochenende besuchte ich mit zwei Freundinnen ein Spaßbad. Wir waren schwimmen, haben uns massieren lassen und die Sauna genutzt. Doch seit vorgestern hab ich eitrigen Ausfluss." Diese ihre geäußerte Bitte führte bei mir zu einem heftigen Würgereiz, den ich jedoch so gut es ging als Nießer zu vertuschen versuchte. „Gesundheit, Chef, waren Sie auch schwimmen und haben sich erkältet?" Heftig verneinend drehte ich meinen Kopf hin und her. „Nein, eigentlich nicht. Ich war nicht schwimmen. Wer weiß schon, an welchen Orten man sich überall erkälten kann", stammelte ich etwas verlegen. Sie, liebe Leserinnen und Leser sollten jetzt wissen, dass sich Gudrun sonst ausschließlich von Mutter untersuchen ließ und das, seitdem ich denken kann und das ist ja schon eine ganze Weile her. Ganz sicher fiel ihr die Äußerung dieser Bitte an mich auch nicht leicht. „Soll ich nicht lieber meine Mutter anrufen?", versuchte ich die Situation noch zu retten. „Sie kommt doch erst kommenden Mittwoch wieder ins Haus. Solange möchte ich nicht warten und einfach nur so ein Antibiotikum ohne ärztlichen Rat einführen, möchte ich nun auch nicht." „Eine sehr gute Entscheidung, Gudrun." Sie hatte genau meine Worte verwendet, die ich meinen Patientinnen auch immer predigte. „Welcher Raum ist frei?" Ganz allmählich hatte ich alle Brötchenreste herunter geschluckt. Mutig stand ich bereits auf. „Die drei ist fertig, Chef." „Dann nehmen wir die drei." Auch Gudrun war bereits aufgestanden. Was ich jedoch nicht wusste, und worüber ich überhaupt noch nicht nachgedacht hatte, war die Tatsache, dass wir beide zurzeit die Praxis völlig alleine bevölkerten. Gudrun betrat bereits die drei und zog sich ihren Kittel aus. Als wäre es das Normalste der Welt, sich vor seinem Chef zu entkleiden, zog sie sich ihre weiße Hose und den Slip herunter. Recht behände setzte sie sich auf meinen Stuhl und legte ihre Beine in die Schalen. „Ich schaue mal gerade in den Aufenthaltsraum, wer mir eben assistieren kann." „Die Mädchen haben alle die Praxis verlassen." Meinem verdutzten Blick entnahm sie meine Bedenken. Mitleidig schaute mich Gudrun an. „Chef, wir kennen uns jetzt so lange. Sie brauchen bei mir keine Helferin dazu zu nehmen. Machen Sie sich keine Sorgen, ich tue Ihnen nichts." Nur mit Mühe unterband ich laut loszulachen, wand mich ab und dem Handwaschbecken zu. Ich schlüpfte in ein Paar Einmalhandschuhe und nahm zwischen Gudruns Schenkeln Platz. Sofort wurde aus Gudrun, meiner Helferin, die Patientin Gudrun Möller und der musste dringend geholfen werden. Dies hatte mir schon mein Vater immer gepredigt: Junge, wenn eine Frau deine Praxis betritt, ist sie Patientin und genau daran hielt ich mich seit Anbeginn meiner Tätigkeit. Bisher bin ich damit immer gut damit gefahren. Alles andere konnte

132

sehr schnell zu Irritationen führen und im schlimmsten Fall die Existenz kosten. Die Pilzentzündung war nicht ohne. Ich leitete sofort eine starke medikamentöse Behandlung mit Antibiotika ein. „Kriegen wir in den Griff, Gudrun. Machen Sie sich keine Sorgen. Sie werden sich jedoch noch eine ganze Weile mit dem Pilzbefall herumärgern." Ich nahm noch einen Abstrich, den wir einschicken würden, um ganz sicher zu gehen. „Denken Sie bitte daran, Gudrun, dass Sie im Fall von Geschlechtsverkehr ein Kondom verwenden. Sollte sich Ihr Partner bereits infiziert haben, nehmen Sie sich bitte eine Tube der antibiotischen Salbe aus unserem Medikamentenschrank, und machen Sie ihn mit der Handhabung vertraut." Ich tat so, als bemerkte ich nicht, wie Gudrun rot anlief. Meine Anmerkung schien ihr sehr peinlich zu sein. „Sie haben es überstanden. Senden Sie bitte den Abstrich an unser Partnerlabor." Ich befreite mich von meinen Handschuhen und warf sie in den Mülleimer. „Danke, Chef", sagte Gudrun und strahlte mich an während sie wieder in ihren Slip stieg. „Keine Ursache. Ich würde mir das aber gern in einer Woche noch mal ansehen. Oder Mutter schaut sie nächsten Mittwoch noch mal an. Machen Sie es so, wie sie mögen, Gudrun." Meine Starhelferin zog sich bereits ihren Reißverschluss an ihrer weißen Hose hoch. Irgendwie schienen wir beide froh zu sein, die Untersuchung überstanden zu haben.

Den Nachmittag verbrachte ich beinahe ausschließlich mit dem Beobachten von neuen Erdenbewohnern in kuscheligen Mamabäuchen. Zwar kann ich nicht mehr nachvollziehen, wie viele Kinder ich bereits bis zur Geburt betreut habe, doch es waren derer verdammt viele, wovon auch die große Masse an Fotos zeugte, die im langen Flur meiner Praxis aneinander gereiht an den Wänden hingen. Meine letzte Patientin hatte mir meine Mutter ans Herz gelegt. Lisa war gerade sechzehn Jahre alt geworden und im sechsten Monat. Sie ist ein hübsches Mädel, dem auch in diesem Stadium der Schwangerschaft nur von vorn anzusehen war, dass in ihrem Bauch ein Baby heran wuchs. Lisa ging sehr umsichtig mit ihrer Schwangerschaft um. Sie hatte das Rauchen aufgegeben und trank auch keinen Alkohol mehr. Mutter hatte dafür gesorgt, dass sie ihre mittlere Reife noch schaffte um sie später leichter in eine Lehre eingliedern zu können. Das Mädchen hatte von Anfang an mitgezogen und nun suchte sie eine Lehrstelle als Arzthelferin oder Krankenschwester. Aicha und unsere Auszubildende Sarah saßen um die Liege in der zwei herum und erwarteten mein Eintreffen. Meine beiden Ladies bemühten sich sehr, der noch sehr jungen Mutter alle möglichen Fragen zu beantworten. „Hallo, Lisa", begrüßte ich die angehende Mutter. „Wie geht es Ihnen?" „Hallo, Herr Doktor. Es geht so. Ich habe die letzten Tage immer ein Ziehen in der Brust. Aicha erklärte mir schon, dass bei mir wohl die Milch in die Brüste einschießt. Die sind auch total dick geworden. So eine Oberweite hatte ich noch nie. Bleibt das etwa so?" „Davon ist nicht auszugehen, Lisa. Der Zeitpunkt, dass die Milch einschießt passt genau." „Ich möchte auch zukünftig nicht dauernd mit so riesen Titten, ehhh, mit so großen Brüsten herumlaufen." Meine beiden Mädels grinsten über Lisas Wortwahl. „Keine Sorge, die Brüste bilden sich in den meisten Fällen wieder zurück. Ich kenne Frauen, die würden alleine wegen der Brustvergrößerung am liebsten dauernd schwanger sein." „Bohhh neee, mir tut schon der Rücken weh von der Schlepperei. Lisas spontane Äußerung sorgte für große Erheiterung. „Müssen Sie heute auch unten hineinschauen?", fragte mich meine

Patienten. „Nein, wir machen heute nur Ultraschall und nehmen Blut ab. Deine Eisenwerte waren bei deinem letzten Besuch nicht ganz so gut. Wenn die Werte sich nicht verbessern, musst du ein Eisenpräparat schlucken." Zwanzig Minuten später verließ meine letzte Patientin für heute die Praxis. Weil ich es eilig hatte, zog ich mich rasch um und machte mich sofort vom Acker.

Kapitel 20

Wenn mich mein Kombi mit seinen großen Scheinwerferaugen so flehend anschaute wusste ich bereits im voraus, dass mich dieser Blick teuer zu stehen kommen wird. Mein Auto hat Hunger. Ich fuhr die nächste Tankstelle an und ließ sechzig Liter Super in den Tank gluckern. Dafür durfte ich dann beinahe hundert Euro zahlen. Mein nächster Weg führte mich rasch zur Seniorenresidenz von Mutter, wo ich die Kinder abholte. Die Stimmung im Auto war sehr locker und gelöst. Wir sangen zusammen die Hits, die uns das Radio präsentierte, und so merkten die Kinder beinahe gar nicht, dass wir doch eine knappe Viertelstunde fahren mussten, bis wir endlich die Uniklinik erreichten. Dafür, dass Alia eine so schwere Operation hinter sich gebracht hatte, sah sie schon wieder verdammt gut aus. Sie hatte sich das Rückenteil ihres Bettes hochgestellt und las ein Buch. Als die Kinder ihre Mutter sahen, hielt sie nichts mehr auf. Sie stürmten gleich auf ihr Bett zu und fielen ihr in die Arme. Glücklicherweise beschädigten sie dabei keine der Leitungen, die ihrer Mutter das Leben erleichterten. Beinahe zehn Minuten quasselten Karima und Aadil mit ihrer Mutter in einer kehligen Sprache, von der ich kein Wort verstand. Ich nahm mir fest vor dies zu ändern, wenn aus Alia und mir wirklich ein Paar werden sollte. Es kam mir fast wie eine

Ewigkeit vor, doch irgendwann traten die Kinder vom Bett ihrer Mutter zurück. Alia legt den Kopf zur Seite und schaute mich sanft an. „Hallo, Johannes, entschuldige bitte, dass ich dich etwas vernachlässigt habe, aber die Kinder haben mich jetzt eine ganze Zeit nicht gesehen." „Das ist doch kein Problem. Wichtig ist doch erst mal, dass es mit dir aufwärts geht. Du siehst heute bedeutend besser aus." „Danke für das Kompliment. Es geht mir tatsächlich schon viel besser. Komm her, setz dich zu mir." Dass ich mir diese Aufforderung nicht zweimal sagen ließ, daran besteht ja wohl kein Zweifel. Aadil kuschelte sich gleich an mich und Karima nahm ihre Mutter von der anderen Bettseite in Beschlag. Sie nahm meine Hand in ihre kleinen, warmen Hände und streichelte sie. „Die Kinder haben mir erzählt, dass du und deine Familie sehr lieb zu ihnen seid. Sie fühlen sich richtig wohl." „Das höre ich gern. Du fehlst uns aber noch zu unserem wahren Glück." Ich wusste jetzt nicht genau, ob ich schon wieder zu viel gesagt hatte. Doch Alias Augen strahlten und verrieten mir, dass auch sie sich ihrer Gefühle immer bewusster wurde. „Waren meine Zwerge denn auch brav?" Dass ich jetzt keinesfalls etwas Falsches sagen durfte, verrieten mir die erwartungsvollen Blicke von Karima und Aadil. „Natürlich waren die beiden nur frech, haben nicht aufgegessen und ihr Zimmer nicht aufgeräumt." Weil ich so lachen musste, stürzten sich die beiden mit Gebrüll auf mich. Alia musste ebenfalls lachen, während sie unser Treiben beobachtete. „Nein, keine Sorge, sie sind wirklich sehr lieb, und ich gebe sie nicht mehr her." Wir blieben etwa eine ganze Stunde bei Alia. Als ich jedoch bemerkte, dass ihr langsam die Augen zufielen, brachen wir unseren Besuch ab und verließen das Krankenhaus.

Wir hatten gerade alle wieder unsere Plätze im Wagen eingenommen, als mein Handy summte. „Hallo Schwesterherz, was kann ich für dich tun?" „Hallo, Hannes, ich wollte die Kinder zu einer Hamburgerschlacht einladen. Treffen wir uns in zehn Minuten am Friedensplatz?" „Wieso denn nur die Kinder? Ich habe auch Hunger." „So was blödes, dann werde ich ja wohl vorher noch einen Kredit bei der Bank aufnehmen müssen, wenn du auch mitessen möchtest." Jennifer lachte laut über ihren Witz, den ich eigentlich gar nicht lustig fand, schließlich musste ich ja auch meine Kalorienreserven auffüllen. „Bist du noch da, Brüderchen? Oh, der große Bruder ist eingeschnappt." Weil ich die Freisprechanlage auf mithören gestellt hatte, war das Gelächter im Auto entsprechend. „Ich komme nur, wenn ich auch etwas abkriege." „Lassen wir den Johannes mitessen?", rief Jenni den Kindern zu. „Jaaaa", erfolgte unüberhörbar die Antwort. „Dann sehen wir uns in etwa zehn Minuten bei Mäces." „OK, bin schon unterwegs", rief sie noch und schon war das Gespräch beendet. „Mal schauen, ob wir vor Jenni da sind." Gespannt schauten die Kinder mich an und tatsächlich schafften wir es, einige Minuten vor meiner Schwester den Fastfoodtempel zu erreichen. Wir fanden gleich einen Tisch und ließen Jenni auftischen. Doch sie sollte an diesem Tag nicht nur einmal zur Theke laufen. Aadil und Karima legten einen ordentlichen Appetit an den Tag und auch mir schmeckten die flachen Frikadellen zwischen zwei Brötchenhälften, wie auch die dünnen, knusprigen Fritten heute besonders lecker, zumal sie Jenni ausgegeben hatte. „Sag mal, hat Mama den beiden heute Mittag nichts zu essen gegeben? Die spachteln ja, als wären sie seit Tagen ausgehungert", beschwerte sich Jennifer und wir lachten uns schief. Wir schickten sie ein weiteres Mal zum Essen fassen. Doch

137

dann ging wirklich nichts mehr. Jenni spendierte uns Erwachsenen noch Kaffee und den beiden Zwergen einen Kakao. „Was arbeitest du eigentlich, Jenni?", erkundigte sich Aadil bei Jenni, wohl in der Angst, sie durch seinen großen Hunger und die entsprechende Rechnung in den Ruin getrieben zu haben. „Jenni ist Ärztin. Zu ihr gehen Menschen, die nicht mehr richtig Pipi machen können. Hat Oma Adele doch erzählt", antwortet Karima für Jennifer, die laut loslachte, ob der Beschreibung, die ihre Mutter zu ihrer Facharztrichtung abgegeben hatte. „Ja, so ähnlich ist richtig", kommentierte Jenni Karimas Ausführungen. Was wir alle jedoch nicht bemerkt hatten war, dass Tapsi ganz still unter dem Tisch lag und schlief. Die Ursache für ihre genüssliche Ruhe war jedoch schnell entdeckt: Der Kleine hatte sich wohl in einem unbeobachteten Moment einen Hamburger vom Tablett gemopst. Mit seinen kleinen Pfötchen brachte er es wohl fertig, sich das Fleisch aus der Verpackung und zwischen den beiden Brötchenhälften herauszupacken und anschließend zu vertilgen. Jedenfalls schien Tapsi ebenso wie wir pappensatt zu sein. „Und jetzt toben wir zur Verdauung noch ein halbes Stündchen im Pool von Hannes. Was meint ihr?" Jennis Vorschlag fand sofort großen Anklang. Wir räumten noch brav alle vier Tabletts in den Aufnahmewagen ein und verließen das Restaurant.

„Darf ich mit dir fahren, Jenni?", fragte Karima meine Schwester. „Ja klar, magst offen fahren?" Die glänzenden Augen von der Kleinen sprachen Bände. „Ja dann, tschüss, ihr Bengels." Die beiden Ladies nahmen sich an die Hand und stolzierten dem Parkplatz von Jennis Mini-Cabrio entgegen. Aadil und ich schauten uns nur kurz an. „Komm, Aadil, lassen wir die beiden Mädels alleine fahren. Mein kleiner Beifahrer genoss es jedoch auch recht schnell, auf seiner Sitzschale vorn bei mir auf dem Beifahrersitz Platz nehmen zu dürfen. Wir wühlten uns durch den Verkehr und ließen eine halbe Stunde später meinen Combi in die Garage rollen. Die beiden Ladies schienen noch einen Umweg gefahren zu sein. Sie trafen laut singend etwas später ein als wir. Die beinahe eine Stunde andauernde Badeorgie in meinem Pool machte nicht nur allen eine Menge Spaß, sie sorgte auch dafür, dass meine kleinen Gäste bereits beim herunterwürgen ihrer Brote zum Abendessen einnickten. Jenni und ich brachten sie zu Bett. Ich erzählte noch eine kurze Gute-Nacht-Geschichte, die ich schon nach ein paar Minuten abbrechen konnte, da Aadil, Karima und sogar Tapsi tief und fest schliefen.

„Das war ein wirklich schöner Spätnachmittag. Die beiden sind mir richtig ans Herz gewachsen. Wie ist eigentlich euer Besuch im Krankenhaus verlaufen? Karima hat mir nur erzählt, dass es ihrer Mama schon wieder richtig gut ging und das Alia wohl auch eine Menge für dich empfindet." „Hat sie das ihrer Tochter erzählt?" „Es scheint so. Woher sonst sollte Karima das wohl nehmen. Ich glaube nicht, dass sie sich das aus den Fingern gesogen hat." Das meine Hochstimmung weiter anstieg, ließ sich wohl nicht verbergen. „Also wenn ich dich so strahlen sehe könnte man meinen, du hättest ein Date mit deiner Tanzpartnerin zum Abschlussball." „Ja und? Lass mich doch einfach mal strahlen. Ich hab mich in Alia verliebt." „Ich sag ja gar nichts. Wollen wir nur mal hoffen, dass alles gut geht mit ihr. Alleine schon für die beiden Kinder, die sich hier von Tag zu Tag mehr einleben." Unerwartet summte mein Telefon. Ich stellte mein Rotweinglas ab, dass ja schon zur Gewohnheit geworden war und nahm den Hörer von der Station. „Steinhauer?" „Hallo, Johannes, Heinz Helmut hier. Was macht deine Patientin?" „Hallo, Heinz Helmut, ich hoffe, sie wird in einer Woche gesund und munter aus dem Krankenhaus entlassen." „Ist ihr zu wünschen. Du gibst mir ja bitte so schnell als möglich ihre Approbation aus Damaskus zur Kinderärztin rüber, damit ich tätig werden kann?" „Ja, klar, sobald Alia wieder einigermaßen auf den Beinen ist, melde ich mich mit den Unterlagen bei dir." „Sag mal, Johannes, wir haben kommende Woche wieder unser monatliches Unternehmertreffen im Peperoni. Natürlich sind auch wieder Gäste zugelassen, die wir eventuell als neue Mitglieder werben können. Hast du nicht Lust mit deiner Schwester vorbei zu schauen?" „Ach, daher weht der Wind." „Nun ja, Johannes, ich möchte sie halt gern kennen lernen." „Ich werde Jennifer fragen und dich morgen zurückrufen. Einverstanden?" Als mein Schwesterherz ihren Namen vernahm und auch noch, dass ich sie nach irgendetwas fragen sollte, wurde sie natürlich gleich hellhörig. Wie wild fuchtelte sie mir mit ihren Händen vor der Nase herum um zu erfahren, wer da wohl am Telefon ist. „Sekunde mal eben, Heinz Helmut." „Heinz Helmut, der Rechtsanwalt, fragt nach, ob wir beide kommenden Mittwoch zum Unternehmer-abend ins Peperoni mitkommen möchten?" Ich flüsterte Jenni kurz zu, worum es ging. Freude strahlend willigte sie wild mit dem Kopf nickend, ein. „Bist du noch da, Heinz Helmut?" „Ja" „Jenni ist gerade bei mir. Wir kommen. Wann sagtest du, startet euer Treffen?" „Neunzehn Uhr. Ich reserviere euch zwei Plätze an meinem Tisch. Danke dir, Johannes. Hast etwas gut bei mir." „Schon OK, schönen Abend." „Dir auch und grüß mir deine Schwester. Ach ja, und sag ihr, sie möchte mir einen Termin zur Vorsorgeuntersuchung mitbringen, am liebsten ganz früh am Morgen." „Da schläft Jenni doch noch. Geht klar, ich richte es aus." Jenni lag lachend in ihrem Sessel. „Der ist aber heiß auf mich." „Und nutzt gleich die Gelegenheit, sich von dir auf Krankenkasse an seine Spielzeuge packen und im Hintern herumbohren zu lassen." „Na und? Du bist auch bald wieder fällig, Bruderherz. Ich werde mir einen Stachelhandschuh für die Untersuchung anfertigen lassen." Jenni musste furchtbar lachen, während ich mir ängstlich vorstellte, ihren Zeigefinger in einen Stachelhandschuh gesteckt in meinem Allerwertesten zu spüren. Das Toben hatte uns ziemlich müde gemacht. Wir verschwanden ebenfalls im Bett. Erfreulicherweise war Tapsi bei den Kindern im Bett eingeschlafen, sodass davon auszugehen war, dass ich diese Nacht wohl mit unbeleckten Gehwerkzeugen verbringen konnte. Und tatsächlich verbrachte der kleine Welpe diese Nacht im Bett von Karima.

Kapitel 21

Die folgenden Tage vergingen wie im Fluge. Mutter hatte mit einer ihrer vielen Freundinnen Kontakt aufgenommen, die bis zu deren Pensionierung als Lehrerin in einer Einrichtung gearbeitet hatte, in der Migranten die deutsche Sprache erlernen konnten. Mutter organisierte gleich einen täglichen Unterricht für die beiden, und so machten Karima und Aadil, die anfangs für Mutters Maßnahme zur Aufnahme von schulähnlicher Ausbildung wenig Begeisterung aufbrachten, gewaltige Fortschritte, zumal Frau Berend sich wirklich sehr viel Mühe gab. Alias Zustand verbesserte sich merklich. Als wir sie samstags im Krankenhaus besuchten, konnten wir bereits mit ihr gemächlich im Garten der Uniklinik spazieren gehen.

Den Kindern war sehr schnell langweilig geworden. Ihre Begeisterung weckte ein großer Spielplatz, den wir gemeinsam mit ihnen aufsuchten. Wie in einem kitschigen Liebesroman nahmen Alia und ich vorsichtig nebeneinander auf einer Bank Platz. Erst nahm sie meine rechte Hand und legte sie in ihre Hände. Sanft streichelte sie darüber, und schon bald legte ich ihr meinen Arm um die Schulter. Lächelnd kuschelte sich Alia an mich und schaute den Kleinen beim Toben zu. Plötzlich und unerwartet unterbrach sie ihr Schweigen. „Professor Rademacher möchte mich noch bis Freitag in seiner Abteilung behalten. Er sagte mir, dass er noch nicht ganz mit dem Verlauf der Wundheilung zufrieden ist." „Das kriegt der Professor schon hin, Alia. Ich hole dich dann halt Freitag in der Klinik ab. Zu Hause ist alles geregelt und das Wichtigste ist doch, dass du ganz gesund wirst." Ich erzählte ihr noch, wie gut die Kinder im Sprachunterricht vorankommen, und das wir sie zu Beginn des nächsten Schuljahres problemlos ein-schulen könnten. Als sie mir den Kopf zu wand, sah ich ein liebevolles Lächeln in ihren großen, schwarzen Augen, in deren Tiefe ich beinahe zu ertrinken drohte. Sanft und nur flüchtig berührten sich unsere Lippen und ich spürte, dass sich Alia ganz fest an mich schmiegte. „Ich liebe dich, Johannes", flüsterte sie mir ganz leise ins Ohr. „Ich dich auch", war das einzige, was ich jetzt herausbrachte. Alia liefen zwei Tränen die Wangen herunter. „Ich weine vor Glück", bemerkte sie und schien zu spüren, dass ich kurz davor stand, sie nach dem Grund ihrer Tränen zu fragen. Ich legte beide Arme um sie. Karima hatte uns beobachtet und strahlte, als sie ihre Mama so glücklich sah. Zaghaft winkte sie uns zu und wir erwiderten ihren Gruß mit unseren Händen.

Auf der Heimfahrt sangen wir laut wieder eine Menge Lieder. Heute war der erste Abend, an dem Jenni nicht bei mir schlief. Sie hatte sich mit einer Freundin verabredet. Wir passten dafür auf Tapsi auf. Gegen neun waren die Batterien der Kinder aufgebraucht. Ich brachte sie zu Bett, jedoch nicht ohne eine kurze Geschichte zu erzählen. Wir hatten gemeinsam zu Abend gegessen, den Abwasch erledigt und noch ein wenig ferngesehen. Alleine Wein trinken war nicht so mein Ding. Ich holte mir eine Flasche Wasser aus der Küche und warf mich in meinen schweren Lehnsessel. Ich ließ ihn elektrisch in Liegeposition fahren und nahm meinen Krimi zur Hand. Ich musste eingedöst sein, denn irgendwann spürte ich, dass mein rechtes Bein seitlich stark angewärmt wurde. Tapsi hatte sich zum Lesen zu mir gesellt und war wohl, ebenso wie ich, über dem spannenden Krimi eingenickt. Dass kleine, schwarze Wollknäuel wachte zur gleichen Zeit wie ich auf. Ich nahm Tapsi auf den Schoss und kraulte ihn nach allen Regeln der Kunst, was dazu führte, dass er wieder einschlief. Ich saß nun hell wach in meinem Stuhl und traute mich nicht mehr, mich zu bewegen, um den Kleinen nicht aufzuwecken. Um weiter in meinem Buch lesen zu können, musste ich mich ein wenig verrenken, doch was tut man nicht alles für den vierbeinigen Gefährten. Gegen elf setzten bei Tapsi erhebliche Blähungen ein, die mich bewogen, unser Kleinod aufzuheben, kurz durchzulüften, um dann zu Bett zu gehen, jedoch nicht, ohne den Kleinen vorher noch mal Gassi zu führen.

So gegen halb acht Uhr in der Früh zuppelte irgendetwas an meiner Bettdecke. Da Tapsi noch tief und fest an meinem Fußende schlief, musste es jemand anderes sein, und schon bald blickte ich in die schönen

Augen von Karima, die sie ganz sicher von ihrer Mutter geerbt hatte. „Bist du schon wach, Johannes?" „Ja, so halb. Kannst du nicht mehr schlafen?" „Nein, ich wollte mit dir reden." „Dann komm schnell in mein warmes Bett. Du hast ja ganz kalte Füße. Was hast du auf dem Herzen, kleine Maus?" Ich nahm die Kleine in meinen Arm und ließ sie sich an mich kuscheln. „Bist du jetzt mit Mama zusammen?" „Ich glaube schon. So richtig geredet haben wir zwar noch nicht darüber, aber ich glaube, deine Mama hat mich lieb. Ich jedenfalls habe sie ganz viel lieb." Karima schwieg. „Gefällt dir das nicht?" „Oh doch, sehr sogar, aber ich ...., ich weiß nicht, wie ich das fragen soll." „Karima, du musst einfach alles das, was dich bedrückt aussprechen. Frag mich doch einfach, wenn dich etwas quält." „Schlägst du deine Frau auch immer?" Mit einen mal vergaß ich das Schlucken und begann fürchterlich zu husten, weil ich mich an meiner eigenen Spucke verschluckt hatte. „Wie meinst du das denn?" „Unser Vater hat Mama oft geschlagen und uns auch. An manchen Abenden schickte er uns sehr zeitig ins Bett. Ich bin oft leise lauschen gegangen und habe gehört, wie er sie erst geschlagen hat und Mama dann weinte. Später hörte ich noch ein Stöhnen von meinem Vater, bis es dann ganz ruhig im Schlafzimmer wurde. Meistens hatte Mama am folgenden Morgen Rückenschmerzen. Sie konnte dann nicht richtig aufrecht gehen. An anderen Tagen trug sie eine Sonnenbrille, sogar dann wenn es regnete. Ich habe meinen Papa zwar sehr lieb gehabt, doch als er weg war, war es schöner zu Hause. Und seit er tot ist, geht es Mama auch besser." „Das hört sich aber sehr schlimm an. Also, ich schlage weder Frauen noch Kinder. Darauf kannst du dich ganz fest verlassen. Ich werde alles dafür tun, dass eure Mama und wir drei sehr glücklich werden." „Deine Schwester ist sehr lieb,

144

deine Mama auch. Otto macht immer Späße und sorgt für eine gute Stimmung. Ihr seid schon eine lustige Familie. Wann kommt uns Jenni wieder besuchen?" „Ich denke, sie kommt morgen Abend wieder mit hierher." „Darauf freue ich mich schon sehr. Mit ihr kann ich richtig gut über alles reden. Sie ist eine richtige Freundin für mich." „Das freut mich sehr. Jenni ist auch eine wirklich liebe Frau." Ich musste Karima mit meinen Worten beruhigt haben, denn schon wenig später spürte ich, dass sie sich ganz eng an mich schmiegte und eingeschlafen war. Gegen halb zehn endete schlagartig die Ruhe in meinem Haus. Tapsi musste Pipi und war hungrig. Aadil musste ebenfalls zur Toilette und schien ebenfalls hungrig zu sein. Auch Karima erwachte. Ich stand auf und sorgte erst für Tapsi und anschließend für ein nahrhaftes Frühstück.

Den Nachmittag verbrachten wir mit der ganzen Familie bei Alia. Mutter und Otto hatten zwei große Thermoskannen mit Kaffee gefüllt und Kuchen gebacken. Wir veranstalteten ein richtiges Kaffee-Picknick im großen Garten der Klinik. Alia fühlte sich sichtlich wohl. Jenni nutzte die Gelegenheit, sich etwas mit ihr auszutauschen und wie mir schien, waren sich die beiden Frauen gleich sympathisch. Der Nachmittag verlief wirklich sehr harmonisch, nur für Alia und mich gab es keine ruhige Minute. Wir bleiben ohnehin nur knapp zwei Stunden, um unsere Patientin nicht im Übermaß zu belasten. Jenni fuhr gleich mit zu uns, was mal wieder dazu führte, dass mein Pool zur Planschbude umfunktioniert wurde. Unser vielfältiges Treiben hatte alle Beteiligten früh müde gemacht. Die Kinder lagen bereits gegen neun Uhr in den Federn und auch Jenny gähnte an einem Stück. Trotzdem setzten wir uns noch auf ein Gläschen Rotwein in meinen Wintergarten.

„Ist es gestern etwa spät geworden?" „Das kann man so sagen. Ich bin mit Lucy ein wenig versackt, aber wir hatten eine Menge Spaß. Wie war es bei euch?" Ich erzählte Jenny, was mir Karima heute morgen berichtet hatte. „Sie hat auch mir gegenüber schon mal etwas Ähnliches angedeutet. Sie wollte wissen, ob du deine Angestellten oder auch mich schlägst. Ich habe ihr versichert, dass dies keinesfalls der Fall wäre, was sie auch beruhigte. Nun hat sie sich wohl ein Herz genommen und dich selbst gefragt. Finde ich OK." „Ich auch. Ich bin froh, dass dieses Thema aus der Welt geschaffen wurde. Unglaublich, was müssen diese kleinen Kinderseelen in ihrem kurzen Leben bereits alles erlebt haben: Den prügelnden Vater, Krieg, großes Leid, Vertreibung und die Flucht, bei der ihre Mutter beinahe umgekommen wäre." „Wer weiß schon, was da noch alles zuzurechnen ist, worüber wir noch gar keine Kenntnis haben." Wir sprachen noch eine ganze Weile miteinander bis wir so müde waren, dass wir uns rasch ins Bett schleppten.

Kapitel 22

„Mein Gott, Kind, was hast du dich aufgebrezelt! Ist dein Kleid für den Anlass nicht ein wenig gewagt ausgefallen?" „Finde ich nicht, Adele", mischte sich Mutters Lebensgefährte in Mutters mahnenden Vortrag ein. „Otto, hast du etwa meiner Tochter jetzt auf den Hintern geschaut?" „Wie kannst du nur so etwas von mir denken, Adele. Ich hab ihr nur in den Ausschnitt geschielt." Jennifer fiel bald vor lachen über ihre eigenen langen Beine. Mutter schubste Otto kräftig in die Rippen. Jenni hatte es wirklich ein wenig übertrieben. Ihre gepflegten Füße, deren Nägel sie eben noch mit bordeauxrotem Nagellack verschönerte, steckten in sündhaft hohen, schwarzen Stilettos, die sie ganz sicher über die einhundertneunzig Zentimeter Marke hoben. Damit dürfte sie wohl für das Gros der heute Abend erscheinenden Männer wie auch für Heinz Helmut größentechnisch unerreichbar geworden sein. Ihren Ausschnitt im vorderen Bereich konnte man getrost als moderat bezeichnen. Hingegen wies der im Rücken ein ganz anderes Kaliber auf und endete erst kurz vor der Zweiteilung ihres hübsch, frechen Gesäßes abrupt. Die Bezeichnung kleines Schwarzes traf jedenfalls für die Oberbekleidung meiner Schwester im wahrsten Sinne des Wortes zu. Ich beschloss, mein Schwesterherz eher unauffällig zu begleiten und wählte eine cognacfarbene Leinenhose, ein dunkelblaues Hemd, eine passende dezent gemusterte Krawatte und einen dunkelblauen Blazer. „Ihr seid ein hübsches Paar", beschrieb Mutter uns ganz sicher mehr als treffend. „Wann müssen wir denn wieder zu Hause sein, Mama?", fragte Jenni frech zum Abschied, woraufhin sie sich einen Klaps von Mutter auf ihren Allerwertesten einfing. „Benehmt euch anständig und macht mir keine Schande. Um neun seid ihr wieder zu Hause", gab sie uns noch lachend mit auf den Weg. Weil mein Schwesterherz beschlossen hatte, heute Wein zum Essen zu sich zu nehmen, hatte ich die Gunst, Mylady mit meinem Kombi zu chauffieren.

Da meine Praxis nicht weit vom Peperoni entfernt liegt, parkte ich den Kombi auf meinem Parkplatz. Jenni, lauftechnisch etwas durch ihre hochhackigen Treter eingeschränkt, hakte sich bei mir unter und ließ sich so sicher zum Eingang des Restaurants führen. Am Entre zum großen Saal des Restaurants empfing mich gleich strahlend die Gattin des Restaurantpächters. Der rassigen Kroatin sah man nicht im Entferntesten an, dass sie bereits zwei Kindern das Leben geschenkt hatte. Ihr Strahlen hingegen galt tatsächlich mir, denn ich hatte sie während ihrer beiden Schwangerschaften begleitet und mit dazu beigetragen, dass zwei gesunde Jungs dabei herausgekommen waren. „Hallo, Doktor Steinhauer, schön Sie mal wieder in unserem Hause begrüßen zu dürfen. Wenn ich Sie jetzt so sehe, fallen mir alle meine Sünden ein. Ich war schon zwei Jahre nicht mehr zur Untersuchung bei Ihnen." „Guten Abend, gnädige Frau, dann wird es aber Zeit. Rufen Sie bitte einfach kurz an. Sie bekommen ganz kurzfristig einen Termin von mir. Ich sage den Mädels gleich morgen Bescheid." „Vielen Dank, Herr Doktor." Ich vermied die Floskel ihr zu sagen, dass ich mich schon jetzt darauf freue, sie in meiner Praxis zu sehen. Irgendwie halte ich diesen Spruch in meinem Gewerbe für unpassend. Ich entrichtete gleich an der Türe zweimal vierzig Euro und hatte damit den ganzen Abend lang frei essen und trinken für mich und Jenni erkauft. „Hast du mich jetzt eingeladen, Brüderchen?", flüsterte sie mir ins Ohr. „Ausnahmsweise, Jenni." „Du bist ein wirklich lieber Bruder. Dafür hast du die nächste Vorsorge bei mir frei." „Das ist ganz sicher der einzige Grund, warum ich das gemacht habe." Lachend betraten wir den großen Saal, in dessen Mitte eine große, u-förmige Tafel eingedeckt stand. Es waren schon eine Menge Gäste anwesend. Heinz Helmut hatte uns gleich aus der Ferne erspäht und fuchtelte wild mit seinem rechten Arm in der Gegend herum. Wie ein brunftiger Stier stürzte er sodann um den großen Tisch herum auf uns zu. „Hallo, Johannes", begrüßte er mich, ohne seine Augen von Jennis Dekollete abzuwenden. „Hallo, Heinz Helmut. Darf ich dir meine Schwester Jennifer vorstellen?" „Es ist mir sogar ein besonderes Vergnügen", säuselte er und stellte sich auf die Zehenspitzen, um Jenni wenigstens annähernd parallel in die Augen blicken zu können. Doch egal, wie sehr er sich auch mühte, Jenni überragte ihn trotzdem ein wenig. „Ist das nicht das schönste Prunkstück aus dem Steinhauerclan? Hallo, Jenni, hallo, Hannes", tönte eine Stimme von weitem und es gesellte sich Harro Schubert zu uns. Jenni, mein Schwesterungeheuer, raspelte ebenfalls Süßholz. „Hallo, Heinz Helmut, schön dich endlich kennen zu lernen. Hannes hat mir schon eine Menge von dir erzählt. Ich habe dir hier übrigens zwei Termine reserviert, von denen du dir einen auswählen kannst." „Ich komme nächsten Mittwoch um dreizehn Uhr, einverstanden?" „Ja, wunderbar. Ich trag dich gleich morgen ins Bestellbuch ein. Ich dachte, du wolltest ganz früh morgens zu mir in die Praxis kommen?" „Nein nicht unbedingt, Mittwoch dreizehn Uhr passt wunderbar." „Hallo, Harro, hab dich ja schon eine Ewigkeit lang nicht mehr gesehen", wand sich Jenni nun meinem Kumpel Harro zu. „Ach, meine Liebe, die Geschäfte lassen einem doch kaum noch Zeit für jegliche Freuden." „Och, du armer Tropf." Heinz Helmut schob sich ein wenig zwischen Harro und meine Schwester. „Ich habe für uns Plätze an meinem Tisch reserviert. Folgt mir bitte." „Wir sehen uns sicher später noch", verabschiedete sich Jenni von Harro und folgte Heinz Helmut zu seinem Tisch direkt gegenüber der Eingangstüre.

Heinz Helmut schob meiner Schwester den Stuhl heran und nahm ihr dann gleich gegenüber Platz. Eigentlich war Jenni hier ohnehin fehl am Platz, da sie ihre Praxis in Bonn betrieb, aber es wurden immer eine Menge Gäste zu den Unternehmertreffen eingeladen, sodass ihre Anwesenheit kein Problem darstellte. Lediglich bei Abstimmungen durfte sie nicht mitmachen. Der Bürgermeister war zwischenzeitlich eingetroffen und begrüßte jeden einzelnen Anwesenden per Handschlag. Wahlen standen in Kürze an, und so schien er auch diese Veranstaltung als Erinnerung für seine Wähler anzusehen, wobei ich nicht glaubte, dass hier kein einziger Gast erschienen war, der seine Partei nicht wieder wählen würde. Als er mich erblickte, kam er gleich auf mich zu. Er war gut mit meinem Vater befreundet gewesen und jedes Mal, wenn er mich irgendwo antraf, erkundigte er sich gleich nach Mutter, und wie es sonst so ging. Jenni war bereits ganz tief mit Heinz Helmut im Gespräch vertieft und hatte nicht bemerkt, wer sich ganz klammheimlich neben mich gesetzt hatte. Als ich mich wieder hinsetzte, wurde ich gleich unerfreulicherweise mit einem Schwall von Bussis begrüßt. Monika Roth hatte mich wohl in der Menge der Gäste ausgemacht und sich gleich an meine Fährte gehangen, um sich den Platz neben mir zu sichern. Damit nahm der ohnehin von mir nicht besonders geliebte Abend eine wenig erfreuliche Wendung. Monika erzählte in einem fort, was wir noch alles gemeinsam unternehmen könnten, und dass sie jetzt die stolze Besitzerin eines riesigen Flachbild-schirmfernsehers sei, den ich mir unbedingt bei ihr anschauen müsse. Ob meine gute und fast neue Hose den dauernden Tätschelangriffen meiner überdrehten, internistischen Kollegin neben mir auf Dauer standhalten würde, blieb abzuwarten. Als dann auch noch Claudia, meine Ex und dieser Immobilienfatzke Ferdinand Schulz Arm in Arm das Parkett betraten, fiel mein Stimmungsbarometer unter null.

Mit etwa zehnminütiger Verspätung eröffnete der Bürgermeister die Veranstaltung. Eine knappe Dreiviertelstunde nahm der offizielle Teil in Anspruch, bis wir endlich kulinarisch verwöhnt wurden. Wenn ich ehrlich bin, liegt mir eigentlich wenig am diesjährigen Ablauf des anstehenden Weihnachtsmarktes und wie viele Stände das Ordnungsamt dieses Jahr zuzulassen gedenkt, aber mit gefangen, mit gehangen. Ich verdiene nun mal meine Brötchen in dieser Stadt, also kann ich mir auch einmal im halben Jahr anhören, welche Sorgen und Nöte die Unternehmerschaft plagen. Um meinen Bauchumfang in überblickbarem Zustand zu erhalten, verzichtete ich auf die Vorspeise. Dafür wurde ich mit herrlich knusprigen Lammkoteletts, von ihrer Konsistenz her ebenso knusprigen Pommes Frites und Prinzessböhnchen im Speckmantel verwöhnt. Da ich, wenn ich meinen Kombi bewege, niemals Alkohol zu mir nehme, verwöhnte ich mich mit Mineralwasser, während mein liebes Schwesterherz bereits das dritte Glas kroatischen Rotweins verkostet hatte. Auch das Dessert ließ ich aus, dafür genehmigte ich mir jedoch zwei Espresso. Erfreulich für mich war, dass meine werte Kollegin an meiner Seite wohlerzogen schien. Wenigstens während des Menüs stellte sie ihren Redeschwall ein. Dafür trank sie aber ähnlich viel Rotwein wie Jennifer, was jedoch rasch dazu führte, dass trotz ihrer zweifelsfrei großen Hirnleistung ihre Zunge damit schlichtweg überfordert war. Auch ihre Anhänglichkeit nahm mit jedem Schluck Rotwein an Intensität weiter zu. Während Monika mir bislang nur ständig meinen Oberschenkel getätschelte hatte, legte sie mir nun bei nachlassender Hemmschwelle sogar ihren linken Schenkel über mein rechtes Bein. Ich war nur heilfroh, dass der Wirt die Tische mit langen weißen Tischdecken eingedeckt hatte. So waren darunter die brunftigen Annäherungsversuche von Monika nicht gleich erkennbar. Irgendwann wurde es mit dann doch zu bunt, und ich stand auf. Monika wäre dabei beinahe von ihrem Stuhl gerutscht. Ich nutzte meine Flucht für

151

einen Gang zur Toilette. Auf dem Rückweg stieß ich um ein Haar mit Claudia an der Eingangstüre zum großen Saal zusammen. „Hallo, Hannes. Bist du jetzt etwa mit der Roth zusammen?", wurde ich sofort zum merkwürdigen Balzverhalten meiner Tischnachbarin von ihr befragt. „Gott bewahre. Du kennst sie doch. Sobald sie mich irgendwo ausmacht, habe ich sie auch schon wie eine Klette an mir kleben. Wie geht es dir? Ich sehe, du tröstest dich mit diesem Immobilienhai." „Höre ich da etwa Eifersucht in deiner Stimme? Ferdinand ist kein Immobilienhai." „Aber nicht doch. Nur früher hast du solche Typen wie die Pest verabscheut. Ist ja nicht mein Problem. Schönen Abend noch, Claudia." Ich ließ sie stehen und begab mich zurück in den Saal. Auch wenn ich gerade den toughen Mann spielte, tat es schon weh, Claudia im Arm eines anderen Mannes zu sehen und dann auch noch in denen eines solchen Ars..... Nein, Johannes, du wirst dich doch nicht auf ein solches Niveau begeben. Wenn dieser Typ nun einmal ihr neuer Erlöser ist, so ist es ihre Sache und nicht die meine. „Ich werde mir mit Alia ein neues Leben aufbauen. Ich brauche dich nicht mehr, Claudia", schrie ich laut, jedoch nur in meinen Gedanken. „Tut es dir weh, Claudia hier mit einem anderen Mann zu sehen?", vernahm ich die Stimme meiner Schwester hinter mir. „Ach, ich weiß nicht." Ich erzählte Jenni von unserem kurzen Zusammentreffen. „Streich sie aus deinen Gedanken, Hannes. Auf dich wartet doch eine viel schönere und anmutigere Frau als Claudia. Komm, lass uns nach Hause fahren." Jennifer konnte mir ja so manches Mal den letzten Nerv rauben, aber jetzt und hier war ich mehr als froh, sie an meiner Seite zu haben.

Als wir auf die Straße traten, schlüpfte Jenni sogleich aus ihren Stilettos. Sie hatte wohl beschlossen, den Weg zum Wagen barfuß zurück zulegen. „Hast du Schmerzen?" „Ach, ich bin immer froh, wenn ich die Dinger, auch wenn sie chic aussehen, wieder ausziehen kann." Obwohl sie jetzt meinen Arm nicht mehr zum dahinschreiten benötigte, hakte sie sich doch wieder bei mir unter. „Komm Brüderchen, jetzt fahren wir nach Hause und nehmen uns noch einen. Der Rotwein hier war lecker, Deiner schmeckt mir jedoch bedeutend besser." Galant öffnete ich meiner Schwester den Schlag des Wagens und ließ sie ins Auto einsteigen. Wenig später rollten wir im Dämmerlicht aus Siegburg hinaus. „Und, wie hat dir Heinz Helmut gefallen?" „Das ist ein wirklich lieber Kerl. Wenn der erst mal seinen Machoschutzschild abgelegt hat, kann man sich richtig gut mit ihm unterhalten. Was schaust du mich denn so an? Er ist nicht mein Traumprinz, aber ich werde mit ihm ausgehen. Habe ich ihm versprochen." „Dann bin ich ja beruhigt." „Wieso das, hast du mich etwa an ihn verschachert?" „Für dich gibt es doch nix mehr. Da muss ich schon froh sein, wenn sich mal einer für meine alter Jungfer interessiert." Der Boxhieb, den sie mir verpasste, tat richtig weh und würde für einen dicken blauen Flecken sorgen.

Mutter und Otto hatten es sich auf meiner Polster-garnitur kuschelig bequem gemacht. Die beiden schienen tatsächlich mit ihrem Leben sehr glücklich zu sein. „Da seid ihr beiden ja schon. Wie war der Abend?" „Na, es ging so. Das Essen war sehr lecker, nur die Roth ist mir mal wieder furchtbar auf den Senkel gegangen." „Sie hat mein armes Brüderchen beinahe unterm Tisch vergewaltigt. So heiß ist die auf Hannes, unseren Tiger." Jenni hatte sich bereits in einen weißen

Jogginganzug geschmissen und trug zwei Gläser und die noch halb volle Flasche Rotwein in ihren Händen. „Ich glaube, wenn wir nicht gegangen wären, hätte sie ihm bei der Menge an Alkohol, die sie schon intus hatte, glatt unter dem Tisch einen geblasen." „Jennifer!! Bitte nicht solche Töne im Beisein deiner Mutter, Kind." Otto drehte seinen Kopf zur Seite und kicherte in seine rechte Hand. „Wir sprechen uns später, Otto." Der ehemalige Medizinprofessor musste an sich halten, um nicht laut los zu lachen. „Jawolll, Frau General", gab er Mutter zur Antwort, die aber auch lächeln musste. „Ist mit den Kindern soweit alles gut gegangen?" „Es gab keine Probleme. Die beiden fiebern der Rückkehr ihrer Mutter aus dem Krankenhaus entgegen. Wir haben mit ihnen noch etwas gespielt, gemeinsam zu Abend gegessen und sie dann zu Bett gebracht. Otto hat ihnen noch eine Gute Nacht Geschichte erzählt." „Aber doch hoffentlich keine Unanständige?", mischte sich Jenni wieder ins Gespräch ein. „Aber sicher doch. Ich habe ihnen die Geschichte von den drei Hasen erzählt, die zum Gruppensex ihren Bau verließen und..." „Otto!!!, Du untergräbst meine ganze Autorität." Otto, der wohl nicht mehr fahren musste, hatte sich von Jenni das zweite Glas geschnappt und mit Rotwein aufgefüllt. Als Weinkenner schlürfte er genüsslich einen Schluck des guten Tropfens in sich hinein und musste dann wieder heftig lachen. Nur mit Mühe vermied er, dass der gute Tropfen wieder herausgehüpft kam. Ich befreite mich auch erst mal vom Kulturstrick und meiner offiziellen Garderobe und pflanzte mich zu Jenni auf den Dreisitzer. „Das ist eine sehr gute Idee von dir, Brüderchen." Jenni legte mir ihre Füße auf den Schoß und schubste mich so lange, bis ich endlich ihre armen, geknechteten Gehwerkzeuge massierte. Wir plauderten noch ein wenig, was allen sehr viel Spaß bereitete, bis gegen halb eins in der Nacht Mutter zum Aufbruch nach Hause blies. Jenni und ich verschwanden kurz darauf auch gleich im Bett, dass bereits von Tapsi angewärmt wurde.

Kapitel 23

Pünktlich und bereits fertig für meine Patientinnen angezogen, saß ich hinter meinem Schreibtisch und studierte den Terminplaner für heute. Das wir mal wieder bis zum Dach ausgebucht waren, hatte sicher nicht nur pekunäre Vorteile. Auch die Ablenkung würde mir ganz sicher gut tun. Ich musste immer an Alia denken, die morgen endlich und lang ersehnt, wenn ihre Abschlussuntersuchung ohne Befund blieb, nach Hause kommt. Wie elektrisiert fühlte ich mich. Ich nahm mir vor, später Herta Schmitz, meine Perle anzurufen, die morgen noch mal große Wäsche machen und die Betten neu beziehen sollte. Wahrscheinlich war sie nach meinem Anruf wieder beleidigt, wie ich nur denken könnte, dass sie den Haushalt vernachlässige. Ich musste lächeln und erinnerte mich an die Zeit zurück, als ich gerade mit Claudia zusammen war. Wir hatten im Eifer des Gefechtes ihren Slip unter das Bett gekickt und vergessen. Als ich am nächsten Nachmittag nach Hause kam, stand Herta Schmitz wie eine Furie mit Claudias Slip in behandschuhter Hand in der Türe und fragte: „Wat is dat denn? Ham se ne Orjie gefeiert, Herr Doktor?" Das ich aus dieser Nummer so einfach nicht mehr herauskam, war mir sofort klar und deshalb antwortete ich: „Ja, Frau Schmitz, das war nicht nur nötig, sondern auch schön." Kopf schüttelnd drehte sich meine Perle herum und murmelte noch etwas wie „Kerle sind doch alle gleich" vor sich hin, bevor sie wieder ihrer Arbeit nachging. Gudrun riss mich aus meinen

Gedanken, als sie in mein Büro trat. „Wir sind dann soweit, Chef." „Alles klar. Wie geht es Ihnen?" „Schon viel besser. Ich denke, in ein paar Tagen ist die Entzündung abgeklungen." „Das hört sich doch viel versprechend an. Ich schlage vor, dass meine Mutter nächsten Mittwoch noch mal nach Ihnen schaut." „Die Nachbehandlung können aber auch Sie machen." „Das ist auch kein Problem. Können wir morgen Mittag machen." „Ja, danke. Ach, Chef, in der zwei sitzt Frau Bergmann." „Bergmann? Ach ja, die Dame, die gern schwanger werden möchte. Für die eingehende Beratung benötige ich etwas mehr Zeit. Wen haben wir denn noch heute Morgen?" „Zwei Neupatientinnen. Eine Frau ist im sechsten Monat schwanger und neu hierher gezogen und die andere Patientin kommt zur turnusmäßigen Vorsorgeuntersuchung." „OK, schauen wir uns zuerst die Neupatientin an."

Die schwangere Patientin war nicht nur sehr hübsch, sondern auch noch sehr nett. Ihr Mann war kürzlich nach Bonn versetzt worden, und da sie in eine Neubausiedlung nahe Siegburg gezogen waren, hatte ihr eine wohl gesonnene Nachbarin meine Adresse empfohlen. Wir waren uns gleich sympathisch, und sie trug einen komplett und ordentlich geführten Mutterpass bei sich. Die Kollegin aus Hannover schien, ähnlich wie ich, sehr engagiert zu sein, und so gab es nichts zu beanstanden. Mutter und dem kleinen Jungen ging es sehr gut. Ich empfahl der Frau noch auf ihren Wunsch hin eine sehr gute Hebammenpraxis, die sie auch nach der Entbindung betreuen sollte. „Gehen Sie jetzt in die zwei, Chef?", fragte Aicha. „Ja, ich mache mit Frau Bergmann weiter." Mit fliegendem Kittel stürmte ich in Behandlungsraum zwei und begrüßte meine Patientin. „Behalten Sie doch bitte Platz", bat ich sie und setzte mich ihr gegenüber. Die Zwei ist mein größter Raum, den auch Mutter häufig nutzt. Er hat nicht so den reinen Praxischarakter, da hier unter anderem auch eine Sitzgruppe bereit steht, um Patientinnen in Ruhe beraten zu können. „Wie sieht es aus, Herr Doktor?" „Tja, Frau Bergmann, Sie sind kerngesund und jederzeit bereit für eine Schwangerschaft. Hat sich Ihr Mann eigentlich schon einmal auf Fertilität testen lassen?" Frau Bergmann schaute mich ein wenig erstaunt an. „Ich meine, hat Ihr Mann mal einen Test bezüglich der Qualität seines Spermas durchführen lassen?" „Nein, ehrlich gesagt nicht. Er geht davon aus, dass er völlig gesund ist." „Diese Ansicht vertreten die meisten Männer, und die ist leider häufig falsch. Aus meiner Erfahrung ist das schlimmste daran, dass die meisten Frauen regelrecht durch die Hölle von diversen Tests und Untersuchung gehen müssen, während die Herren der Schöpfung nicht davon ausgehen, der Spiritus Rector für eine ausbleibende Schwangerschaft zu sein. Raucht Ihr Mann, trinkt er häufig Alkohol, leidet er unter Diabetes oder steht er stark unter Stress?" „Nun ja, er ist Bauingenieur und für ziemlich große Projekte verantwortlich. Er trinkt schon mal ein Glas Wein zum Essen oder einen Verdauungsschnaps hinterher. Er raucht vielleicht eine halbe Packung Zigaretten am Tag." „Da kommen schon so einige Faktoren zusammen. Jetzt fehlt eigentlich nur noch Bewegungs-mangel, und schon besitzt Ihr Mann alle Voraus-setzungen, bedingt unfruchtbar zu sein." Ich war, so glaube ich, ein wenig weit vorgeprescht zu ergründen, woran es wohl liegen könnte, dass die Patientin nicht schwanger wurde. „Und Sie glauben wirklich, mein Mann könnte unfruchtbar sein?" „Ja, aber was ist so schlimm daran?" „Ich weiß nicht, wie ich ihm das beibringen soll?" „Aber er brauchte sich doch nur mal entsprechend untersuchen zu lassen. Ich schlage zuerst mal eine internistische Abklärung vor, und wenn wir da nicht weiterkommen, sollte er eine Spermaprobe für weitergehende Untersuchungen bei einem Spezialisten abgeben." Frau Bergmann saß völlig ratlos vor mir. Ihre ganze Euphorie war wie weggeblasen. „Wir können doch mal einen Termin mit Ihrem Mann hier in meiner Praxis vereinbaren. Ich könnte ihm die Umstände erklären und ihm Vorschläge unterbreiten, was wir gegen Ihre Kinderlosigkeit unternehmen können." „Ich werde mit ihm reden, Herr Doktor, und wenn er bereit ist, mit hierher zu kommen, rufe ich Sie an." „So machen wir es." Ich trat an unsere Rezeption, wo Gudrun bereits auf mich wartete, um mich in die eins zur nächsten Patientin zu lotsen.

Gegen achtzehn Uhr machte ich Feierabend. Ein langer, anstrengender Tag lag hinter mir. Ich freute mich schon darauf, zu Alia zu fahren. Wir hatten uns für heute vorgenommen, alleine ein wenig durch den Garten zu laufen und uns einfach mal Zeit für uns zu nehmen. Den Weg zu den Unikliniken fand mein Kombi schon von ganz alleine. Anstandslos schlüpfte ich in eine Parklücke zwischen zwei gewaltige SUW Fahrzeuge. Da ich weder unter Klaustrophobie leide noch mit einem Waschbärbauch herumlaufe, schaltete ich den Motor ab und quetschte mich sachte aus meinem Wagen heraus. Der Schreck traf mich, als ich in Alias Zimmer trat. Ihr Bett war leer. Irgendwie panisch lief ich auf den Gang und schaute mich um. Noch während ich zum Schwesternzimmer lief erkannte ich Alia mit einer ganz in weiß gekleideten Frau vor der Babystation stehen. Sofort reduzierte ich meinen Schritt und gesellte mich zu den beiden Damen. Alia stellte mich gleich der Stationsärztin der Pädiatrie vor. Wir hielten ein wenig Smalltalk. Erfreulich fand ich nur, dass Alia bereits wieder Pläne zu schmieden schien. Auf unserem Weg durch den Garten sprach sie häufig davon, endlich in Ruhe als Kinderärztin arbeiten zu können. Wie ein altes Ehepaar lief sie untergehakt neben mir her, bis sie auf einmal unvermittelt stehen blieb und sich zu mir hin drehte. „Doktor Johannes Steinhauer, liebst du mich genauso, wie ich dich liebe?" „Ja, Alia, vielleicht noch viel mehr, als du denkst." Ich nahm sie in meine Arme und legte ihr sanft meine Hände auf den Rücken. Ich spürte, wie sie sich vertrauensvoll in meine Arme fallen ließ. Wir blickten uns eine ganze Zeit lang in die Augen. Die Welt um uns herum hatte aufgehört zu existieren. Nur noch wir beide waren jetzt wichtig. Alia legte ihren Kopf leicht zur Seite. Ganz langsam näherten sich unsere Lippen, und als ich ihre auf meinen spürte, vergaß ich einfach alles um mich herum. Ich spürte ihre kleine Zunge, wie sie sich ihren Weg zwischen meinen Lippen hindurch in meinen Mund schlängelte und das Spiel mit meiner suchte. Ich weiß nicht, wie lange wir so da gestanden sind. Mir kam es vor wie eine Ewigkeit, und erst als eine junge Stimme mich von der Seite mit meinem Namen ansprach, trennten wir uns wieder. Eine Patientin von mir hatte mich entdeckt und lächelte, als sie mich etwas verdutzt mit Alia in meinen Armen so dastehen sah. Irgendwie fühlte ich mich ertappt, erwischt und doch empfand ich keine Scham. Schließlich hatte ich ja auch ein Privatleben, und das nahm ganz neue Formen an, wie mir schien. Das Lächeln meiner Patientin ging in ein verständnisvolles Grinsen über, als sie Alia sah. Ich grüßte sie kurz zurück. Sie hob ihren Arm und winkte mir zu, während sie weiter ihres Weges ging.

Alia schaute mir wieder ganz tief in meine Augen. „Du wirst noch eine ganze Zeit warten müssen, bis ich dir auch meinen Körper schenken kann, Johannes." „Aber das macht doch nichts, Alia. Erstmal bin ich sehr glücklich, dich gefunden zu haben. Was wird, werden wir sehen." Alia strahlte mich aus ihren großen, schwarzen Augen an. Sie nahm mich wieder in ihren Arm, und wir spazierten noch eine halbe Stunde lang weiter durch den Garten, bis sie langsam ermüdete. Ich brachte sie zurück in ihr Zimmer. Wir plauderten noch ein wenig und küssten uns noch einmal so anmutig, wie wir es eben noch im Garten getan hatten. „Und jetzt ab mit dir, Johannes und pass gut auf meine Zwerge auf", gab sie mir zum Abschied noch mit auf den Weg. „Ich hole dich morgen Mittag hier ab. Schlaf gut." „Du auch." Alia hatte sich rasch wieder ins Bett gelegt. Sie war einfach noch zu schwach, um länger auf den Beinen zu stehen.

Kapitel 24

Meine Fahrt in die Praxis verlief heute nicht so entspannt wie sonst. Ich überlegte, was ich noch alles zu erledigen hatte. Blumen wollte ich besorgen und einkaufen musste ich noch, damit es heute Abend etwas Ordentliches zu essen gab. Nur was? Beinahe hätte ich eine rote Ampel überfahren, so aufgeregt war ich. Hoffentlich musste ich heute keine schwierigen Untersuchungen durchführen. Mit meiner Konzentrationsfähigkeit war es nicht weit her. Dann kam mir jedoch die große Erleuchtung. Ich werde ein Rinderfilet besorgen, dazu Kroketten, Erbsen und Möhren zubereiten. Das war ein Gericht, das die Kinder auch gern aßen. In Folge dieses Geistesblitzes ließ meine Nervosität merklich nach. In der Praxis angekommen, und das schon eine Viertelstunde vor Arbeitsbeginn, zog ich mich sofort um. Gudrun hatte nur Termine bis 12:00 Uhr vergeben. Meine Hoffnung stieg, dass ich heute pünktlich hier heraus kommen würde. Als Gudrun mein Büro betrat, konnte ich nicht ermitteln, ob sie nun erstaunt war, dass ich bereits fertig angezogen anwesend war oder gar verärgert, dass ich ohne ihr Wissen früher anfangen wollte. Sie ließ sich jedoch nichts anmerken. Selbst meine Patientinnen merkten es meiner besonders guten Laune an, dass ich gut drauf war. Schon um zwanzig vor zwölf waren wir durch. „Das habt ihr heute super gemacht, Mädels", lobte ich mein Praxisteam. „Dafür machen wir heute um eins Schluss. Schmeißt den Sterilisator an und macht sauber." Dieser Ausspruch setzte bei meinen Damen völlig ungeahnte Kräfte frei. Sogleich gingen sie mit größtem Nachdruck an die Arbeit und ich wusste genau, dass ich mich auf jede von ihnen zu hundert Prozent verlassen konnte. Ich verschwand in meinem Büro und zog mich rasch um. Weil auf meinem Schreibtisch noch eine Postmappe mit einer Menge Schreiben darin auf meine Unterschrift wartete, nahm ich Platz und erledigte den eher verhassten Schriftkram. Als ich gerade die Mappe zuklappte und beschloss, die Praxis zu verlassen, betrat Gudrun mein Büro. Sie schaute mich etwas verlegen an. „Ist etwas passiert? Geht es Ihnen nicht gut?" „Doch, mir geht es prima." Sie kam nicht gleich mit der Sprache heraus. Ein eher schlechtes Zeichen. „Was ist denn los, Gudrun?" „Frau Bergmann ist gerade gekommen. Bitte sprechen Sie kurz mit ihr." „Das ist doch die Patientin mit dem Kinderwunsch. Ist sie alleine gekommen?" „Ja." „Setzen Sie sie in die eins. Ich komme sofort."

Dieser Patientenbesuch passte mir so gar nicht in mein Konzept, aber ich wollte Frau Bergmann auch nicht vor den Kopf stoßen. Die Zeit für eine ausgiebige Beratung würde ich mir jedoch heute nicht mehr nehmen. Außerdem hatte ich sie gebeten, vorher einen Termin zu vereinbaren. Merkwürdig war ihr spontaner Besuch schon. Ich nahm mir vor, kurz mit der Patientin zu sprechen und ihr einen Beratungstermin zu geben. Als ich die eins betrat, saß eine völlig in sich zusammen gefallene, apathisch wirkende weibliche Person mit Sonnenbrille und Kopftuch auf dem rechten Zweisitzer, obwohl draußen die Sonne schien und ganz sicher dreiundzwanzig Grad Celsius vorherrschten. „Hallo, Frau Bergmann, geht es Ihnen nicht gut?" Heftig schluchzend nahm sie Brille und Kopftuch ab. Was ich da zu sehen bekam, schockte mich zutiefst. Ihr Gesicht wies eine Menge Blutergüsse auf und ihre noch gestern so hell leuchtenden Augen waren rot unterlaufen von vielen Tränen, die sie umspült hatten. „Was um alles in der Welt ist geschehen?", fragte ich sie, obwohl ich die Antwort bereits zu kennen glaubte. „Ich habe meinen Mann gefragt, ob er nicht auch mal zum Arzt gehen könnte, um sich untersuchen zu lassen. Er hat mich nicht einmal aussprechen lassen und geschrien: Nur weil ich keine Kinder bekommen könnte, sollte ich doch jetzt nicht ihn dafür verantwortlich machen. Ich habe ihm die Situation so erklärt, wie Sie es mir gestern erläuterten. Daraufhin hat er mich sofort geschlagen, sogar getreten. Mein ganzer Körper weist Hämatome auf." Das ich die arme Frau jetzt nicht einfach abwimmeln konnte, stand völlig außer Frage. „Er hat mich sogar .... vergewaltigt, um mir zu zeigen, wie potent er doch ist." „Sie sollten Anzeige erstatten, Frau Bergmann. Wenn Sie es wünschen, nehme ich jetzt Ihre Verletzungen zur Beweissicherung auf. Ich sage meiner

Helferin Bescheid." Gudrun war gleich zur Stelle. Wir hatten solche massiven Körperverletzungen leider schon einige Male in unserer Praxisgeschichte ansehen müssen, doch die Verletzungen, die Frau Bergmanns Körper aufwiesen, waren auch für mich erschreckend. Noch während der Untersuchung diktierte ich meinen Bericht in mein Diktafon. „Sie können sich wieder anziehen, Frau Bergmann. Ich möchte Sie gern für ein paar Tage im Krankenhaus unterbringen, damit Sie professionelle Hilfe erhalten. Meinen Bericht und die Fotos speichere ich für Sie auf einer CD ab, damit die Kollegen in der Uniklinik Ihren Fall besser beurteilen können. Ich fahre gleich selbst mit Ihnen dorthin." „Das ist wirklich lieb von Ihnen." „Ich muss ohnehin nach Bonn ins Klinikum, weil ich meine Lebensgefährtin dort abhole. So passt es doch. Ich hätte Sie aber auch ohne diesen Anlass dorthin gebracht." Ein gequältes Lächeln huschte über Frau Bergmanns Züge. Gudrun ließ die Patientin im Wartezimmer Platz nehmen und warf sich sofort an die PC-Tastatur. In Windeseile tippte sie den Bericht in die Maschine und speicherte den Text sowie die Photos auf einer CD, während ich ins Blumen- geschäft meines Vertrauens spurtete, um dort einen schönen Strauss Blumen zu erwerben. Etwas verdutzt schaute mich jedoch der Metzger an, als ich mit dem Strauß Blumen an seine Theke trat. „Hallo, Herr Doktor Steinhauer, Sie wollen mir doch hoffentlich keinen Heiratsantrag machen?" Ich musste lachen. „Ich wollte eigentlich nur ein Rinderfilet bei Ihnen käuflich erwerben." „Damit kann ich eher leben", antwortete er und suchte mir ein gutes Stück Fleisch heraus.

„Ist Ihre Lebensgefährtin ernsthaft erkrankt?", fragte mich Frau Bergmann, als wir gerade auf die Autobahn Richtung Bonn abbogen. „Ja. Es war in der Tat höchste

Eisenbahn. Ihre Operation ist aber gut verlaufen. Hätte sie jedoch noch einige Tage länger gewartet, wäre ihr Zustand lebensbedrohlich geworden." Mehr wollte ich zu dem Thema nicht sagen und beließ es deshalb bei der eher oberflächlichen Erklärung. Den Rest der Fahrt sprachen wir über alle möglichen Themen und wie es schien, besserte sich der psychische Zustand von Frau Bergmann etwas. Ich parkte den Kombi auf einem Besucherparkplatz und führte meine Patientin langsam zur Notaufnahme. Erfreut stellte ich fest, dass die aufnehmende Kollegin dort offensichtlich für solche Problemfälle sehr gut ausgebildet war. „Wenn Sie etwas brauchen, rufen Sie mich bitte unter dieser Nummer an." Ich drückte ihr meine Visitenkarte in die Hand und verabschiedete mich von ihr. Danach verschwand sie mit der Kollegin in den verwinkelten Gängen der Notaufnahme. Ich spurtete kurz zurück zum Parkplatz und nahm die Blumen aus dem Wagen. So rasch es ging ließ ich mich vom Lift auf die Etage heben, auf der Alias Krankenzimmer lag. Ich trat in den Raum ein und fand sie lesend in einem Stuhl sitzend an. „Da bist du ja, mein Prinz", begrüßte sie mich. Sie erhob sich, und ich nahm sie in meine Arme. „Hallo, Alia, ich bin so glücklich, dass ich dich nach Hause holen kann." Spontan gab ich ihr einen Kuss und vergaß völlig, dass ich einen Strauß Blumen für sie mitgebracht hatte, der ein wenig in meiner rechten Hand störte. Sie lachte, als sie mich so unbeholfen mit dem floralen Meisterwerk herumhantieren sah. „Danke für die schönen Blumen. Ich nehme sie dir ab." „Dann nehme ich deine Reisetasche." Wir verabschiedeten uns noch im Schwesternzimmer und füllten ein wenig die Kaffee-kasse auf. Beschwingt verließen wir die Klinik.

Alia ließ sich ganz vorsichtig in den Beifahrersitz gleiten. Ihr schmerzverzerrtes Gesicht signalisierte mir, dass sie schon noch etwas an Schonung bedurfte. Wir hatten Bonn bereits verlassen, als sie mich fragte: „Du bist ziemlich spät gekommen. Hab ich etwa deinen Praxisalltag durcheinander gebracht?" „Keineswegs, Alia, ich hatte nur leider noch einen tragischen Fall zu behandeln." Ohne darüber nachzudenken, dass sie dies ebenfalls schon erlebt hatte, erzählte ich ihr ohne den Namen zu nennen von Frau Bergmann. „Ich weiß aus eigener Erfahrung, wie man sich als Frau nach solch einer Demütigung fühlt. Es ist der blanke Horror." Zwei Tränen kullerten Alia die Wangen herunter und mir wurde bewusst, was für einen Fehler ich gerade begonnen hatte. „Mach dir keine Vorwürfe, Johannes, wenn man eine starke Frau ist, lernt man mit dieser Historie zu leben." Sie schien bemerkt zu haben, dass ich mich für meinen unbedachten Bericht zu schämen schien. „Wir werden ein ganz neues Leben anfangen, Johannes, und sicher viel Freude daran finden. Es tut mir nur leid, dass ich dir keine Kinder mehr schenken kann." „Wir haben doch schon zwei Kinder. Ich habe Karima und Aadil bereits ganz fest in mein Herz geschlossen. Wir werden versuchen, den beiden einen guten Start für ihr Leben in Europa zu bieten. Dies geht im Übrigen meiner ganzen Familie so. Sie alle lieben dich und die Kinder." Alia strahlte wieder und ich muss gestehen, so gefiel sie mir noch einmal so gut.

Kapitel 25

Der unerwartete, total verrückte Empfang bei mir zu Hause machte es Alia ganz sicher noch leichter, sich wohl zu fühlen. Mutter hatte mit den Kindern zusammen einen Kuchen zur Begrüßung gebacken, den Aadil und

Karima ihrer Mutter, nach ausgiebigem Drücken und Küssen präsentierten. Die Tränen, die diesmal aus Alias Augen kullerten, waren ganz sicher Freudentränen. Auch Tapsi kam Schwänzchen wedelnd zur Begrüßung nachschauen, ob auch für ihn etwas abfallen würde. Kuchen war jedoch nicht so sein Ding. Jenni und Alia verstanden sich bereits blendend. Die beiden Frauen nahmen gleich an der Kaffeetafel Platz und ließen sich von den Komplimenten von Otto, dem alten Charmeur, berieseln. Es wurde ein schöner Nachmittag und alle Beteiligten waren glücklich. Alia hatte ganz sicher noch Schmerzen, doch sie ließ sich nichts anmerken und nahm eifrig an unserer Konversation teil. Erst am frühen Abend wurde sie allmählich müde. Als mein Familienclan dies bemerkte, blies Mutter gleich zum Aufbruch. Jenni räumte noch das Geschirr in die Spülmaschine und verschwand dann ebenso wie Mutter und Otto. Auch die Kinder lagen nur noch müde auf dem Sofa und schauten einen Kinderfilm von CD. Alia hatte sich in die Hollywoodschaukel zurückgezogen und schlief bereits tief und fest. Meine Kochambitionen konnte ich getrost auf den morgigen Tag verschieben. Damit mir die Zwerge jedoch über Nacht nicht verhungerten, schmierte ich einige Butterbrote, die sie dankend und mit Heißhunger verzehrten. Als meine alte Standuhr neunmal ihren Gong erklingen ließ, lag meine wilde Meute gesättigt und gewaschen mit geputzten Zähnen im Bett und wartete auf meine Gute-Nacht-Geschichte. Ich setzte mich zu ihnen und begann zu erzählen. Weit kam ich jedoch nicht mehr. Meine kleinen Zuhörer waren ganz schnell mit ihren Teddys in ihren kleinen Armen eingeschlafen.

Alia ruhte immer noch auf der weichen Auflage der nach einer amerikanischen Filmmetropole benannten

Schaukel, doch sie schlief nicht mehr. Ganz sachte ließ sie sich hin und her schaukeln und steuerte die Intensität der Bewegung mit ihren nackten Füßen. Als sie mich bemerkte, lächelte sie mir zu. „Setz dich doch zu mir." Das ließ ich mir natürlich nicht zweimal sagen. Vorsichtig hob sie ihren Oberkörper, damit ich mich zu ihr setzen konnte. Ihren Kopf legte sie auf meinen Schoß. Sanft begann ich ihre weichen Gesichtszüge zu streicheln. Ihr Lächeln verriet mir, dass ihr diese Behandlung sehr zusagte. Dieses Wohlgefühl verstärkte sich noch weiter, als ich mich langsam zu ihren Lippen herunter beugte und sie liebevoll küsste. Alia streichelte über meinen Kopf und auch ich konnte nicht behaupten, dass mir diese Streicheleinheiten Unbehagen bereiteten. Wir lagen noch eine ganze Weile so da, bis die Kühle des Abends uns ins Haus drängte. „Ich würde gern zu Bett gehen. Kommst Du mit?" „Ja, ich bin auch müde." „Das wird unsere erste gemeinsame Nacht, Johannes", verkündete Alia mit einem etwas lasziven Lächeln. Ich freute mich schon darauf, ihren warmen Körper ganz nah bei mir zu spüren. Doch ganz besonders frohlockte ich, diese Nacht ohne meine schnarchende Schwester, deren mich immer wieder traktierenden Extremitäten und den ständig an meinen Füßen leckenden Welpen verbringen zu können. „Ich geh noch ins Bad und dann komm ich zu dir." „Dann bis gleich." Ich suchte ebenfalls eines meiner Badezimmer auf, duschte und putzte mir die Zähne. Obwohl meine Duscheinheit beinahe zeitlich als Katzenwäsche durchgegangen wäre, benötigte ich doch länger als Alia. Als ich das Schlafzimmer betrat, bemerkte ich zu aller erst einen Berg von Bettdecken aus dem ein zarter Arm mit einer schlanken Hand herausragte, deren Zeigefinger mir bedeutete, dass der daran anschließende Körper offensichtlich große Sehnsucht nach mir hatte.

Wie ein Tiefseekrake, der seine Beute mit allen Tentakeln umklammert, um sie in sein Versteck zu ziehen, schlang Alia ihre Arme und Beine um meinen Körper und zog mich fest zu sich heran. Ihr Atem raste, als sie meine warme Hand auf ihrer nackten Haut spürte, die sich langsam ihren Weg vom Hals an ihrer Wirbelsäule entlang hinunter bis zu ihrem Po bahnte. In dem Moment, als mein Zeigefinger die Stelle am oberen Rand ihres Pos erreichte, wo sich alle Nervenstränge nach rechts oder links orientieren und ich dort ein wenig massierend Druck ausübte, schrie Alia lustvoll auf. Wie eine rollige Katze wand sie sich neben mir hin und her. Ihr heißer Atem drang an mein Ohr. Mit einmal griff sie nach meiner linken Hand und legte sich diese auf ihre nackte Brust. Immer schneller ging ihr Atem. „Ich liebe dich so sehr, Johannes. Niemals mehr möchte ich ohne dich sein", schrie sie mir beinahe ins Ohr. Mit ihrer nächsten Körperdrehung sorgte sie dafür, dass meine rechte Hand die Region ihres Rückens verließ und auf ihrem glatt rasierten Venushügel zu liegen kam. Als sich mein Zeigefinger ein wenig tiefer bewegte, um den Punkt zu erreichen, der bei zarter Berührung für höchste Lustgefühle sorgte, schrie sie leicht auf und wenig später entluden sich bei ihr sämtliche Verspannungen. Nachdem sich die tosenden Wogen in ihr wieder beruhigt hatten, schmiegte sie sich ganz fest an mich. Wie ein Kätzchen, das sich im Winter auf einer dicken Decke am wärmenden Kaminofen einkuschelte, schnurrte Alia ganz nah neben mir. „Das war so schön, Johannes." „Hattest du keine Schmerzen?" „Ein wenig schon, doch die Lust auf dich überwog." Irgendwann, als ich sie bereits in Abrahams Schoß wähnte, hob sie sanft ihren Oberkörper und lächelte mich verschmitzt an. Was sie jedoch dann machte, ließ mich in den siebten Himmel aufsteigen. Ich spürte ihre kleine Hand sich genau dahin bewegend, wo sich mein Lustzentrum ihr entgegenstreckte. Während sie fest zugriff und massierend ihre Hand bewegte, legte sie ihre Lippen auf meine, und schon sehr bald fand ich höchste Glücksgefühle.

Dass wir nach dieser liebevollen, gegenseitigen Behandlung gleich fest einschliefen, kann man sich sicher leicht vorstellen. Gegen acht Uhr am folgenden Samstagmorgen wurden wir von Karima und Aadil geweckt. Die beiden standen an unserem Bett und schauten uns grinsend an. „Hast du Mama geküsst?", erkundigte sich Aadil und erhielt für diese eher indiskrete Frage von seiner Schwester einen ordentlich Stoß in die Rippen. Wir mussten alle lachen und ließen die beiden Zwerge zu uns ins Bett. Eine ganze Stunde lang erzählten wir mit ihnen, schmiedeten Pläne und fragten nach, was sie sich denn noch so alles wünschten. Die Kinder äußerten sich sehr bescheiden. Ihr Wunsch war es, dass wir eine glückliche Familie wurden. Alia war wie umgewandelt. Während ich sie eher als sehr zurückhaltend kennen gelernt hatte, übernahm sie fröhlich singend das Regiment im Haus. Sie sorgte gemeinsam mit den Kindern für einen hübsch gedeckten Frühstückstisch mit duftendem Kaffee und knusprigen Brötchen. Weil auch heute das Wetter sehr schön zu werden schien, planten wir einen Ausflug in den Kölner Zoo. Der Besuch des zoologischen Gartens wurde zu einem echten Highlight. Nicht nur die große Anzahl verschiedenster Tier aus allen Kontinenten erweckte die Neugier der Kinder. Auch der große Spielplatz ließ keine Wünsche offen. Lediglich unsere Haushaltskasse wies am Abend ein großes Loch auf. Rechnete man den Preis für die Eintrittskarten und die erworbene Verpflegung mal zusammen, hatten wir einen kleinen, dreistelligen Eurobetrag ausgegeben. Doch es war ein wirklich schöner Tag und wir fuhren mit einer Menge toller Eindrücke und vielen geschossenen Fotos nach Hause. Durch die vielen Möglichkeiten zwischen den Gehegen auf Bänken verweilen zu können, geriet unser Trip in den Zoo auch für Alia nicht zum Alptraum, denn so ganz fest auf den Beinen war die zarte Syrerin noch nicht.

Kapitel 26

Am folgenden Sonntag blieben wir zu Hause und genossen gemeinsam die vielen Freizeitmöglichkeiten, die mein Haus so bot. Ich tobte mit den Kindern im Pool herum, während Alia sich auf die gemütliche Schaukel zurückzog und ein Buch las. Als die kleinen Racker eine Mal- und Erholungspause einlegten, setzte ich mich zu Alia und nahm sie in meine Arme. „Ich liebe dich." „Ich dich auch, Johannes, sehr sogar." Alia ließ sich in meine Armen fallen und spielte ein wenig geistesabwesend mit einer Strähne ihrer lockigen, schwarzen Mähne. „Wo bist du gerade mit deinen Gedanken, zu Hause in Syrien?" „Ich habe in Syrien kein Zuhause mehr. Unser Haus in Damaskus wurde von einer Granate getroffen und völlig zerstört. Ich lebe jetzt mit den Kindern hier bei dir, und das möchte ich nicht mehr missen." In der Folge gaben wir uns gemeinsam schweigend dem Müßiggang hin, bis Alia das Schweigen beendete. „Ich möchte gern wieder als Kinderärztin arbeiten." „Das weiß ich, und daran arbeite ich bereits. Ich benötige dafür alle deine Zeugnisse und die Approbationsurkunden aus Bonn und Damaskus. Die Bescheinigung über deinen erfolgreichen Abschluss als Pädiater wird hier übersetzt und von einem Notar beglaubigt. Das wird eine Zeit dauern. Doch währenddessen können wir die Praxisräume im Erdgeschoss für dich renovieren lassen und die benötigten Einrichtungsgegenstände bestellen." „Das hört sich ja toll an, aber wie soll ich das alles bezahlen?" „Darüber brauchst du dir keine Gedanken zu machen. Das Haus gehört Mutter, sodass du nicht gleich mit Mietkosten belastet wirst, und alles andere kriegen wir auch hin." Alia schwieg wieder und schaute mich plötzlich an. „Ich werde nach London fliegen, um dort den Cousin meines verstorbenen Mannes zu treffen." „Und was hat der nun mit deinen Finanzen zu tun?" „Mein Mann hat, bevor er sich den Regierungsgegnern anschloss, eine Menge Geld außer Landes gebracht und in London angelegt. Dieses Geld werde ich mir holen." „Hast du denn Kontakt zu dem Cousin?" „Nein, schon einige Zeit nicht mehr, aber das heißt ja nicht, dass er mir mein Geld vorenthalten darf." „Das ist wohl wahr. Wie möchtest du weiter vorgehen?" „Ich werde Ahmed anrufen und ihn bitten, mir das Geld zu überweisen." „Weißt du denn überhaupt, wie und wo du den Mann erreichen kannst?" „Ich habe eine Telefonnummer von ihm." „Dann ruf ihn doch einfach mal an." „Ja, das mache ich jetzt." Ich führte Alia in mein kleines Büro und ließ sie an meinem Schreibtisch Platz nehmen. Aus dem Internet suchten wir die entsprechenden Vorwahlen für Großbritannien wie auch für London heraus. Alia gab sogleich alle Ziffern in die Tastatur des Telefons ein, und bereits wenige Augenblicke später nahm der Teilnehmer das Gespräch entgegen. Alia sprach fließend, wenn auch mit ziemlich starkem Akzent Englisch mit dem Gesprächspartner. Es folgte eine kurze Pause, bis Alia sich auf Arabisch mit jemanden zu unterhalten begann. Weil ich dem Gespräch weder folgen konnte noch gewollt hätte, dessen Inhalt auf diesem Weg zu erfahren, verließ ich das Büro und schaute den Zwergen beim Spielen zu.

Das Telefonat dauerte etwa zwanzig Minuten. Ein Wimpernschlag an Zeitaufwand, wenn man bedachte, wie alt die Welt bereits ist, und leider ganz sicher eine ordentliche Belastung auf meiner nächsten Telefon-rechnung. Alia wirkte sehr fröhlich, als sie die Terrasse betrat. „Wie es scheint, warst du erfolgreich, deinem Strahlen nach zu urteilen." „Ja, Johannes, Ahmed war sehr freundlich und hat mir noch mal sein tiefstes Beileid zum Ableben meines Mannes erklärt. Er meinte jedoch, dass er dazu am Telefon nicht viel mehr sagen wolle, weil der syrische Geheimdienst viele ehemalige Landsleute im Ausland abhört, und danach eine Menge Menschen auf ewig verschwunden sind. Er sagte weiterhin, dass er etwa drei Wochen Zeit benötige, das angelegte Geld flüssig zu machen, und das er sich bei mir meldet. Ich habe ihm deine Rufnummer gegeben." „Hat er dir nicht gesagt, mit wie viel Geld du rechnen kannst?" „Leider nein." „Macht ja nichts. Das legen wir hier ohnehin wieder für dich an, damit du abgesichert bist." „Ich bin so froh, dass du mir dabei hilfst. Ich bin in Geldsachen furchtbar unbeholfen." „Wenn du magst, sprechen wir noch mit meiner Mutter darüber. Sie ist der wirkliche Finanzminister unserer Familie." Alia lächelte mich aus ihren großen, schwarzen und warmherzigen Augen an. „Ich bin so glücklich, dass mir Gott so gnädig war. Noch vor gar nicht langer Zeit lag ich noch im Staub meines Heimatlandes, geschändet, geschlagen und mutlos mit zwei kleinen Kindern an der Hand, die keine Zukunft mehr zu haben schienen. Und nun bin ich bei dir und bald hat unser Leben wieder einen Sinn." Ihre eben noch so klaren Augen füllten sich mit Flüssigkeit. Ich nahm sie in meine Arme.

Das Mittagessen, das ich mit viel Mühe und Akribie zauberte und dafür sicher eine gute Stunde an Zeitaufwand benötigte, war in weniger als fünfzehn Minuten komplett aufgegessen. Aadil leckte sogar noch den Teller ab, weil ihm die Sauce Bernaise so gut geschmeckt hatte, wofür er sich von seiner Schwester einen bösen Blick und bei seiner Mutter einen Rüffel einfing. Als ich es ihm dann auch noch gleich tat, folgten ähnliche Reaktionen der beiden Ladies. Aadil und ich prusteten laut los. Karima und Alia lachten auch, jedoch erst dann als ich Aadil erklärte, dass man als großer Mann wirklich nicht seinen Teller ablecken durfte, auch wenn es schon lustig aussah. Zum Kaffee besuchten uns spontan Jenni und Tapsi. Der kleine Hundewelpe schien regelrecht Sehnsucht nach den Kindern zu haben. Es dauerte nicht lange, und alle drei tobten wieder im Pool herum, bis Hund und Kinder irgendwann ermattet im Garten auf einer großen Decke lagen, alle Viere von sich streckten, um sich zu erholen. Jennifer setzte gleich Kaffee auf und verteilte eben erst frisch erworbenen Kuchen für alle auf entsprechendem Porzellan. Weil die beiden weiblichen Kolleginnen jedoch nur noch über die schmerzfreie Behandlung von Harnwegsinfektionen bei Kindern diskutierten, beschloss ich, ein wenig in meinem spannenden Krimi zu lesen. Als es dämmerte, servierte ich allen von mir belegte Brote und frisch aufgeschnittene Tomaten-spalten dazu. Wie gewöhnlich fielen den jüngsten Bewohnern meines Hauses gegen neun die Augen zu. Diesmal schrie sogar keines der Kinder mehr nach einer Gute-Nacht-Geschichte. Die beiden fielen ganz schnell in einen festen Tiefschlaf. Jenni blieb noch ein Stündchen. Dann gingen auch wir schlafen.

Kapitel 27

Etwas mehr als vier Wochen später schwebte Alia gemächlich auf hochhackigen Sandaletten und zur Sicherheit bei mir eingehakt durch den Fluggastlindwurm dem Airbus entgegen, der uns beide nach London bringen sollte. Wir hatten zwei Plätze in Reihe vier gebucht. Alia liebte das Fliegen. Als wir angeschnallt in unseren Sitzen saßen, packte sie ihre kleine Kamera aus. Sie wollte jeden Moment unseres Fluges digital festhalten. Ich konnte nicht behaupten, dass ich gern flog. Für mich besaß das Reisen im Flugzeug lediglich den Vorzug, sehr schnell große Entfernungen bequem zu überbrücken, und wenn ich ehrlich bin, freue ich mich jedes Mal darauf, die Kabine wieder gesund und munter verlassen zu dürfen. Wie es schien, war ich dank des schönen Flugwetters für etwa siebzig Minuten abgemeldet. Die beiden Rolls Royce Triebwerke des A 319 hatten mit dem Gewicht des höchstens zu zwei Drittel besetzten Flugzeuges und nur geringem Passagiergepäck wenig Mühe, die Maschine sehr rasch auf etwa zehntausend Meter Höhe zu heben. Monoton summten die Motoren, und schon nach wenigen Flugminuten schloss ich meine Augen und hing meinen Gedanken nach. Ich hatte keine Ahnung, was uns wirklich in London erwartete. Alia hatte noch zweimal mit dem Cousin ihres verstorbenen Mannes telefoniert und in Erfahrung gebracht, dass dieser einer der wohlhabendsten Immobilienmakler und Finanzberater der Insel zu sein schien. Dank eines ausreichenden Platzangebotes seiner Behausung lud er uns für zwei Nächte zu sich nach Hause ein. Mutter spielte derweil mit Otto den Babysitter, wobei das Wort Baby ganz sicher fehl am Platze war, da Aadil und Karima bereits aus dem Gröbsten heraus waren.

Alia hatte sich wirklich prächtig erholt. Mutter und Professor Rademacher übernahmen gemeinsam die Nachbehandlung und waren sehr mit dem Heilungsverlauf zufrieden. Dafür sprühte sie auch nur so vor Tatendrang. Sie wollte unbedingt so schnell als möglich ihre Praxis eröffnen. Kein Weg zu einem Amt war ihr zu weit oder zu beschwerlich. Ich musste grinsen, während ich mich an den Donnerstagmorgen zurückerinnerte, als ich an meinem Praxisfenster stand und den mir von Gudrun genehmigten Pausenkaffee zu mir nahm. Mein Interesse wurde plötzlich auf ein heran rauschendes, offenes SLK-Cabrio gelenkt, in dem zwei fein herausgeputzte Damen mit Kopftüchern saßen. Irgendwie erinnerte mich dieses Szenario an eine Filmsequenz aus einem alten, amerikanischen Film mit Doris Day. Mutter und Alia verstanden sich wirklich prächtig. Die beiden Ladies waren an diesem Tag in den ungenutzten Praxisräumen aufgetaucht, um diesem für die Zukunft wieder Leben einzuhauchen. Sie verbrachten mehrere Stunden darin, notierten eine Menge Maße, die sie teilweise auf allen Vieren kriechend aufgenommen hatten, befassten sich mit der Lage von Telefon- und Stromanschlüssen und wälzten bereits einschlägige Praxismöbelkataloge. Alia wollte es luftig und farbenfroh und traf damit genau den Geschmack von Mutter, die sie sofort mit Rat und Tat unterstützte. Auch den Bedarf an technischem Equipment klärten die beiden Frauen ab und sendeten eine Menge Mails bezüglich entsprechender Angebote an die Lieferanten. Doch was natürlich noch fehlte war Alias Zulassung, und damit taten sich alle Ämter sehr schwer. Sie hatte beschlossen, die deutsche Staatsbürgerschaft zu beantragen, doch auch dieses Unterfangen gestaltete sich mehr als schwierig. Alia und die Kinder galten als syrische Kriegsflüchtlinge. Sie erhielt zwar eine befristete Aufenthaltsgenehmigung und begleitend eine Arbeitsgenehmigung, doch um wirklich arbeiten zu können, bedurfte es der Anerkennung ihrer syrischen Approbation als Kinderärztin. Ein Termin zur Abklärung stand in Kürze an.

Dass dieser Flug von einem weiblichen ersten Offizier durchgeführt wurde, beunruhigte mich in keinster Weise, und auch die Tatsache, dass sie den Vogel ziemlich unsanft auf den Asphalt in Heathrow aufsetzte, schrieb ich eher den heftigen Aufwinden als ihren Pumps zu. Glücklicherweise hatte ich den Witz mit den Pumps nicht auch noch laut geäußert, da in den ersten fünf Sitzreihen bis auf meine Wenigkeit ausschließlich Frauen in Businessoutfit saßen. Wenn Blicke töten könnten, hätte mich ganz sicher ein mindestens zehnfacher Tod ereilt, und das nur weil ich gut hörbar äußerte, dass ich mich glücklich schätzte, das die Maschine weit draußen auf dem freien Flugfeld abgestellt wurde und somit unserer Pilotin das Einparken erspart blieb. Auch Alia sah mich not amused an. Ich glaube, die etwas peinliche Situation verzauberte die Farbe meiner Gesichtshaut in Tomatensaftrot. Dank der gewaltigen Größe des Flughafens hatten die Geschäftsfrauen mich jedoch rasch aus ihren Augen verloren, so dass niemand mehr mit dem Finger auf mich zeigen würde ob meiner chauvinistischen Aussage. Alia gefiel der gewaltige Trubel auf dem Flughafen. Es schien für sie eine Art Lebenselexir zu sein. Sie spürte den Puls des Lebens und freute sich, am Leben zu sein. Dank des Schengener Abkommens konnten wir gleich ohne Passkontrolle den Ankunftsbereich verlassen. Ein Gewirr aus Menschen aller Nationalitäten wuselte durch die große Halle. Überall standen Fahrer mit Schildern in ihren Händen, die irgendwelche Gäste in Empfang nehmen sollten. Alia drehte sich wie eine Ballerina um ihre eigene Achse. Sie schaute sich nach Ahmed, dem Cousin ihres verstorbenen Mannes um, doch niemand gab sich ihr zu erkennen, bis ihr plötzlich zwei junge Männer, offensichtlich arabischer Herkunft, ihr entgegen traten, sie freundlich anlächelten und sich als Fahrer und Bodyguard von Ahmed vorstellten. Auch mich begrüßten die beiden Männer, jedoch mit etwas gequälter Freundlichkeit. Der Fahrer nahm unseren kleinen Koffer und bedeutete uns ihm zu folgen. Beide Männer trugen dunkelblaue Maßanzüge, deren linke Sakkoseiten sich jedoch ziemlich aufgepolstert präsentierten. Als der Fahrer kurz unseren Koffer absetzte und sich hinkniete, um sich den Schnürsenkel seines linken Schuhs neu zu binden, erkannte ich die Ursache dafür: Er trug eine ziemlich große Waffe unter der Jacke. Ob mich dieser Umstand nun beruhigte oder mein Sicherheitsempfinden eher schmälerte, konnte ich nicht sagen. Auf jeden Fall machte sich ein bitterer Beigeschmack breit, dessen Ursprung ich aber noch für mich behielt.

Doktor Ahmed Amenadi saß oder besser hielt in einer flammneuen Bentley Limousine Hof. Der Fahrer entriegelte per Fernbedienung die offensichtlich gepanzerte rechte Hintertüre des schweren Fahrzeuges und riss mit Schwung den Schlag auf. Zwei fleischige und professionell gepflegte Hände, geschmückt mit einem großen Siegel- und einem schweren Brillantring reckten sich Alia freundlich entgegen. Nach Herzen der linken wie der rechten Wange ließ Cousin Ahmed uns im Fond seiner gewaltigen Limousine Platz nehmen. Es folgte eine minutenlange, für mich leider unverständliche Konversation in arabischer Sprache. Überhaupt schien Ahmed Amenadi nur Augen und Ohren für Alia zu haben. Doch irgendwann wand sich der ganz sicher gute hundert Kilogramm schwere Körper des Cousins dann auch mir zu. Freundliche, wenn auch verschmitzt dreinschauende, tiefschwarze Augen blickten mir entgegen und checkten meine Optik. In glasklarem Oxfordenglisch sprach mich der Tycoon an: „Hallo, Doktor Steinhauer, mein Name ist Ahmed Amenadi. Ich bin der letzte noch lebende Verwandte von Alias Mann, und daran wird sich hoffentlich noch sehr lange nichts ändern. Ich verdiene mein Geld als Immobilienmakler und Anlageberater und arbeite weltweit. Ich freue mich sehr, Sie als meinen Gast und Alias Freund in meinem bescheidenen Haus beherbergen zu dürfen." Ein ganz lässiges Winken mit der Hand gab dem Fahrer die Berechtigung loszufahren. Auf dem Beifahrersitz saß der Bodyguard und beobachtete aufmerksam das Verkehrsgeschehen. Auf Knopfdruck sorgten Raffrollos für absoluten Sichtschutz nach hinten, zur Seite wie auch nach vorn durch Trennscheibe zum Fahrer. „Champagner?", fragte unser Gastgeber. Alia zögerte. „Die Rollos sorgen dafür, dass Allah nicht alles sieht", zeigte sich Ahmed bemüht, Alias Zweifel an der Richtigkeit seines Angebotes aus der Welt zu schaffen, obwohl ihr doch der Konsum alkoholischer Getränke erlaubt war. Unsere Fahrt dauerte ganz sicher eine gute Dreiviertelstunde, bis der Fahrer unerwartet die Geschwindigkeit herabsetzte und scharf nach rechts einbog. Ahmed betätigte wieder den Schalter für die Rollos, die summend hochfuhren. Durch das Heckfenster konnte ich gerade noch erkennen, wie sich ein gewaltiges Tor hinter uns schloss. Nach wenigen Minuten hielt die schwere Limousine vor einem Eingangsportal, welches dem Zugang zu einer

Kathedrale ähnelte. Zwei Bedienstete sprangen sofort herbei und rissen die beiden Hecktüren auf. London empfing uns, entgegen meiner bisherigen Erfahrung, mit sommerlichem Sonnenschein und strahlend blauem Himmel. Alia suchte gleich wieder meinen Arm. Diese Maßnahme hatte jedoch weniger mit ihrem filigranen Schuhwerk zu tun, als vielmehr mit der Tatsache, dass wir wohl in eine Episode von tausend und einer Nacht als Protagonisten eintraten.

Kapitel 28

In der Tat schien der Cousin ein wohlhabender Mann zu sein. Sein Haus, von ihm selbst als bescheiden beschrieben, konnte es mit einer Vielzahl an Palästen im Nahen Osten ganz locker aufnehmen. Weißer Marmor, handgewebte Teppiche und alles irgendwie golden schimmernd machte es uns schwer, zwischen tausendundeiner Nacht und Realität zu unterscheiden. Ein Diener führte uns in die Bibliothek und sofort eilte ein Hausmädchen herbei, das uns mit kühlen Fruchtsäften verwöhnte. Wir drehten uns ein paar Mal im Kreis und bewunderten die Menge an Büchern, die in schweren Mahagoniregalen ausgestellt waren. Die Farben der dicken Teppiche leuchteten in mittelblau, und die darin verwobenen Ornamente waren mit Goldfäden gestickt. „Setzt euch doch bitte. Wie ich sehe, gefällt euch mein bescheidenes Heim." Der stark beleibte Ahmed warf sich in einen Sessel, der seine Ähnlichkeit mit einem kaiserlichen Thron irgendeines Potentaten kaum verbergen konnte. „Lasst uns zuerst das Geschäftliche regeln", schlug Ahmed vor. Wie ein orientalischer Märchenerzähler saß er nun in seinem Thron und öffnete eine größere Kladde. „Dein Mann hat vor einigen Jahren einhunderttausend Dollar in bar zu mir gebracht mit der Bitte, das Geld anzulegen und für schlechte Zeiten vorzuhalten. Er hat verfügt, dass nach seinem Ableben dir alleine das Geld auszuhändigen ist. Nach Überprüfung der mir übersandten Sterbeurkunde und dem Auftrag in der mir vorliegenden Verfügung habe ich alle Wertpapiere verkauft. Der dir auszuhändigende Betrag beträgt nach Abzug aller Kosten 145.000 Dollar." Alia verlor jegliche Farbe aus ihrem Gesicht. „So viel Geld bekomme ich?", stotterte sie mehr als das sie sprach und verstand. „Genau, Alia, und weil die Zeiten von Bargeld vorüber sind, und es viel zu gefährlich wäre, dir diese Menge an Bargeld zu übergeben, möchte ich dir das Geld nach Deutschland überweisen. Wenn du damit einverstanden bist, fahren wir heute Nachmittag zur Bank. Dort legst du bitte deinen Ausweis vor und sofort wird die Zahlungs-anweisung auf ein Konto deiner Wahl ausgeführt." Nun hielt es sie nicht mehr auf ihrem Sessel. Alia sprang auf und fiel dem Cousin ihres Mannes um den Hals, der diese liebevolle Attacke sichtlich genoss. „Dann machen wir es so. Macht euch noch ein wenig frisch. Mahmud zeigt euch gleich eure Suite. Um dreizehn Uhr dreißig werden wir gemeinsam hier im Speisesaal zu Mittag essen, und danach fahren wir zur Bank. Für den morgigen Tag habe ich für euch eine ausgiebige Stadtrundfahrt mit Besuch des Wachsfigurenkabinetts, des Towers, des zoologischen Gartens und noch einiger anderer Sehenswürdigkeiten ausgewählt. Einer meiner Fahrer und ein Bodyguard werden euch durch die Stadt führen. Bitte bleibt immer in der Nähe der beiden Männer." „Aber wieso, Ahmed? Hast du Feinde hier in London?" „Ich zurzeit nicht, aber du, Alia. Es ist mir zu Ohren gekommen, dass die syrische Botschaft Männer ausgesandt hat, dich wegen Landesverrat und was weiß ich nicht noch alles zu verhaften. Deshalb hütet euch

180

vor diesen Männern und bleibt immer in der Nähe von Sokrates und Ibrahim. Sie werden euch mit ihrem Leben verteidigen." „Danke für den Tipp, Ahmed", mischte ich mich in seinen Vortrag ein." „So, ich habe noch etwas zu erledigen. Wir sehen uns gleich beim Mittagessen." Schwerfällig erhob sich Ahmed aus seinem kaiserlichen Sitzgestühl, dass nur mühsam dem Gewicht seines Eigners trotzte und verschwand schweren Schrittes hinter einer im ersten Moment nicht erkennbaren Türe zwischen zwei Regalen, die mit Tapetenstoff bezogen war. Alia und ich blieben noch einen Moment sitzen. Wir leerten unsere Gläser und ließen uns im Anschluss vom Hausdiener unser Zimmer zeigen.

Die Suite war ein einziger Traum und mit Komfort ausgestattet, wie ihn sonst nur ein Fünf-Sterne-Plus-Hotel bieten konnte. Zwei Übernachtungen in solch einer stadtnahen und noblen Herberge in London hätten unsere finanziellen Möglichkeiten bei weitem über-stiegen. Alia stand sprachlos mitten in dem riesigen Raum und drehte sich um ihre eigene Achse. „Das ist ja wie in einem Traum. Ich habe in dir einen lieben Mann gefunden, ich bin reich und wieder ganz gesund, den Kindern geht es gut und meine neue Familie hat mich sehr lieb aufgenommen." Spontan streifte sich Alia ihre Stilettos von den Füßen und sprang wie ein völlig überdrehtes Kind auf das breite Bett und hüpfte darauf herum wie auf einem Trampolin. Angst, sich dabei den Kopf an der Decke zu stoßen, konnte sie getrost vernachlässigen; die Deckenhöhe in unserer Suite hätte selbst dem Weltmeister im Trampolinsport für gewagte Sprünge ausgereicht. Doch da Alia nicht der Kategorie Supersportler angehörte und auch vor nicht allzu langer Zeit eine schwere OP hinter sich gebracht hatte, stoppte ich vorsorglich ihre sportliche Einlage. Verliebt sprang sie in meine Arme und schlang mir ihre Beine um meine Taille. „Es ist einfach unglaublich. Jetzt fehlt nur noch, dass ich bald in meinem Traumberuf arbeiten kann." Sie legte mir ihre Arme um den Hals und ihre sanften Lippen suchten nach den meinen für einen langen, ausgiebigen Kuss.

Hand in Hand gingen wir zur Terrassentüre, öffneten sie und traten auf die ausladende Veranda heraus. Der grandiose Ausblick auf das nicht sehr weit entfernt liegende London raubte uns fast den Atem. „Ist das toll. Schau mal, da ganz hinten kann ich die Towerbridge erkennen und die Parlamentsgebäude und Big Ben." „Dort hinten kann man auch den Tower sehen", fügte ich noch an. „Ich liebe dich so, Hannes." Hannes hatte mich Alia bisher noch nie genannt. Dies war für mich ein weiteres Zeichen dafür, wie sehr sie mich wirklich liebte, und das sie mir immer mehr vertraute. Ich nahm mir fest vor, sie niemals zu enttäuschen. Dass Ahmed sein Speisezimmer, in das er uns zum Mittagessen bat, wiederum als bescheiden bezeichnete, spottete ganz sicher dieser Beschreibung. In diesem mondänen Speiseraum fanden ganz sicher bequem einhundert Personen Platz, um eine mehrgängige Mahlzeit einnehmen zu können. Ahmed, Alia und ich verloren uns völlig darin. Das vier Gänge Menü ließ es an nichts fehlen. Alia und ich verzichteten auf alkoholische Getränke, Ahmed hingegen gönnte sich zwei Gläschen Weißwein. Aus medizinischer Sicht, wie er erklärte. Unsere Konversation bei Tisch war sehr anregend. Ahmed war sehr an allem interessiert, was Alia und ich so machten. Er zeigte sich sogar spontan bereit, ihre Praxiseinrichtung gegen einen geringen Zins vollständig zu finanzieren, was Alia jedoch ablehnte. Punkt sechzehn Uhr setzte sich der gepanzerte Bentley mit

Ahmed, Alia und meiner Wenigkeit in Bewegung und rollte sanft der britischen Metropole entgegen. Wie nicht anders zu erwarten, gehörte Cousin Ahmed auch das Bankhaus, dass im feinsten Bankenviertel Londons in einem alten viktorianischen Gebäude untergebracht war. Alia legte ihren Ausweis vor und gab ihre Bankverbindung an. Sekunden später erhielt sie vom Direktor des Bankhauses den Nachweis, dass die Zahlungsanweisung auf ihr Konto ausgeführt sei. Den Rest des Nachmittags sowie den Abend verbrachten wir turtelnd im Palazzo von Ahmed. Wir nutzten die Bade- und Saunalandschaft, die sich von der Größe her von unserem heimischen Spaßbad in Siegburg nur unwesentlich unterschied. Lediglich bei der Komfort- ausstattung standen Ahmed wohl erheblich größere Finanzmittel zur Verfügung als dem Betreiber in unserer Provinzstadt. Das Highlight jedoch bestand aus einer Ganzkörpermassage. Die orientalische Schönheit, die selbst mich vom Pfad der Tugend hätte ablenken können, was Alia natürlich nicht verborgen blieb und mir einen mehr als bösen Blick einbrachte, verstand ihr Geschäft in besonderem Maße. Als die kleine Massage- schönheit jedoch Alia massierte, bemerkte ich erst, dass sie wohl dem weiblichen Geschlecht mehr zugetan war und eher jetzt das größte Gefahrenpotenzial bestand. Alia hatte dies ebenfalls gleich bemerkt und zwinkerte mir frech zu. Weil der Hausherr nicht in seinem Palast weilte, speisten wir beide alleine im großen Ballsaal, und wieder ließ der Koch keine kulinarischen Wünsche offen. Diesmal wählten auch wir eine Flasche Weißwein zum Essen, was unsere Stimmung noch erheblich verbesserte. Wir plauderten ein wenig mit dem Chef- diener des Hauses, einem Pakistani, der sehr freundlich und zuvorkommend alle unsere Fragen zu London beantwortete. Antworten zum Hausherrn blieb er uns jedoch schuldig und winkte lächelnd ab. Zum Dessert tranken wir noch zwei Espresso und gönnten uns jeder einen Sambucca. Weil Alia und ich viel Spaß am Zerbeißen der Kaffeebohnen fanden, bestellten wir jeder noch zwei von der recht hochprozentigen Spirituose, die wir mit je drei Bohnen erbaten. Wir warteten stets, bis die kleinen Flämmchen im Schnapsgläschen erloschen, bevor wir das heiße, mit hohem Alkoholgehalt versetzte Destillat zu uns nahmen. Der Alkohol verschlechterte merklich Alias Standfestigkeit auf ihren Stilettos. Bis zum Aufzug schritt sie noch recht trittsicher voran. Dann jedoch wurde sie ziemlich wackelig auf den Beinen, und als wir auf der oberen Etage des Hauses den Lift verließen, nahm ich sie auf meine Arme und trug sie in unsere Suite. „Ich liebe dich", flüsterte sie mir in mein rechtes Ohr. Eine verbale Erwiderung wurde mir umgehend versagt, da Alia ihre Lippen bereits auf meine drückte, und sie mich leidenschaftlich küsste. Wieder war sie es, die leise zu mir flüsterte: „Ich möchte jetzt mit dir schlafen, Hannes." Ihr verführerischer Blick, der aus ihren tiefschwarzen Augen funkelte, lud mich förmlich ein, ihr zu folgen. Von ihrem kurzen Sommerkleid und ihrer Unterwäsche hatte ich sie rasch befreit. Sie ließ sich rücklings auf das gewaltige Bett fallen und offenbarte mir ihre Weiblichkeit. Mit rasender Geschwindigkeit entledigte auch ich mich meiner Kleidung und trat zur ihr ans Bett. Sanft nahm ich ihre Beine in meine Hände und streichelte ihre Schenkel. Als ich an ihren Füssen angelangt war, öffnete ich zart die Bänder ihrer Sandaletten und zog sie langsam von ihren Füßen. Die sanfte Liebkosung ihrer zarten Fesseln und Zehen steigerte noch ihren Wunsch, mich tief in ihr zu spüren. Wir zogen unser liebevolles Vorspiel noch eine ganze Zeit in die Länge, indem wir mit unseren Händen und unseren Lippen den Körper des Partners erkundeten, bis es soweit war, das ich in sie eindrang. Es dauerte nicht lange, bis Alia und ich etwas erlebten, das uns bis dahin beinahe gänzlich unbekannt gewesen war. In die Realität zurück fanden wir beide erst wieder, als wir uns kuschelnd aneinander schmiegten und glücklich einschliefen.

Ein penetranter Summton weckte uns aus dem Tiefschlaf. Da ich mein Handy nur selten nutze und es eigentlich mehr für die Rufbereitschaft verwende, konnte ich nicht sofort erschließen, ob mein Mobiltelefon sich gerade meldete oder ob es das von Alia war. Im Halbdunkel tappten wir beide mit den Händen über unsere Nachtschränke. Alia wurde zuerst fündig und es war auch ihr Telefon, das summte. Sie nahm das Gespräch entgegen und verfiel sofort ins Arabische. Es musste wohl Aadil sein, der offensichtlich Sehnsucht nach seiner Mama hatte und deshalb einfach mal anrief. Das Gespräch dauerte nur wenige Minuten und schien Alia wie auch Aadil beruhigt zu haben. „Aadil möchte dich kurz sprechen." Ich übernahm das Gespräch. „Hallo, Johannes, geht es Mama richtig gut?" „Hallo, Aadil, aber klar doch, du hast mir doch gesagt, dass ich gut auf sie aufpassen soll und das mache ich auch. Du weißt doch: Wir haben uns doch gegenseitig ver-sprochen, dass wir besonders gut auf unsere Mädels aufpassen wollen." Ich hatte offensichtlich genau den Ton getroffen, den der kleine Mann jetzt hören wollte. Stolz dankte er mir und fragte, wann wir denn nun endlich nach Hause kommen. Das dies bereits morgen wieder der Fall sein würde, steigerte seine Freude um so mehr. Wir plauderten noch ein wenig, bis Aadil weltmännisch bemerkte, dass das Gespräch sicher zu teuer würde, und wir morgen zu Hause alles weitere bereden könnte. Er gab mir noch einen Kuss am Telefon, bestellte Grüße von Karima und meiner Familie und legte dann sofort auf.

Kapitel 29

Sokrates, unser Bodyguard erfüllte beinahe alle Vorurteile, die man gegen Personenschützer vorzubringen vermochte. Seine Statur wie auch seine Hände waren riesig. Er war bis unter die Zähne bewaffnet und gut gekleidet. Obwohl sein dunkelblauer Anzug ganz sicher wegen der gewaltigen Arm- und Oberschenkelmuskel eine Maßanfertigung war, bewegte er sich sehr behände. Sokrates war von Geburt Zypriote und neben der Tatsache, dass er für uns sein Leben opfern würde, sehr gebildet und ein liebenswerter Kerl. Auch Ibrahim, der aus Jordanien stammte, stand seinem Kollegen in nur zwei Punkten nach: Er war etwas kleiner und eher schmächtiger. Dafür bewegte er die schwere, gepanzerte Jaguarlimousine wie einen Kart durch den morgendlichen Rushhourverkehr. Dank Cousin Ahmeds Beziehungen brauchten wir uns bei Madame Tussauds nicht in die lange Schlange von Touristen einzureihen, die bereits früh am Morgen eine nicht unerhebliche Länge erreicht hatte, um die Ausstellungsräume betreten zu können. Der Besuch des Wachsfiguren-kabinetts bereitete uns eine Menge Spaß. Das angeschlossene Planetarium sparten wir jedoch aus. Im Tower konnte Alia kaum vom Anblick der Kronjuwelen lassen, obwohl ein Stehenbleiben vor den Preziosen nicht erlaubt war. Wie ein sich ständig bewegender Lindwurm schoben sich die Besucher an den gepanzerten Vitrinen vorüber und ergötzten sich an Gold und Edelsteinen, von denen man Gottlob nicht wusste, unter welch fürchterlichen Bedingungen diese abgebaut worden waren. Alia und mir knurrten die Mägen. Sokrates, als besonders aufmerksamer Begleiter, bemerkte dies sofort und fragte gleich nach, wo und was wir zu Mittag speisen wollten. Alia und ich schauten uns grinsend an. „Ich möchte gern zwei Hamburger mit Pommes Frites und eine Cola dazu", stellte sie unseren Bodyguard vor eine schwierige Aufgabe, die für ihn jedoch keineswegs unlösbar erschien. Ich nickte ebenfalls zustimmend. Ibrahim öffnete bereits den Schlag der Luxuslimousine und ließ uns einsteigen. Surrend fuhr die Trennscheibe des Wagens herunter. „Es gibt ein Fastfood Restaurant kurz vor dem Haupteingang zum Zoo. Wäre Ihnen dort zu speisen recht?", erkundigte sich Sokrates in etwas geschwollener Ausdrucksweise. Alia lachte und nickte bejahend. „Dann lassen Sie uns dorthin fahren", bat ich Ibrahim, der sogleich die Trennscheibe hochfahren ließ und Gas gab.

Ein wenig wunderten wir uns über die ständigen, abrupten Fahrbahnwechsel, die unser Fahrer vornahm. Wenig später trat Ibrahim ziemlich heftig auf die Bremse, verließ die Straße und brauste links abbiegend in den Schlund einer Tiefgaragenzufahrt hinein. „Uns folgte ein Fahrzeug", schallte es krächzend aus dem kleinen Lautsprecher des Bordfunks. „Wir haben es jedoch abgehängt." Sokrates schien beruhigt, und Ibrahim verließ an einer ganz anders gelegenen Ausfahrt das Tiefgeschoss. Zehn Minuten später rollte der Jaguar auf den Parkplatz des Fastfood Restaurant in dessen Logo ein gelbes M prangte. Wahrscheinlich fielen wir hier weit weniger auf, als wenn wir ein Nobelrestaurant besucht hätten. Alia war rundum glücklich. Mit großem Spaß und Heißhunger biss sie in den Hamburger. Ein wenig Tomatenketchup verteilte sich auf ihrer rechten Wange. Auch unsere beiden Begleiter waren von Alias Vorschlag hier zu essen sehr angetan und aßen ordentlich mit, vernachlässigten dabei jedoch nie, unsere Umgebung im Auge zu behalten. Der zoologische Garten war ein wirkliches Highlight und hinterließ eine Menge Eindrücke. Arm in Arm schlenderten wir an den zumeist sehr schön anzusehenden und artgerecht aufgebauten Gehegen vorüber. Gegen sechzehn Uhr fielen wir ziemlich kaputt in die hinteren Lederpolster der Limousine. „Ich möchte noch zu Harrods shoppen", bat Alia unsere Begleiter, denen scheinbar kein Weg für ihre Gäste zu weit war. Ibrahim fädelte sich in den beginnenden Feierabend-verkehr ein und chauffierte uns sicher in das Parkhaus des riesigen Shoppingtempels. Durch die lange Fahrt war sie schon wieder gut bei Kräften und wie es schien, machten sogar ihre Füße wieder mit nach dem langen Spaziergang, den sie fast vollständig barfuß zurück-gelegt hatte. Alia hakte sich bei mir unter, während wir das Parkdeck verließen und die Verkaufsräume des Nobelkaufhauses betraten, stets gefolgt von unseren beiden Schatten. Nach der Betrachtung des Wegweisers steuerte Alia sofort der Spielwaren-abteilung entgegen, wo wir uns zuerst mal mit dem Angebot an Puppen befassten. Ich für meinen Teil habe es ja mehr mit Stofftieren. Ich löste mich aus Alias Umklammerung und steuerte die Abteilung mit den Autos und Baggern an. Schon bald fand ich, wonach ich suchte. Ein gewaltiger Bagger auf einem Tieflader, der von einer schweren Zugmaschine gezogen wurde, hatte mein Interesse geweckt. Vierzig Pfund musste ich für das Metallspielzeug berappen, und ich war doch kein bisschen traurig darüber. Aadil würde ganz bestimmt seine Freude daran haben, und auch mir gefiel das Superteil besonders gut. Nachdem mir die Verkäuferin meine Beute flugtauglich verpackt hatte, drehte ich mich um und schaute nach Alia, doch nirgends sah ich sie oder unsere Begleiter. Zuerst lief ich zur Puppenabteilung zurück, doch auch hier war weit und breit nichts von Alia zu sehen. Mein nächster Weg führte mich zur Kasse, doch hier fand ich sie auch nicht. Leicht panisch stieg ich auf einen der Besuchersessel hinauf, wofür ich mir von einer älteren Dame einen ziemlichen Rüffel einfing, da ich meine Schuhe anbehielt und schaute mich um. Kurz vor den Rolltreppen erkannte ich die große Gestalt von Sokrates. Mit einem kleinen Satz sprang ich von dem Sessel herunter und folgte unserem Bodyguard. So gut es ging quetschte ich mich durch die Menschenmassen der elektrischen Treppenanlage entgegen. Dann plötzlich sah ich Alia, eingerahmt von zwei gedrungenen Kraftpaketen die sie rechts und links umklammert hatten. Sokrates erreichte das Trio zuerst und trat dem rechts neben Alia gehenden Mann einmal gegen seinen Knöchel. Die Füße des Mannes verhedderten sich sofort, er strauchelte und stürzte zu Boden. Noch bevor der zweite Unbekannte bemerkte, was geschehen war, griffen die Riesenhände von Sokrates an seinen Hals und drückten ihn ebenfalls zu Boden. Sekunden später waren die beiden von zwei Kaufhausdetektiven umringt, die Sokrates zur Hand gingen und auch den anderen Mann festnahmen. Alia stand weinend etwas unbeteiligt neben einem großen Ständer mit Herrensocken. Ich eilte zu ihr und nahm sie in meine Arme. Sokrates klärte gleich die Formalitäten mit dem Kaufhausgeschäftsführer, den die Detektive sofort herbeigerufen hatten. Nur Ibrahim fehlte. Wir fanden ihn in den Räumen des Kaufhausarztes wieder, wo er langsam erwachte. Einer der beiden Entführer hatte sich unbemerkt an ihn herangepirscht und ihm ein rasch

189

wirkendes Schlafmittel injiziert. Allmählich erwachte unser Fahrer aus seinem unbeabsichtigten Schlaf. Die Kaufhausdetektive übergaben die beiden Attentäter der Polizei, die jedoch erst eintraf, als wir bereits wieder im Auto saßen, dessen Führung jetzt jedoch Sokrates übernommen hatte. Ibrahim entschuldigte sich andauernd, obwohl ihn überhaupt keine Schuld traf. Nach dem Abendessen in Cousin Ahmeds Palazzo saß ich mit Alia am Tisch in unserer Suite. Wie zwei kleine Kinder spielten wir mit dem großen Bagger. Die schönen Eindrücke des Tages ließen den Vorfall vom Nachmittag rasch vergessen, von dem wir nicht erfuhren, was wirklich geschehen war und wer hinter dem Attentat stand. Lediglich die mahnenden Worte von Ahmed gingen uns durch den Kopf, die ein wenig zum Verstehen beitrugen. Alia jedenfalls schien tatsächlich unbeeindruckt geblieben zu sein. Sie zog den Chip aus ihrer Digicam und schob ihn in das Laptop, das zu unserer Verfügung auf dem großen Tisch bereit stand. Alia hatte sicher mehr als zweihundert Fotos geschossen, die wir uns in Ruhe und oft unter heftigem Lachen anschauten.

Nach einer kurzen Nacht mit nur wenig Schlaf und etwa siebzig Minuten Flugzeit setzte unser Kapitän sanft den Airbus frei von jeglicher Windeinwirkung in Köln Bonn auf den Asphalt der Landebahn auf. Wir rollten zum Flugsteig und verließen auf diesem Wege recht zügig unseren Flieger. Noch bevor ich den Zubringer Richtung Bonn unter die Räder meines Wagens nahm, schlief Alia bereits tief und fest im Beifahrersitz. Im Augenwinkel konnte ich ihre entspannten, weichen Züge sehen. Ein Lächeln huschte über mein Gesicht als ich darüber nachdachte, wie sehr ich diese Frau liebte. Aadil schaute mich ein wenig traurig an, als er die große

Puppe sah, die wir seiner Schwester mitgebracht hatten. Der große Bagger lag noch versteckt in einer Tüte im Auto. Trotzdem sprang er an mir hoch und legte seine kleinen Arme um meinen Hals. Karima hatte ihre anfängliche Zurückhaltung mir gegenüber bis auf eine kleine Restscheu abgebaut. Ob es wohl daran lag, dass sie und ihre Mutter mit Männern keine guten Erfahrungen gemacht hatten? Wer wusste das schon. Ich jedenfalls gab mir alle Mühe, ihr der beste Freund zu sein. „Hast du mir auch etwas mitgebracht?" „Aber klar doch, nur die Tüte war mir einfach zu schwer. Wollen wir im Auto mal nachschauen gehen?" Ruck zuck rutschte der Kleine an mir herunter und nahm mich an die Hand. Wir verließen das Haus und betraten die Garage. Die Freude von Aadil war grenzenlos. Seine ohnehin schon riesigen Augen wurden noch größer, und schon bald lagen wir beide im Wohnzimmer auf dem Boden und ließen den Bagger arbeiten, was der einen oder anderen meiner Zimmerpflanzen eine völlig neue Identität - wie zum Beispiel der eines Mammutbaums - verlieh. Mutter standen die Haare zu Berge, und als sich Otto auch noch zum Spielen zu uns legte, wurden wir zur echten Lachnummer für unsere Ladies.

Kapitel 30

Die folgende Woche startete turbulent. Wegen einer Baustelle auf der Autobahn traf ich Montagmorgen zwanzig Minuten zu spät in der Praxis ein. An den mahnenden Blick von Gudrun hatte ich mich ja bereits gewöhnt. Doch warum das Wartezimmer schon so früh am Morgen zum Bersten gefüllt war, verstand niemand aus meinem Team. Mir blieben nur wenige Minuten, um mich wenigstens noch in mein Weißzeug zu werfen, bevor alle Behandlungsräume besetzt waren. Kurz vor

Mittag hatten wir das Gros der Patientinnen für den Vormittag behandelt. Meine letzte Patientin vor der kleinen Mittagspause saß in der eins. Aicha fing mich auf meinem Spurt von der drei in mein Büro ab und drückte mir die Patientenakte in die Hand. Ohne in diese vorher einen Blick zu werfen, stürzte ich in den Behandlungsraum. Im rechten Besucherstuhl vor dem Schreibtisch saß Frau Bergmann. „Hallo, Herr Doktor", begrüßte mich meine Problempatientin mehr als freundlich, und wie es schien, ging es ihr erheblich besser. „Hallo, Frau Bergmann. Schön, Sie wieder lachen zu sehen. Wie geht es Ihnen und wie ist es Ihnen in den letzten Wochen ergangen?" „Also wenn Sie mich so spontan fragen: Es geht mir ganz gut. Die physischen Verletzungen sind alle verheilt und auch meiner Psyche geht es schon viel besser. Ich habe zwei Wochen im Krankenhaus verbracht und wurde während der Zeit auch psychologisch betreut. Von meinem Mann habe ich mich endgültig getrennt. Obwohl er auf den Knien vor mir gelegen hat und bettelte, ihm noch mal eine Chance zu geben. Doch wäre dies nicht die erste gewesen, die ich ihm gewährte und welche er fruchtlos verspielte. Jetzt war einfach das Maß voll. Erst hat er gefleht, um mich anschließend zu bedrohen. Zu guter Letzt habe ich unser Haus verlassen und bin zu einer Freundin gezogen. Zur Zeit suche ich eine kleine Wohnung." „Ich freue mich, dass Sie die Entwicklung positiv sehen, auch wenn eine Trennung zumeist mit viel Ärger einhergeht." „Ich möchte mich ganz herzlich bei Ihnen bedanken, Herr Doktor. Ohne Sie wäre ich jetzt wahrscheinlich immer noch nur Opfer und keine eigenständige Frau." „Sie brauchen sich nicht zu bedanken, Frau Bergmann. In einem Fall wie dem Ihren werde ich immer sofort eingreifen. Ich freue mich auf jeden Fall sehr, dass es Ihnen besser geht. Kann ich denn noch etwas für Sie tun?" „Ich weiß nicht. Die behandelnden Ärzte im Krankenhaus haben mir den Arztbrief hier für Sie mitgegeben." Frau Bergmann übergab mir ein gut gefülltes DIN A 4 Kuvert. Ich öffnete es und überflog die mir übersandten Unterlagen. „So wie ich das sehe, Frau Bergmann, handelt es sich um den kompletten Arztbericht und die Aufforderung, Ihre Weiterbehandlung zu übernehmen. Haben Sie derzeit Beschwerden?" „Nein, mir geht es gut." „Das ist ja super. Dann lassen Sie uns so verbleiben: Wenn keine Komplikationen eintreten, sehen wir uns zur nächsten Routineuntersuchung in …" Ich blätterte kurz in meiner Handakte. „In fünf Monaten. Sollte jedoch irgendetwas sein, kommen Sie bitte einfach kurz in meine Praxis." „Ja, so machen wir es. Geht es Ihrer Lebensgefährtin auch wieder gut?" Ich musste erst kurz nachdenken, warum Frau Bergmann gerade auf Alias OP zu sprechen kam. Dann fiel es mir jedoch wieder ein. Es war doch der Tag, als ich Alia aus der Klinik abholen durfte und parallel Frau Bergmann in die Notaufnahme einliefern musste. „Danke der Nachfrage. Sie hat ihre OP gut überstanden. Sie wird in Kürze hier im Haus eine Kinderarztpraxis eröffnen." Dass ich gerade mal wieder genau das Falsche ausplauderte, bemerkte ich sofort daran, dass Frau Bergmann traurig wurde. „Mal gespannt, ob ich in diesem Leben jemals die Dienste Ihrer Freundin in Anspruch nehmen darf?" „Warten Sie es einfach mal ab. Übers Knie brechen sollte man allerdings nichts. Wer weiß schon, was die Zeit uns allen noch so bringt. Sie sind eine junge, gut aussehende Frau. Seien Sie offen für Neues und das, was das Leben noch so mit sich bringt." Ihr Strahlen verriet mir, dass ich diesmal den richtigen Ton getroffen hatte. „Danke, Herr Doktor. Dann bis in fünf Monaten."

Fröhlich und mit selbstbewusstem Gang verließ Frau Bergmann meine Praxis.

Ich ließ die Patientenakte auf dem Schreibtisch liegen und eilte in mein Büro. Wenn ich nämlich nicht gleich die Toilette aufsuchen durfte, würde ein Unglück geschehen, das mir Gudrun ganz sicher nicht bis zum Ende ihrer Dienstzeit in meiner Praxis verzeihen würde. Erleichtert wusch ich meine Hände und setzte mich an den Schreibtisch in meinem Büro, auf dem bereits ein heiß dampfender Kaffee und vier halbe Brötchen mit Schinken und Leberwurst auf meinen gierigen Zugriff warteten. Der Anrufbeantworter meiner privaten Leitung blinkte heftig und deutete an, dass ich bereits sechs Anrufe verpasst hatte. Genüsslich biss ich in meine Brötchen und erlaubte der Dame mit der etwas blechernen Stimme, sich des Inhaltes ihres Gedächtnisses zu erleichtern. Mutter hatte bereits dreimal angerufen, Alia zweimal und auch Heinz Helmut bat um meinen Rückruf. Rein vom Status her gesehen, hätte mein erster Anruf Mutter gelten müssen, doch ich entschied mich die familiäre Rangordnung zu vernachlässigen und wählte die Nummer von Heinz Helmut. „Johannes hier, hallo, Heinz Helmut. Du hattest versucht mich zu erreichen. Da bin ich." „Hallo, Johannes, schön dass du gleich zurückrufst. Deine Schwester ist ja wirklich eine nette Frau." „Das sagen alle, die sie gerade erst kennengelernt haben. Warte mal ab, wenn sie so richtig zickig wird, und sie ihren Hund auf dich hetzt." „Meinst du jetzt den Welpen?" „Ja, genau den." Ich hörte Heinz Helmut laut lachen. „Nein, also jetzt mal ohne Blödsinn: Jenny ist schon ein patentes Mädel. Wie es aussieht, wird das etwas mit uns." „Ich hatte mir schon so etwas gedacht. Seit einiger Zeit steht sie nämlich nicht mehr dauernd bei mir in der

Türe und raubt mir meine Freizeit, was auch meinen Kostenaufwand in Bezug auf Lebensmitteln erheblich reduziert." „Jetzt lass doch mal den Unsinn, Johannes. Ich meine das ernst." „Ich auch. Ist dir etwa noch nicht aufgefallen, dass sie andauernd essen kann?" „Also, ehrlich gesagt? Nein." „Das ist die Liebe, die am Anfang immer blind macht, Heinz Helmut. Warte mal ab, wenn du erst mal ein paar Monate mit ihr zusammen bist. Bevor du deinen Dispo bei der Bank erhöhst, gebe ich dir gern eine Adresse, wo du abends kellnern kannst, wenn sie dir die Haare vom Kopf isst." Wir mussten beide furchtbar lachen. „Was hast du auf dem Herzen, Heinz Helmut?" „Ich bin in der Sache mit Alias Zulassung einen Schritt weiter gekommen. Die Ärztekammer wünscht lediglich ein kurzes Repetitorium mit einer mündlichen Prüfung vor einer Prüfungs-kommission. Ich brauche aber noch Nachweise, wie lange Alia als Pädiater gearbeitet hat und wo. Da hat wohl auch der Lebensgefährte deiner Mutter seine Hände im Spiel gehabt. Natürlich sichert sich die Uni in ganzem Umfang ab." „Das hört sich doch alles schon sehr positiv an." „Das denke ich auch. Ich brauche aber noch die Nachweise. Sobald ich die habe, sende ich diese an die Prüfungskommission der Uni und dann warten wir ab, wann Alia das Repetitorium besuchen kann." „Super, Heinz Helmut. Wie wäre es, wenn ihr uns mal zum Essen zu Hause besuchen kommt?" „Wenn du das budgettechnisch überstehst, gerne." „Ich werde danach ein paar Tage hungern. Dann wird's schon gehen." Wieder mussten wir beide lachen. „Mittwoch-abend gegen 19:30 Uhr?" „Alles klar, Johannes. Wenn du nichts mehr von mir hörst, sehen wir uns übermorgen. Gehab dich wohl und denk an die Unterlagen." „Mach ich, wir sehen uns. Tschö, Heinz Helmut." Ein netter Kerl, der sicher gut zu Jenny passt, auch wenn er noch etwas wachsen musste, um auf Augenhöhe mit ihr zu sein, wenn sie Highheels trug, ging es mir durch den Kopf.

Dann holte ich mir Mutter an die Strippe. „Hallo, Mama, alles frisch bei euch?" „Der Sohnemann gibt sich mal wieder die Ehre, sich nach seiner armen, einsamen Mutter zu erkundigen. Hallo, Hannes. Hast gut zu tun, wie mir Gudrun berichtete." Diese Aussage sollte mich wohl daran erinnern, dass Mutter jederzeit an Informationen gelangen würde, inwieweit ich nun fleißig arbeitete oder nur an meinem Schreibtisch dahin döste. „Wenn ich ehrlich bin, hatten wir heute Morgen hier Land unter. Wir haben es aber wie gewöhnlich doch geschafft. Was gibt es denn so dringendes zu besprechen?" „Ich möchte die Aufträge für das Inventar der Kinderarztpraxis verschicken. Wie ist der Stand der Dinge?" Ich berichtete ihr kurz über den Inhalt des Telefonats mit Heinz Helmut. „Also wird sich die Sache doch noch etwas hinziehen. Na gut, aber die Maler beauftrage ich auf jeden Fall. Otto und ich haben die Kostenvoranschläge eingehend geprüft und ein Unternehmen dafür ausgewählt. Mit den Möbeln verfahre ich genauso." „Ja, Mama, mach es, wie du es für richtig hältst." „Worauf du dich verlassen kannst, Sohnemann. Deine Freundin und ich sind ein verdammt gutes Team." Diese geballte Frauenpower hatte ich kommen sehen, und wenn ich ehrlich war, freute ich mich sehr darüber. „Ist sonst alles bei euch in Ordnung?" „Aber ja doch, Alia erholt sich prächtig. Ich hoffe nur, dass wir den Papierkram so schnell als möglich in trockene Tücher bekommen." „Das hoffe ich auch. Bei der Uni konnte Otto seinen Einfluss geltend machen. Zu der Ausländerbehörde hat er leider keine Verbindungen. Na, wir werden sehen. Sei schön fleißig und ärgere mir die Helferinnen nicht zu sehr." „Du sprichst von Gudrun, Mama? Hat sie sich etwa über mich beschwert?" „Unsinn, das war ein Scherz. Bis bald und melde dich bitte, sobald du mehr in Erfahrung bringen konntest." „Mach ich, ciao, Mama." Und schon herrschte wieder wohltuende Ruhe in meiner Hörmuschel. Wenn Mutter etwas in die Hand nahm, setzte sie es durch. So kenne ich sie, und das ist gut so.

Alia befand sich in heller Aufregung, als ich sie zurückrief. Sie hatte Post von der Ausländerbehörde erhalten, die sie zu einem Gespräch zwecks Abklärung ihrer Aufenthaltsgenehmigung in deren Amtsräume nach Bonn einbestellte. „Ich bin am kommenden Freitag für 10:00 Uhr vorgeladen. Wirst du mich begleiten?" „Aber sicher doch. Mach dir da mal keine Sorgen. Dann sage ich meinen Ladies hier Bescheid, dass sie für Freitag allen Patientinnen absagen." „Hoffentlich geht das alles gut, Hannes. Ich habe eben noch mit deiner Mutter telefoniert. Sie ist bereits mit dem Aufbau der Praxis befasst. Was, wenn uns das Amt einen Strich durch unsere Planung macht?" „Jetzt mach dir mal keine Sorgen. Es wird ganz sicher alles gut gehen. Die Renovierungsarbeiten sowie auch die Möbelbestellungen muss man leider schon sehr zeitig in Auftrag geben, weil gerade in diesem Bereich eine Menge Vorlaufzeit nötig ist. Mittwochabend kommen meine Schwester und Heinz Helmut zum Essen. Müssen wir heute Abend mal überlegen, was wir den beiden kochen können." „Ja, ich freue mich schon darauf. Ich habe sehr gern Besuch, und vor allem freue ich mich schon auf dich. Ich liebe dich Hannes, das wird mir immer mehr bewusst." „Ich liebe dich auch, Alia, und dazu gehören auch deine Kinder." „Es ist schön, eine intakte Familie zu haben und nun arbeite fleißig, damit wir nicht verhungern." Ich hörte sie lachen und fiel ebenfalls lachend in ihre Fröhlichkeit mit ein. „Bis später." „Ja, bis heute Abend."

Kapitel 31

Eigentlich befand ich mich bereits auf dem Sprung nach Hause zu fahren, doch Gudrun quälte mich noch mit der Postmappe. Meistens schafften wir es ja, mittwochs gegen vierzehn Uhr Feierabend zu machen und auch heute standen die Zeichen dafür nicht schlecht. Die Mädels waren bereits mit der Reinigung und Desinfektion der Räume durch. Nun warteten sie noch darauf, bis der Sterilisator seine Arbeit beendet hatte. Tatsächlich verließen wir alle zusammen zehn Minuten nach zwei meine Praxis. Ich eilte gleich zu meinem Wagen und fuhr nach Hause. Erstaunt und wenig begeistert stellte ich fest, dass ein Streifenwagen der Polizei vor unserer Haustüre parkte, als ich auf meine Garageneinfahrt zu fuhr. Ohne erst sorgsam einzuparken sprang ich aus dem Wagen und betrat das Haus. Aadil und Karima saßen still im Wohnzimmer und schauten einen Tierfilm. Ihre kleinen Kinderseelen, die offensichtlich bisher wenig gute Erfahrungen mit jedweden Behörden gemacht hatten, schienen sich aufzuhellen, als sie mich sahen. Beide sprangen sofort auf und umarmten mich. „Hallo, ihr beiden. Alles OK bei euch?" Die Kinder nickten, doch ihr sonst so fröhliches Lachen wirkte irgendwie gequält. Ich löste mich aus der Umklammerung und betrat die Terrasse. Alia sowie eine Polizistin und ihr Kollege saßen dort am großen Tisch. „Guten Tag, Zusammen", grüßte ich freundlich, aber bestimmt in die Runde und gab Alia demonstrativ einen Kuss zur Begrüßung. Die Atmosphäre schien nicht gespannt, doch wirkte Alia verängstigt. „Was verschafft

mir die Ehre des Besuches der Staatsmacht?",
versuchte ich die Situation zu entspannen.
„Oberkommissarin Wendland und das ist mein Kollege
Schneider. Guten Tag, Herr Doktor Steinhauer. Wir sind
hier wegen des Vorfalles während Ihres Besuches in
London in der letzten Woche." „Und was sollen wir dort
angestellt haben? Wir haben nirgendwo die Zeche
geprellt oder gegen britisches Recht verstoßen?" „Uns
liegt ein Amtshilfeersuchen der Kollegen von Scotland
Yard vor. Frau Dr. Maschari wurde während Ihres
Besuches des Kaufhauses Harrods von zwei Männern
attackiert, die dem syrischen Geheimdienst nahe stehen
sollen. Wir haben diesbezüglich einige Fragen, deren
Antworten wir an die Kollegen in London weiterleiten
müssen." „Ich wüsste zwar nicht, wie Frau Maschari
oder ich den Londoner Polizeibehörden helfen können,
aber wir sind natürlich gerne bereit, Auskunft zu geben.
Welcher Art sind denn die Fragen?" Die Oberkommissarin öffnete eine schmale, schwarze
Aktenmappe und entnahm dieser einen ziemlich dicken
Hefter. „Das kann ich nicht so pauschal sagen. Sie
befassen sich ausschließlich mit Ihrem Besuch
Londons. Dann beginne ich mal: Aus welchem Grund
sind Sie nach Großbritannien gereist?" „Ich muss hier
gleich unterbrechen. Soll das jetzt eine Befragung oder
eine Vernehmung sein?" Die Polizistin hatte gleich
bemerkt, dass dies kein leichter Job für sie werden
würde. „Hier auf meinem Amtshilfeersuchen steht
Vernehmung." „Dann steht uns die Hinzuziehung eines
Anwaltes zu?" „Ehhhh, eigentlich ja." „Werden wir als
Zeugen vernommen oder befragt oder gar als
Beklagte?" „Dazu finde ich hier im Text keine Angaben.
Möchten Sie sich nur im Beisein eines Anwaltes
äußern?" „Nun, das ist jetzt die Frage. Wenn wir uns als
Zeugen zur Verfügung stellen sollen, ist gegen eine

Befragung nichts einzuwenden. Doch zum Beispiel die Frage: Warum wir nach London geflogen sind, passt nicht in einen Katalog für eine Zeugenbefragung. Wir müssen den britischen Behörden gegenüber nicht erklären, warum wir ihr Land besuchen, wenn wir uns nichts zu Schulden kommen ließen, und das haben wir nicht. Ganz im Gegenteil. Wir wurden von zwei Männern attackiert, die offensichtlich Frau Maschari entführen wollten."

„Verstehen Sie mich jetzt bitte nicht falsch, Frau Wendland, ich bin kein Freund von Spitzfindigkeiten, aber Fakt ist:: Frau Maschari ist syrische Staatsangehörige und sie wurde in London, also auf britischem Territorium von zwei Männern angegriffen, die sie offensichtlich entführen wollten. Also ist sie ja wohl Opfer und nicht der Auslöser einer Straftat." „So sehe ich das auch, Herr Doktor, und deshalb sitzen wir hier, um die englischen Behörden bei der Aufklärung dieser Straftat zu unterstützen." „Dann lassen Sie uns rasch in medias res gehen, denn wir haben nicht viel Zeit. Wir erwarten heute Abend Besuch und müssen noch einkaufen." Alia hatte ihre Ruhe wieder gefunden und begann zu reden. „Unser Besuch Londons hatte ausschließlich privaten Charakter. Ich wollte einen Verwandten meines verstorbenen Ehemannes auf dessen Einladung hin besuchen." „Wie heißt der Verwandte Ihres verstorbenen Ehemannes?" „Dr. Ahmed Amendi." Die Polizistin notierte umgehend die Antworten von Alia. „Hatte Ihr verstorbener Ehemann Kontakte zu den regierungsfeindlichen Rebellen?" „Ja, er hatte sich schon vor einigen Jahren den Regierungsgegnern angeschlossen." „Es könnte also sein, dass Ihr Mann auf der Fahndungsliste der Regierung stand?" „Davon gehe ich aus. Ich habe zwar schon sehr lange vor seinem Tod keinen direkten Kontakt mehr zu ihm gehabt, aber mir wurde berichtet, dass er für die Regierungsgegner als zukünftiger Gesundheitsminister in einer demokratischen Regierung im Gespräch war." „Hatten auch Sie Kontakt zu Regierungsgegnern?" „Nein." „Das waren schon alle Fragen, die Scotland Yard an uns weitergeleitet hat. Sollten noch weitere folgen, melden wir uns bei Ihnen." „Aber bitte melden Sie Ihr Kommen vorher an." „Ich gebe es an meine Vorgesetzten so weiter." Die Verabschiedung verlief ebenso kühl wie die Begrüßung, jedoch keineswegs unfreundlich. Als die beiden Beamten das Haus verlassen hatten, verloren wir keine Zeit und fuhren mit den Kindern zum Einkaufen.

Der Parkplatz des Großhandelsmarktes in Sankt Augustin schien nicht besonders frequentiert. Überall standen noch Parktaschen in Hülle und Fülle zur Verfügung, wovon ich mir eine in der Nähe des Ausganges auswählte. Sogleich schnappten wir uns einen der großen Einkaufswagen und starteten ins Shoppingvergnügen. Ich hatte mich für ein kulinarisches Fischmenü entschieden, dass ich unseren Gästen kredenzen wollte. Alia und ich liebten gegrillten Fisch und so würden alle ihre Freude an diesem Abend finden. Alia streifte mit den Kindern durch die Spiel-warenabteilung, während ich mich gleich in das Getümmel in der Frischfischabteilung stürzte. Noch während ich mich nach Doraden Royal umschaute, stieß mir ein anderer Einkaufswagen genau in meine linke Wade hinein. Mit schmerzverzerrtem Gesicht wand ich mich um. „Au", rutschte mir noch heraus, bevor ich erkannte, wer mich da unbeabsichtigt angefahren hatte. „Entschuldigen Sie bitte, es tut mir furchtbar leid", vernahm ich eine mir bestens bekannte Stimme. „Hallo,

Claudia", begrüßte ich meine Exfreundin. „Grüß dich, Hannes. Das ist aber eine Überraschung. Entschuldige bitte nochmals meine Schusseligkeit." „Ist schon OK." Sie rannte gleich um ihren Wagen herum, um mir offensichtlich einen Kuss verpassen zu wollen, was ich jedoch geschickt mit einer Drehung meines Einkaufswagens zu verhindern wusste. Diese meine Abneigung schien sie jedoch gleich zu spüren. Sofort bleib sie stehen. „Was machst du hier?", versuchte Claudia mich in ein Gespräch zu verwickeln. „Ich kaufe ein. Wir haben heute Abend Gäste und du?" „Mein Kühlschrank hat nur noch Nullbestand. Ich bin auch zum Einkaufen hier." „Ja dann, viel Erfolg." Um meinen Platz in der Warteschlange nicht durch mangelnde Aufmerksamkeit einzubüßen, drehte ich mich rasch wieder dem Verkäufer entgegen und wurde auch schon bezüglich meiner Wünsche angesprochen. Ich erstand vier frische Doraden, die mir der junge Mann in einen Beutel mit viel Eis verpackte. Mit einem „Schönen Tag noch", verabschiedete ich mich von Claudia, die etwas verdutzt mit „Dir auch" antwortete und mir noch eine Weile hinterher schaute. Alia und die Kinder bewunderten gerade die gewaltige Menge an Frisch- fleisch, die in mannshohen Regalen in Vakuum- verpackung den Kunden zum Kauf offeriert wurde. Ich legte Alia meinen rechten Arm um ihre Taille und drückte sie an mich. Sie erwiderte meine liebevolle Berührung, indem sie ihren Kopf gegen meine Schulter drückte und mich anlächelte. „Wer war denn die attraktive, junge Frau mit der du geflirtet hast?" „Falls du die Frau mit den dunklen, glatten Haaren dort an der Fischtheke meinst, handelte es sich keineswegs um einen Flirt. Die Dame ist meine Exfreundin Claudia, die mir wohl unbeabsichtigt ihren Einkaufswagen in die Wade geschoben hat. Diese Begegnung wird mir

bestimmt in schmerzvoller Erinnerung bleiben. Jedoch ganz sicher nicht, weil es sich um Claudia handelte, sondern weil ich von dieser Unachtsamkeit einen ordentlichen blauen Flecken zurückbehalten werde."
„Ohhh, mein armer Mann leidet. Ich werde dir dein Bein pflegen", entgegnete Alia mit einem entwaffnenden Lächeln. Sie drehte ihren Kopf noch einmal zu Claudia herüber. „Hast aber keinen schlechten Geschmack. Sie ist eine hübsche Frau." „Danke für das Kompliment. Aber jetzt habe ich mit dir eine noch viel schönere Frau gefunden." Alia klopfte mir kameradschaftlich auf den Po und gab mir einen Kuss. Den gut gefüllten Wagen schoben wir zuerst durch die Kasse und anschließend zu meinem Kombi auf dem Parkplatz und verluden mit vereinten Kräften unsere Jagdbeute im geräumigen Gepäckabteil. Dass wir auch noch etwas zum Spielen für die beiden Kinder erstanden hatten, verstand sich von selbst. Schließlich hatten Karima und Aadil alles, was ihnen lieb und heilig war, während ihrer Flucht in ihrem Heimatland zurücklassen müssen.

Kapitel 32

Tapsi, der kleine Hundewelpe meiner Schwester, lag satt und zufrieden auf dem Schoß von Karima, die ihn unentwegt streichelte. Natürlich hatte ich auch den kleinen Hund nicht vergessen und ihm etwas zu Fressen hingestellt. Verfressen, ähnlich seinem Frauchen, verputzte er den Inhalt seines Napfes bis auf den letzten Krümel. Nun genoss er seine Streicheleinheiten und schlummerte vor sich hin. Aadil kroch auf allen Vieren durch die Wohnung und ließ geräuschvoll erkennen, dass er sich mitten in einem Formel 1 Rennen befand, dass die beiden Rennwagen, die er von Jenni und Heinz Helmut geschenkt bekommen hatte, gerade austrugen. Karima schien zu müde, um noch spielen zu wollen. Ihr fielen auf dem Sofa sitzend, dauernd die Augen zu, während sie Tapsi das Fell kraulte. Wenig später schlief sie ein. Da Aadil sich gerade auf der langen Geraden in der Diele befand, war es still in unserem Essbereich geworden. Als ich jedoch noch vor dem Dessert einen Espresso anbot, war es mit der Ruhe vorbei. Alle wollten einen kleinen, starken italienischen Kaffee trinken. Umgehend startete ich den Automaten, der sich sogleich alle Mühe gab, die Wünsche der Hausherrin wie auch unserer Gäste zu erfüllen. „Lasst euch bei der Befragung oder Vernehmung, ganz gleich wie die Behörden diese Prozedur im Amtshilfeersuchen auch benennen mögen, auf nichts ein. Ihr seid die Opfer und keinesfalls Tatverdächtige. Wenn ich euch bei dem nächsten Termin zu Seite stehen soll, ruft mich einfach gleich an", bot der neue Freund von Jenni, der einen wirklich sehr verliebten Eindruck machte, uns zur Unterstützung an. „Danke dir, Heinz Helmut. Gegebenenfalls kommen wir auf dein Angebot zurück. Aber ich glaube, der Termin am Freitag bei der Ausländerbehörde hat zurzeit Priorität eins." „Natürlich begleite ich euch auch dorthin, wenn ihr wollt. Ich denke nur, dass dies zum jetzigen Zeitpunkt des Verfahrens nicht von Nutzen sein dürfte. Lasst uns erst mal hören, was die Behörde wirklich möchte. Wenn sie euch dann einen Bescheid zustellt, können wir immer noch aktiv werden." Damit erschöpften sich dann auch sämtliche Mutmaßungen, Alias Zukunft betreffend, für diesen Abend und dies war auch gut so. Wir hatten noch einen Menge Spaß, und erst kurz vor Mitternacht hoben wir die Tafel auf. Bevor Jenni und Heinz Helmut unser Haus verlassen konnten, mussten sie noch in der Diele über einen eingeschlafenen Rennfahrer steigen, den offensichtlich das Schicksal dringend benötigter Nachtruhe auf der Zielgeraden ereilt hatte. Tapsi hing auch schlummernd wie ein Schluck Wasser in der Kurve auf Jennis Arm. Wir verabschiedeten uns mehr als herzlich von einander. Bevor wir jedoch ins Bett steigen konnten, sammelten wir erst die Kinder ein und verfrachteten sie in ihre Betten.

„Das war ein wirklich schöner Abend. Deine Schwester ist unheimlich nett und Heinz Helmut passt wunderbar zu ihr." „Das sehe ich genau so. Wenn er jedoch lebhafter wäre, geriet das Gleichgewicht unseres Liebespärchens schnell aus dem Gleichgewicht. Jenni ist nämlich ein wirkliches Temperamentsbündel, und damit muss ein Mann erst umgehen lernen." „Wie ist es eigentlich bei uns mit der Verteilung des Temperaments?" Alia nahm mich in ihren Arm. Ihre Füße umschlangen mein linkes Bein wie ein Krake. Ich spürte ihren heißen Atem an meiner linken Wange und als ihre Lippen die meinen berührten, küssten wir uns leidenschaftlich. Ihre Berührungen erregten mich zunehmend. Als meine Lippen von ihrem Mund abließen und sich den Weg an ihrem Hals entlang hinunter zu ihren Brüsten ertasteten, spürte ich ihre Hände, die genau in der Region meines Körpers aktiv wurden, die uns wenig später höchste Lust bereitete. Heftig stöhnend fielen wir nach diesem körperlichen Hochgenuss völlig entspannt in einen wahren Tiefschlaf.

Der Donnerstag war geprägt von Erwartung und Spannung, die Alia und mich an nichts anderes mehr denken ließ. Der Ausgang dieses Termins am morgigen Tag konnte unser ganzes Leben verändern. Im positiven, wie auch im negativen Sinne. Glücklicherweise bescherten mir meine Patientinnen heute keine besonderen Problemfälle und doch genügend Arbeit um mich abzulenken. Ich bin zwar ein Gegner davon, wenn es um Menschenleben geht von Routine zu sprechen, aber irgendwie waren doch viele Untersuchungsabläufe fest eingespielt, was natürlich ganz sicher auch von Vorteil für meine Praxisbesucherinnen war. Ich wurde heute den Eindruck nicht los, dass dieser Donnerstag der Tag der werdenden Mamas war. Die ganze Bandbreite der Phasen einer Schwangerschaft, von der Erstuntersuchung mit jeglicher Beratung und Ausstellung des Mutterpasses bis zur Kontrolle der Größe des Muttermundes, aus der sich recht präzise der Zeitpunkt der anstehenden Entbindung ermitteln ließ, wurde mir geboten. Eigentlich ein Traumtag für junge Kolleginnen und Kollegen, die sich in der Facharztausbildung befinden und so sehen, wie der Start neuen Lebens begleitet werden kann. Ich musste jetzt aufhören meinen Gedanken nachzugehen, damit wir voran kamen, denn das Wartezimmer war wie gewohnt bis auf den letzten Platz gefüllt und niemand verweilte gern länger als nötig in dieser Räumlichkeit, sei sie auch noch so schön gestaltet. Gegen kurz nach neunzehn Uhr verließ ich die Praxis. Ich hatte noch die Post erledigt, die ich am nächsten Briefkasten einwarf. Für einen Spätsommertag war es bereits recht kühl geworden, weshalb ich bei der Heimfahrt auf das Öffnen meines Schiebedaches verzichtete und die Heizung einschaltete.

Alia empfing mich mit den Kindern an der Hand bereits an der Haustüre. Die Stimmung schien anders als sonst, irgendwie gedrückt. „Hallo, ihr Drei. Was ist los?" Alia fiel mir um den Hals und drückte mich fest an sich. Ich konnte mich des Eindrucks nicht erwehren, Feuchtigkeit in meinem Nacken zu spüren. Alia weinte.

Jetzt spürte ich auch das Schluchzen, das ihren ganzen Körper erschütterte. Die Kinder hingen wie Kletten an meinen Beinen. „Was ist geschehen?", fragte ich nach. „Wir haben Angst, dass wir wieder zurück nach Syrien geschickt werden", antwortete Karima. „Nun mal ganz langsam. So schnell wird man nicht abgeschoben. Außerdem seid ihr als politische Flüchtlinge registriert. Ihr braucht keine Angst zu haben. Darauf wird Rücksicht genommen." „Wir möchten gern für immer bei dir bleiben bleiben, Johannes. Du sollst unser Ersatzpapa sein. Wir möchten hier zur Schule gehen und glücklich in diesem Land werden." Das war auch für mich ein wenig zu viel des Guten. Ich spürte auch in meinen Augen Tränen aufsteigen. Alia lief zurück ins Haus hinein. Die Kinder standen mit großen Augen da und schauten mich nur fragend an. Ich beugte mich zu ihnen herunter und nahm beide in meine Arme. „Ich lass euch nicht alleine. Wenn es euch bei mir gefällt, könnt ihr bleiben, solange ihr wollt und meine kleine Familie sein." Plötzlich schoss Tapsi zwischen unseren Beinen hindurch und hüpfte laut bellend an den Kindern hoch. Wir hatten das Eintreffen meiner Schwester überhaupt nicht bemerkt. „Was ist denn hier los und wie schaut ihr überhaupt in die Welt hinein? Ich habe für alle Eis mitgebracht. Müssen wir das auf der Straße essen?" „Hallo, Jenni, nein, wir gehen jetzt alle ins Haus." Die Kinder hatten ihre Sorgen schnell abgelegt, als sie die Kapriolen von Tapsi verfolgten, der wie von einer Wespe gestochen im Wohnzimmer herumhüpfte. Das Lachen der Kinder ließ wieder Zuversicht und den Glauben an das Gute aufkommen. Jenni schubste mich beinahe zur Seite und lief gleich zu Alia, die sie fest in ihre Arme nahm. Ihre einfühlsame Art beruhigte Alia sehr rasch. Jenni erkundigte sich nach dem Grund des Trübsal, dass hier geblasen wurde. „Heinz Helmut ist auch hierher unterwegs. Er kann erklären, ob eure Ängste berechtigt sind. Macht euch bloß nicht zu viele Sorgen, es wird ganz sicher alles gut gehen." Und tatsächlich negierte Heinz Helmut die Sorgen meiner Schützlinge, dass eine Ausweisung anstehen könnte. „Der Status als anerkannter, politischer Flüchtling verhindert eine Zwangsrückführung", kommentierte er abschließend seine Ausführungen. Heinz Helmut hatte seine Ausführung wirklich mehr als verständlich und nachvollziehbar formuliert; doch eine Restangst verblieb bei Alia im Unterbewusstsein.

Heinz Helmut und Jenni passten wirklich sehr gut zusammen. Die Art, wie die beiden miteinander umgingen, konnte Außenstehende ganz sicher etwas verunsichern, aber die burschikose Art war beiden zueigen. Auch wenn sie miteinander stritten kam nie das Gefühl auf, dass dies bösartig sein könnte. Wir verbrachten noch einen wirklich lustigen Abend zusammen. Ich kratzte alle Lebensmittel zusammen, die der Kühlschrank und die Vorratskammer kurzfristig aufzubieten hatte und zauberte für uns alle ein leckeres Nudelgericht. Wieder wurde es recht spät, doch weder meine Schwester und ihr Freund noch wir bereuten diesen Umstand. Erst nach Mitternacht brachen unsere Gäste zur Heimfahrt auf. Aadil und Karima schlichen todmüde in ihre Kojen, während wir noch die Küche aufräumten. Die Gute Nacht Geschichte fiel aus, da unsere Helden bereits tief und fest schliefen. Für uns gestaltete sich der Eintritt in die Nachtruhe nicht so einfach. Alia kuschelte sich ganz nah an mich heran, doch an wirklich erholsamen Schlaf war einfach nicht zu denken. Lange sprachen wir noch über unsere gemeinsame Zukunft und malten uns unser Leben in den schönsten Farben aus. Irgendwann verstummte

Alia. Gleichmäßiges Atmen verriet mir, dass sie endlich eingeschlafen war. Das Letzte, das ich vernahm, war das zweimalige Läuten meiner Schreibtischuhr. Dann hatte ich es auch geschafft endlich einzuschlafen.

Kapitel 33

Wir hatten Mutter die Kinder gebracht, die sich noch nicht ganz ausgeschlafen ständig ihre Augen rieben. Mutter schickte Otto Brötchen holen. Mit vereinten Kräften sorgten die beiden Senioren für ein ordentliches und kinderfreundliches Frühstück. Wir fuhren gleich weiter nach Bonn. Fünf Minuten vor zehn Uhr klopfte ich im dritten Stock an die Bürotüre der zuständigen Beamtin im Ausländeramt, die uns sogleich herein bat. „Guten Morgen. Nehmen Sie bitte Platz, Frau Dr. Marschari. Guten Morgen, Herr?" „Steinhauer ist mein Name. Ich bin der Lebensgefährte von Frau Maschari. Hier ist meine Karte." Ich zog eine Visitenkarte aus der Brusttasche meines Jacketts heraus und legte sie der Beamtin vor. „Hallo, Herr Doktor Steinhauer. Mein Name ist Roder. Ich bin die für Sie zuständige Sachbearbeiterin in der Angelegenheit Aufenthalts- und Arbeitsgenehmigung. Ich habe mich in Ihren Fall bereits eingelesen. Wir haben von der Universität Bonn Fakultät Medizin die Nachricht erhalten, dass Sie dort wegen der Anerkenntnis Ihrer Facharztausbildung zur Kinderärztin vorgesprochen haben. Mein letzter Wissensstand ist nun der, dass zwischenzeitlich alle erforderlichen Papiere eingetroffen sind, bis auf Ihre Approbationsurkunde aus Damaskus, die sie als Fachärztin für Kinderkrankheiten ausweist. Ist das so?" „Ja, das ist der Stand der Dinge." „Sie sprechen ausgezeichnet Deutsch, obwohl Sie doch viele Jahre in Ihrem Heimatland verbracht haben." „Natürlich fehlen mir noch eine Menge Vokabeln, aber dadurch, dass wir zu Hause nur Deutsch sprechen, bin ich schon fast wieder auf dem Stand wie zu meinen Studienzeiten. Meine beiden Kinder lernen die deutsche Sprache bei einer Privatlehrerin. Ich möchte, dass sie nach den Herbstferien am Unterricht in einer Schule teilnehmen können. Beide Kinder sind in Syrien bereits zur Schule gegangen. Ich möchte, sobald alle meine Papiere vorliegen, eine Kinderarztpraxis eröffnen und arbeiten." „Das hört sich zwar alles sehr gut an, Frau Doktor Maschari, aber leider ist es nicht ganz so einfach, wie Sie sich das vorstellen." Die Beamtin war die Erste, die Alia mit ihrem akademischen Titel ansprach. „Mir liegen zwar keine genauen Informationen vor, wie die Aufnahme einer ärztlichen Tätigkeit als nicht EU-Bürger aus standesrechtlicher Sicht der Ärztekammer betrachtet wird. Wir als Ausländerbehörde dürfen Ihnen jedoch keine Arbeitserlaubnis ausstellen." Alia zuckte ob dieser Aussage regelrecht zusammen. „Aber wieso denn nicht?" „Weil Sie und Ihre Kinder als politische Flüchtlinge gelten. Wenn in Ihrem Heimatland für Sie keine Gefahr mehr für Leib und Leben besteht, werden Sie unsererseits aufgefordert, dorthin zurück zu kehren." „Aber wir möchten gerne hier bleiben, Frau Roder." „Das glaube ich Ihnen gerne, aber das ist leider nicht möglich." „Und wenn Frau Dr. Maschari den Antrag auf Erteilung der deutschen Staatsbürgerschaft stellt?", mischte ich mich in das Gespräch ein. „Das kann Ihre Lebensgefährtin natürlich machen, doch dieser Vorgang dauert erfahrungsgemäß sehr lange, und ob wir diesen Antrag positiv bescheiden können, ist leider nicht vorhersehbar." Tränen bildeten sich in Alias großen, schwarzen Augen und kullerten an ihren Wangen herunter, bis sie lautlos auf ihren Blazer tropften. „Gibt es Ausnahme- oder Härtefallregelungen?", griff ich wieder in das Gespräch ein. „Natürlich gibt es diese. Wenn zum Beispiel der deutsche Staat dringend auf die Arbeitskraft von Frau Dr. Maschari angewiesen wäre, würde umgehend eine Einbürgerung vorgenommen. Wir haben diesen Fall vor einigen Jahren mit indischen Informatikern gehabt, die alle in Deutschland einge- bürgert werden konnten, wenn sie einen Arbeitsplatz nachwiesen." „Einen Arbeitsplatz kann Frau Maschari vorweisen. Ihre Räume für eine Kinderarztpraxis sind bereits fertig." „Ich muss Sie da unterbrechen, Herr Dr. Steinhauer. Bisher kann Frau Dr. Maschari Ihre Zulassung als Pädiater noch nicht nachweisen. Gleich- falls fehlt eine Zulassung als Ärztin von der Ärztekammer." „Aber das ist doch reine Formsache." „Nicht ganz. Wir können erst eine unbegrenzte Aufenthaltsgenehmigung erteilen, die später den Erhalt der Staatsbürgerschaft nach sich ziehen kann, wenn Frau Dr. Maschari ihre Zulassung vorweisen kann." „Aber wie soll das funktionieren?" „Ich sagte es ja bereits: Ihre Lebensgefährtin muss die erforderlichen Papiere vorlegen und das Repetitorium machen um ihre Befähigung nachzuweisen. Danach kann sie dann eine unbefristete Aufenthaltsgenehmigung beantragen." „Und wenn sich zwischenzeitlich die Verhältnisse in ihrem Heimatland ändern?" „Dann wird sie die Bundesrepublik Deutschland wieder verlassen müssen. Nur eine Eheschließung würde dies ändern." „Wie das?" „Wenn Frau Dr. Maschari heiratet und für die beiden leiblichen Kinder ein Adoptionsverfahren anhängig ist, wird sie selbst wie auch ihre Kinder automatisch deutsche Staatsbürgerin." „Ist das alles kompliziert." „Das ist leider in unseren Gesetzen so festgelegt, Herr Dr. Steinhauer. Versuchen Sie so rasch als möglich die Unterlagen von der Universität aus Damaskus zu erhalten. Dann können wir ein Einbürgerungsverfahren einleiten. Über diese hier heute erfolgte Belehrung senden wir Ihnen ein Protokoll zu, dass Sie uns bitte binnen zwei Wochen nach Zustellung unterschrieben zurücksenden, Frau Dr. Maschari. Sollten Sie diese Frist jedoch vorsätzlich fruchtlos verstreichen lassen, ich betone vorsätzlich, können wir Sie bis zur endgültigen Klärung in Haft nehmen und schlimmstenfalls ihren Status als politischer Flüchtling aufheben, was eine sofortige Abschiebung in ihr Heimatland zur Folge hätte." Alia hatte dieses Beamtenkauderwelsch offensichtlich nicht richtig verstanden. Geplagt von der Angst zwangsweise mit den Kindern nach Syrien zurückkehren zu müssen, wurde sie ohnmächtig und sackte von ihrem Stuhl. Mit einer Reflexbewegung fing ich sie gerade noch so auf und verhinderte, dass sie unkontrolliert auf dem Boden aufschlug. „Soll ich den Notarzt rufen?", vergewisserte sich Frau Roder bei mir, ob sie alles richtig machte. „Nein, ich kümmere mich um sie." Alia fand jedoch gleich ihr Bewusstsein wieder. Ich nahm sie in meine Arme und drückte sie. „Es wird alles gut werden." Alia nickte noch leicht benommen und erhob sich. Wir verabschiedeten uns von der Beamtin, deren Job ich keinesfalls übernehmen wollte, und verließen ihr Büro.

Alia hatten ihr Strahlen verloren. Völlig in sich gekehrt lief sie neben mir her. Selbst der Himmel hatte sich der trüben Stimmung angepasst. Ein feiner Nieselregen verstärkte das Unbehagen, das uns beide beschlichen hatte. „Komm, lass uns einen Kaffee trinken", versuchte ich Alia ein wenig abzulenken. Ich konnte ihre Gedanken lesen. In ihrem tiefsten Innern packte sie bereits ihr bescheidenes Hab und Gut zusammen, um dann zurück nach Syrien zu fliegen, wo auf sie und die Kindern eine ungewisse und sicher mit Sanktionen behaftete Zukunft, wartete. Der Milchschaum des italienischen Cappuccino, der ein kleines, weißes Häubchen auf ihre Nase zauberte, ließ mich grinsen. „Was hast du? Warum lächelst du mich so merkwürdig an?", fragte mich Alia. „Du hast ein Milchhäubchen auf deiner Nase." Verschreckt zog Alia einen kleinen Schminkspiegel aus ihrer Handtasche, um das Malheur zu betrachten. Mit einem Papiertaschentuch wischte sie sich das hoch erhitzte Wiederkäuerprodukt von ihrer süßen Nase und lächelte mich an. „Du machst dich über mich lustig." „Das würde ich ganz sicher niemals tun. Ich liebe dich doch, Alia." „Ich dich auch, Hannes, aber über dem ehemals sonnigen Himmel unserer Zukunft bilden sich schwarze Wolken, und wenn uns das Schicksal nicht wohl gesonnen ist, wird es zu regnen beginnen, und unsere Liebe wird in alle Richtungen fortgespült werden." Jetzt sprach die Araberin aus ihr. In keiner anderen Sprache wurde mit blumigeren Worten formuliert als im Arabischen. Ein Strom von Tränen rann lautlos über ihre Wangen. „Ich habe bereits eine Lösung für unser Problem gefunden, Alia." Von einem Moment zum anderen hellte sich ihre Miene wieder auf. „Sag es mir?" „Das kann ich noch nicht. Ich muss erst noch mit Heinz Helmut telefonieren." Fragend schaute sie mich an. „Lass mich einfach mal machen, Alia. Ich bringe dich jetzt zu meiner Mutter. Danach habe ich noch einiges zu erledigen, und heute Nachmittag kann ich dir ganz sicher mehr sagen. Einverstanden?" „Habe ich eine Wahl?" „Ich glaube nicht." Ich zahlte die Milchschaumkaffees, und wir verließen das Giacomos.

Mutter hatte sofort gespürt, dass unser Gespräch bei der Ausländerbehörde nicht so gelaufen war, wie wir uns das alle gewünscht hatten. Schon an der Türe nahm sie Alia in ihre Arme und drückte sie fest an sich.

„Mach dir keine Sorgen, Kind, es wird alles gut werden." Aadil und Karima saßen mit Otto um den Küchentisch herum und spielten ein Gesellschaftsspiel. Auch Otto erkannte sofort die gedrückte Stimmung und schaute mich fragend an. Ich zog nur meine Schultern hoch. „Wir kriegen das schon irgendwie in den Griff", versuchte ich uns allen Mut zu zusprechen. „Ich muss noch mal für etwa zwei Stunden fort. Kochst du uns heute Abend etwas leckeres, Mama?" „Mein lieber Sohn mal wieder. Versucht, seine Haushaltskasse zu schonen, indem er seine arme, alte Mutter erst einkaufen und dann an den Herd schickt. Ja, sicher. Wir gehen nachher zusammen einkaufen. Mach, dass du los kommst, damit du bald wieder hier bist, Sohnemann. Du darfst dafür nach dem Essen spülen." Mutters verschmitztes Grinsen sprach mal wieder Bände. Ich gab Alia einen Kuss und verließ ganz schnell Mutters Wohnung, bevor sie mir noch den Staubsauger und ihr Bügeleisen in die Hände drückte. Vom Auto aus rief ich bei Heinz Helmut in der Kanzlei an und berichtete, wie es uns heute im Ausländeramt ergangen war. „Das ist alles Angstmacherei. Lasst euch bloß nicht einschüchtern. Gegen diese Art von Bescheiden gibt es immer noch die Möglichkeit der Rechtsmittel." „Das beruhigt mich jetzt etwas, aber ich habe etwas anderes vor." Heimlich weihte ich Heinz Helmut, der mittlerweile zu einem richtigen Freund geworden war, in meine Pläne ein. „Ich bin verschwiegen wie Grab", gab er zur Antwort. „Sag Alia aber, dass sie schnellstens mit Damaskus telefonieren soll, damit sie die Zulassungs- urkunde der dortigen Uni bekommt. Ich kann dann sofort tätig werden." „Mach ich. Frohes Schaffen." „Und dir noch viel Spaß an deinem freien Tag. Tschö, bis bald." Beschwingt starte ich den Motor und fuhr nach Siegburg.

Endlich hatte es aufgehört zu nieseln. Um die nicht unerheblichen Parkgebühren in Siegburger Parkhäusern zu sparen, fuhr ich auf meinen Praxisparkplatz und stellte dort den Wagen ab. Ein kleiner Spaziergang würde mir ganz sicher gut tun. Ohne Hast schlenderte ich dem Marktplatz entgegen, genau auf ein Fachgeschäft zu, deren Inhaberin eine liebenswerte Patientin von mir ist, und die vor einigen Jahren einen gesunden Jungen zur Welt gebracht hat, dessen ersten Lebensweg ich natürlich mit begleitete. „Dr. Steinhauer, hallo, schön Sie in unserem Geschäft begrüßen zu dürfen. Mein Mann ist heute allerdings auf einer Messe. Kann ich denn etwas für Sie tun?" „Hallo, Frau Schneider, ich glaube, Sie können mir ganz sicher weiterhelfen, vielleicht sogar besser als Ihr Mann." „Was darf ich Ihnen denn zeigen?" Ich nahm auf ihr Geheiß hin Platz, ließ mir eine gute Tasse Kaffee servieren und trug ihr meine Wünsche vor. „Ich glaube, ich habe genau das richtige für Sie, Dr. Steinhauer." Zwei Stunden dauerte es, bis ich genau das gefunden hatte, was mir so vorschwebte. Zuletzt zahlte ich und verließ fröhlich ein Liedchen pfeifend das Ladenlokal. Neben der Tatsache, dass ich die genialste Lösung für alle unsere Probleme gefunden hatte, wollte ich nun den Rest meines freien Tages genießen. Gemächlich spazierte ich der hübsch renovierten Kirche Sankt Servatius entgegen und betrat durch das Hauptportal das Gotteshaus. Angenehme Kühle empfing mich, und eine beruhigende Ruhe, die ich jetzt haben wollte, um nachzudenken. Ich zündete ein paar Kerzen an und setzte mich in die hinterste Reihe. Eine gute halbe Stunde verweilte ich in der Kirche. Es war ein echtes Highlight zu spüren, dass die Hektik des Tagesgeschäftes vor der Kirchentüre außen vor geblieben war. Ein Blick auf meine Armbanduhr mahnte mich, den Weg zu Muttern anzutreten. Ich verließ die Kirche mit dem Gedanken, genau richtig entschieden zu haben und fuhr zu meiner Mutter.

Kapitel 34

Gleich nach dem Klingeln an ihrer Haustüre war schon draußen zu vernehmen, dass bei Muttern wieder das pralle Leben tobte. Dem Hundegebell nach zu urteilen, hatte sich auch meine verfressene Schwester zum Essen eingefunden und wie schon vermutet, öffnete mir Jenni strahlend die Türe. „Du bist auch immer gleich vor Ort, wenn es etwas zu Essen gibt", versuchte mich Jenni hoch zu nehmen. „Das musst du gerade sagen, Schwesterlein. Ich habe für uns bei Mama essen bestellt, aber nicht für die ganze Horde." „Hallo, Hannes. Wo treibst du dich eigentlich rum, während wir hier das Catering übernommen haben?" „Das ist ein Geheimnis. Jetzt lass mich erst mal herein." Tapsi hatte wie gewöhnlich Freude an mir gefunden und sprang dauernd an meinem Bein hoch, bis ich ihn endlich gebührend begrüßte. Es folgten noch Karima und Aadil und natürlich Alia, die mit meiner Mutter in der Küche stand und Klöße für den Schweinebraten zubereitete. Otto saß mit Heinz Helmut im Wohnzimmer auf der Couch und fachsimpelte mit ihm über den letzten Fußballspieltag. „Grüß Gott, die Herren", grüßte ich die beiden Sofasportler. Ich gesellte mich zu ihnen und lauschte andächtig den Ausführungen von Otto, für den kein besserer Verein als die Münchner Bayern zu existieren schien. Eine halbe Stunde später erlöste mich Mutter mit ihrem Ruf zu Tisch von den Fußballberichten.

„Bekommt ihr eigentlich zu Hause nichts zu essen?",
fragte Mutter scherzhaft in die Runde. „Wenn ihr mich
jetzt häufiger zum Essen beehrt, muss ich wohl zwei
Tage die Woche arbeiten gehen, um euch satt zu
bekommen." „Sollen wir denn weniger Essen, Oma?",
fragte Aadil sofort nach. Die Kinder hatten Mutter
tatsächlich bereits mit dem Ehrentitel Oma geadelt, auf
den sie sehr stolz zu sein schien. Ihr Lächeln sprach
Bände. „Aber nicht doch, Aadil, Oma macht nur Spaß.
Du kannst essen, bis du Pappe satt bist." „Auch von
dem Schokopudding?" „Ja, klar, aber nicht mehr als in
deinen Bauch hinein passt, damit du kein Bauchweh
bekommst." Dies ließen sich auch die übrigen Gäste
nicht zweimal sagen und schneller, als Mutter und Alia
den Pudding angerichtet hatten, war er in den gierigen
Rachen meiner Familie verschwunden. „Womit darf ich
jetzt noch die Gaumen meiner lieben Familie
verwöhnen?", fragte Mutter ein wenig spöttisch in die
Runde. „Espresso vielleicht?" Und wieder hatte sie die
Geschmäcker ihrer Gäste getroffen. Alle hoben wie in
der Schule ihre Hand und baten um den angebotenen,
italienischen Gaumenschmeichler. Jenni, Alia und
Mutter machten sich daraufhin gleich in die Küche auf,
um ausreichend von dem leckeren, tiefschwarzen und
belebenden Kaffee heranzuschaffen. Weil der Automat
jedoch immer nur zwei Tässchen gleichzeitig aufbrühen
konnte, schlürften wir unseren antialkoholischen
Absacker in mehreren Etappen. Da dieser jedoch so
lecker schmeckte, musste Mutter sogar noch für
Nachschlag sorgen und eine Doppelschicht einlegen.
Gerade, als die Kinder die Tafel aufheben wollten, um
im Wohnzimmer noch etwas Fern zu sehen, bat ich sie
zu bleiben und gleichzeitig um das Wort. Eher verdutzt
schauten mich alle an und es wurde mucks-
mäuschenstill. „Liebe Familie. Ihr fragt euch jetzt ganz

sicher, ob mir der Schokopudding nicht so recht bekommen ist, dass ich eine kleine Rede halte möchte. Doch es gibt etwas, dass mir sehr am Herzen liegt, und ich denke, dass diese gemütliche Runde den richtigen Rahmen für das Vorbringen meiner Frage darstellt." Ich hatte die Neugier aller Anwesenden geweckt, denn alle Augen klebten förmlich an meinen Lippen. „Alia, möchtest du meine Frau werden?" Ich hatte nicht damit gerechnet, dass mich das Ausformulieren dieser Frage an Alia so aus der Fassung bringen könnte, dass meine Stimme wie die eines pubertärer Pennälers kickste und ich verstohlen in meiner Blazertasche nach dem kleinen Kästchen mit meinem Verlobungsgeschenk kramte, und es mir letztendlich aus der Hand auf den Boden fiel, und ich diesem auf allen Vieren hinterher kriechen musste. Alia saß nur da und strahlte. Dicke Tränen der Freude liefen an ihren Wangen herunter. „Ja, Hannes, ich wünsche mir nichts mehr, als bis zum Ende meines Lebens bei dir zu sein. Ich liebe dich von ganzem Herzen." Nun hielt es sie nicht mehr auf ihrem Stuhl. Sie sprang auf und rannte um den Esstisch herum auf mich zu. Erfreulicherweise hatte ich das kleine Kästchen, das unter den Tisch gefallen war, gefunden und brachte mich gerade wieder in aufrechte Position. Alia fiel mir schluchzend um den Hals und es folgte ein herzlicher Kuss. Vorsichtig, beinahe schüchtern übergab ich ihr das Kästchen mit meinem Verlobungsgeschenk. Der Rest der Familie hatte bisher ob der überwältigenden Situation noch keinen Ton herausgebracht. Alia stand atemlos und wie zur Salzsäule erstarrt da, als sie den Verlobungsring aus dem kleinen Schmuckkästchen nahm. Vorsichtig half ich ihr, den Ring auf den Ringfinger ihrer linken Hand zu schieben. Der warme Ton des goldenen Ringes, in dem sich in Reihe ein blauer, ein grüner wie ein roter Stein aneinander reihten, wirkte einfach nur wunderschön auf Alias leicht gebräunter Haut. Ich setzte mich zurück auf meinen Platz und Alia auf meinen Schoß. Aadil und Karima gesellten sich ebenfalls zu uns und kuschelten sich an mich. Dann ergriff Alia das Wort. „Schwiegermama, leider kann ich deinem Sohn keine Kinder mehr schenken. Du musst mit Aadil und Karima vorlieb nehmen, aber ich werde alles tun, deinen Sohn für immer glücklich zu machen." Applaus brandete auf. Alle Anwesenden klatschten in die Hände und freuten sich über Alias ehrliche Worte. „Alia, ich freue mich sehr, dich zur Schwiegertochter zu bekommen. Aber sag bitte nicht mehr Schwiegermama zu mir. Dieser Begriff macht mich irgendwie alt." „Wir sagen Oma zu dir", mischte sich Aadil ein. „Das ist wunderbar für mich. Dann haben wir jetzt nicht nur die Praxiseinweihung vorzubereiten, sondern auch eure Hochzeit." Mutter war sofort in ihrem Element. Otto nahm sie in seine Arme und beruhigte sie erst mal. Was folgte war noch die Gratulation von Jenni und Heinz Helmut, und selbst Tapsi sprang Alia auf den Schoß, um ihr einen feuchten Hundekuss zu verpassen. Otto spendierte ein Fläschchen Champagner zur Feier des Tages und ließ wenig später eine weitere Bombe platzen, indem er Mutter ebenfalls um ihre Hand bat. Erst etwas zögerlich, dann jedoch mit großer Freude, nahm sie Ottos Antrag an. „Wir sollten über eine Doppelhochzeit nachdenken", verkündete sie laut und herzlich lachend. Wir hatten lange nicht mehr soviel Spaß während eines Familientreffens wie heute und gerade Mutter tat dies ganz besonders gut. Es wurde mal wieder spät an diesem Abend. Kurz vor Mitternacht trugen Alia und ich die Kinder ins Auto und schnallten sie in ihren Sitzen fest. Aadil und Karima bekamen von der großen

Verabschiedungszeremonie schon nichts mehr mit, die unüberhörbar auf der Straße stattfand.

Alia überwand sehr rasch meine Mittelarmlehne im Auto und kuschelte sich bereits während der Rückfahrt nach Hause an meinen rechten Arm. „Das war wirklich ein schöner Besuch bei deiner Mutter und dein Heiratsantrag ist einfach toll. Doch ich bin jetzt sehr glücklich mit dir alleine zu sein." Ein wenig ungelenk drückte sie sich auf dem Polster der Armlehne hoch und gab mir einen flüchtigen Kuss. „Ich werde, egal was auch geschieht, immer an deiner Seite sein, Hannes, und dich niemals alleine lassen. Ich liebe dich so sehr." „Ich dich auch, Alia. Wir werden alle Hindernisse gemeinsam aus dem Weg räumen. Gleich nächste Woche fahren wir zum Standesamt und bestellen das Aufgebot." „Ja, ach, ich bin so aufgeregt. Ich hätte nie geglaubt, dass mein Leben noch einmal eine so schöne Wendung nehmen könnte."
Mit vereinten Kräften verfrachteten wir die beiden Kinder in ihre Betten. Ein kurzer Griff nach ihren Teddys war die einzige, kurze Schlafunterbrechung. Zum Schlafen war ich jetzt einfach zu aufgedreht. Alia kam mir aus der Küche entgegen geschwebt, eine Flasche Sekt und zwei Gläser in ihren Händen haltend. „Ich möchte unsere Verlobung noch mit dir alleine begießen." „Das ist eine sehr gute Idee." Ich nahm ihr die Flasche ab und entkorkte sie vorsichtig. Alia streckte mir die beiden Sektkelche entgegen, die ich gleich füllte. Sie wirkte kleiner und zierlicher als sonst, was ganz sicher daran lag, dass sie barfuß war und nur ein eng anliegendes Wickelkleid trug. Wir stießen an und schlürften, ohne den Blickkontakt abbrechen zu lassen, an unseren Gläsern. Es folgte ein langer, ausgiebiger Kuss ohne Zuschauer und Beifall. Ohne ein Wort zu verlieren,

nahm Alia meine rechte Hand. Langsam, ohne Hast führte sich mich in unser Schlafzimmer. Schwungvoll drehte sie sich zu mit um. Sie öffnete den Gürtel des Kleides, das daraufhin lautlos zu Boden glitt. Ihre schwarzen Locken umspielten ihre Schultern mit jedem Schritt, den sie auf mich zutrat. Der Kuss, der dann folgte, hatte nichts mehr mit dem liebevollen, braven Ausdruck unserer Liebe zu tun: Es war nur noch die blanke Gier nach dem Körper des anderen, der uns antrieb. Der verführerische Duft ihres Parfums umschmeichelte meine Nase. Ich spürte, wie mir regelrecht die Sinne schwanden. Plötzlich fühlte ich Alias Hände an meinem ganzen Körper. Die Hemdknöpfe sowie der Reißverschluss meiner Hose kapitulierten sofort unter Alias Angriff. Grazil wie eine Schlange bewegte sie sich. Ihre Hände streichelten meinen Hals. Langsam ließ sie diese an meinem Körper herunter gleiten, während sie in die Knie ging. Als ihre Finger meine Lenden erreichten spürte ich, wie sie den Bund meines Slips anhoben. Ganz sachte streiften sie meine Unterwäsche herunter. Die Reaktion meines Körpers ließ nicht lange auf sich warten. Etwas warmes, feuchtes quirliges nahm sich meiner an. Alia brachte nun zusätzlich ihre Hände ins Spiel. Jegliche ihrer Berührungen trieben mich dem Wahnsinn entgegen. Abrupt hörte sie auf. Langsam erhob sie sich und schlang ihre Arme um meinen Hals. Nun waren es meine Hände, die über die weiche, zarte Haut meiner zukünftigen Frau streichelten. Sachte schob ich sie dem Bett entgegen. Alia legte sich auf den Rücken. Ich legte mich neben sie. Meine Zunge erkundete zuerst ihren Hals, wanderte über ihre Brüste bis zu ihrem Nabel. Alias Körper bebte unter meiner Liebkosung. Als jedoch meine Zunge ein Tremolo mit dem kleinen Punkt oberhalb ihrer zarten Blüte spielte, zuckte Alia nur noch fordernd. Wie von Sinnen löste sie sich aus meiner Umklammerung. Als wollte sie einen Hengst besteigen, setzte sie sich rittlings auf mich. Schon spürte ich, wie ich tief in sie eindrang. Einer Bauchtänzerin gleich bewegte Alia kreisend ihre Hüften auf mir. Lange konnten wir den Höhepunkt unseres Liebesspiels nicht mehr hinauszögern. Fast gleichzeitig wurden wir von höchster Lust überwältigt. Irgendwann sank Alia auf mir sitzend in meine Arme. Eng umschlungen lagen wir noch eine ganze Weile so da, bis wir entspannt einschliefen.

Schon recht früh wurden wir von zwei gut ausgeschlafenen und bestens aufgelegten Kindern aufgeweckt, die sich gleich zu uns ins Bett kuschelten. „Mama, du hast ja überhaupt nichts an. Ihhh", stellte Aadil fest, als er sich an seine Mutter kuschelte. „Na und. Mir war halt sehr warm", konterte Alia grinsend. Karima hingegen schien genau zu wissen, warum ihre Mutter keine Nachtwäsche trug und grinste sie belustigt an. „Ich freue mich, dass Mama bald wieder heiratet und du unser Ersatzpapa wirst. Darf ich auf eurer Hochzeit Brautjungfer werden?" „Aber klar doch. Dafür kaufen wir dir extra ein schönes Kleid und passende Schuhe dazu", gab ihr Alia zur Antwort. „Opa Otto heiratet Oma. Das finde ich voll lustig", gab Aadil ganz trocken von sich und sorgte damit für einen gewaltigen Lacher bei uns allen. Die Kinder hatten in sprachlicher Hinsicht bereits Quantensprünge vollzogen, was ihnen die Verständigung mit ihren Wahlgroßeltern und mir sehr erleichterte. Weil das Wetter sich nicht anschickte, uns die Möglichkeit für einen schönen Ausflug zu gewähren, beschlossen wir, zu Hause zu bleiben. Damit uns nicht der Hungertod ereilen würde, fuhr ich alleine mit Karima einkaufen. Sie war mir eine große Hilfe. Manchmal beobachtete ich sie, wenn sie an den Regalen stand, Preise verglich und nach dem Verfalldatum der Produkte schaute. Ich wusste nicht einmal, ob sie wirklich verstand, was auf den Etiketten zu lesen stand. Aber sie kämpfte mächtig dafür, die deutsche Sprache richtig zu erlernen. Auch wenn ich nicht der Vater der Kinder war, nahm ich mir fest vor, immer für sie da zu sein und ihnen den Einstieg in ihr Leben in Deutschland so leicht wie möglich zu gestalten. Mit prall gefüllten Taschen fuhren wir zurück nach Hause. Es wurde auch ohne Sonnenschein am Firmament ein fröhliches Wochenende.

Kapitel 35

Meine Perle Gudrun verwöhnte mich heute wieder über Gebühr mit besonderen Köstlichkeiten des Schlachter-handwerkes, wenn auch die grobe Leberwurst ganz sicher einen gewaltigen Angriff auf meine Hüften darstellte. Mit Wonne biss ich das dritte Mal in die zweite Brötchenhälfte. Meine Geschmacksrezeptoren auf der Zunge machten vor Wonne Purzelbäume. Mutter, Alia und auch Jenni entwickelten seit dem letzten Freitag ungeahnte Aktivitäten, was den Bedarf an edler Bekleidung wie auch an entsprechendem Schuhwerk betraf. Otto hatte von Mutter den Auftrag erhalten, sich nach einer gemütlichen, aber auch dem Anlass standesgemäßen Lokalität umzuschauen, was er mit Freude erledigte, da er beabsichtigte, in jedem von ihm ausgewählten Restaurant erst einmal ausgiebig zur Probe zu speisen. Eine nach seiner Ansicht qualvolle, wenn auch ehrenvolle Aufgabe, wie er schmunzelnd kundtat, wenn er darauf angesprochen wurde. Ich verfiel in Gedanken. Seit meinem Heiratsantrag hatte sich Alia noch mehr zu ihrem Vorteil verändert. Wenn ich nach Hause kam, standen Blumen auf dem Tisch, es duftete köstlich aus der Küche, häufig auch nach orientalischen Gewürzen, und auch die Kinder wirkten gelöster wie sie selbst auch. Morgen Nachmittag wollten wir gemeinsam zum Standesamt nach Bonn fahren, um dort das Aufgebot für unsere Hochzeiten zu bestellen, weil man dort donnerstags bis achtzehn Uhr erscheinen konnte. „Chef? Cheeeefff?", holte mich der Ruf von Sarah, unserer Auszubildenden, wieder in die Realität zurück. „Was gibt es, Sarah?" „Sie haben noch eine Patientin." „Wie jetzt, am Mittwochmittag?" „Ja, die Dame sagte, es sei dringend." Sarah legte mir schmunzelnd die Patientenkarte auf den Schreibtisch und verschwand aus meinem Büro. Etwas ungehalten griff ich nach der Karte und schaute, wer sich heute in unseren Behandlungsplan eingeschlichen hatte. „Claudia?", nuschelte ich leise vor mich hin. „Was will die denn? Wenn du sie nicht fragst, großer Medizinmann, wirst du es nie in Erfahrung bringen", sprach ich vor mich hin. Ich griff nach meinem weißen Arztmantel und begab mich in die eins.

„Hallo, Hannes", begrüßte mich Claudia genau mit jenem entwaffnenden Lächeln, mit dem sie bei mir bis dahin jeden Groll hatte besänftigen können. „Grüß dich, Claudia", antwortete ich kurz angebunden. Um ihr erst gar nicht die Möglichkeit zu geben, mich küssen zu können oder mir um den Hals zu fallen, denn genau darauf schienen ihre Gesten hinauszulaufen, lief ich gleich um meinen Schreibtisch herum und setzte mich in sicherem Abstand zu ihr auf meinen Stuhl. „Was kann ich für dich tun? Für deine Routineuntersuchung bist du sechs Monate zu früh dran. Hast du irgendwelche Beschwerden? Setz dich doch bitte." Claudia grinste mich nur lasziv an und stützte ihren rechten Arm gegen die Türe des Behandlungsraumes. Sie legte leicht ihren Kopf zu Seite. Claudia wusste genau, wie sie auf mich wirkte. Sie trug das kurze, dunkelblaue, Leinenminikleid, das ihr prächtig stand und ihre Figur so richtig in Szene setzte. Ihre Füße steckten in ähnlich farbigen, riemenlosen Sandaletten. In ihr Haar, das sie offen trug, hatte sie wohl eine Welle einarbeiten lassen. Bei jeder Bewegung ihres Kopfes schwangen ihre Haare hin und her. Ihr Parfum schwebte durch meinen Behandlungsraum und umspielte meine Geruchsrezeptoren. „Was willst du, Claudia?", versuchte ich die knisternde Situation zu entspannen. „Ich will zu dir zurück, Hannes. Ich liebe dich immer noch, und als ich dich mit der anderen Frau und den Kindern beim Einkauf sah, wusste ich, dass ich mit dir alt werden und eine Familie gründen möchte. Es tut mit sehr leid, was ich dir angetan habe und das ich dich verließ. Ich bitte dich um Verzeihung. Gib mir bitte noch eine Chance." „Du kommst zu spät, Claudia. Ich liebe dich nicht mehr. Du hast mich einfach abserviert und dich diesem Immobilienhai an den Hals geschmissen. Wahrscheinlich hast du mich sogar mit ihm betrogen. Nein, Claudia, unsere Zeit ist vorüber, und daran bist du ganz alleine Schuld. Außerdem heirate ich Alia in Kürze." Ihrem Mimenspiel war nur ganz kurz zu entnehmen, dass sie sich ärgerte. Doch diesen Zustand überwand sie in Bruchteilen von Sekunden, schlimmer noch, sie schien das gerade von mir gehörte schlichtweg zu ignorieren. Claudia begann still zu lächeln. Sie kannte ihre Möglichkeiten genau. Langsam öffnete sie die Knöpfe ihres Kleides, das mit einem knisternden Ton an ihrem Körper in einem Zug herunter glitt. „Weißt du noch, wie wir es hier das letzte Mal getrieben haben? Erst auf deinem Schreibtisch und dann auf dem Gynäkologenstuhl? So geil kann es dir deine neue

225

Tusse gar nicht besorgen, Hannes." Geschickt öffnete Claudia auf dem Rücken ihren zartblauen BH, den sie mir auf den Schreibtisch warf. Sie reckte mir ihre Brüste, angeführt von zwei festen, dunklen Kirschen entgegen, die noch keiner Stützhilfe bedurften. Mit beiden Händen streifte sie ihren Spitzenslip herunter und offerierte mir ihren frisch rasierten Venushügel. Wie ein Model auf dem Catwalk marschierte sie nun Schritt für Schritt meinem Schreibtisch entgegen. Sie hob ihr rechtes Bein und stellte ihren Fuß auf der Tischplatte ab. „Gefällt dir etwa nicht, was du da siehst", fragte sie grinsend.

Völlig unerwartet flog plötzlich die Türe zu meinem Büro auf und Mutter betrat den Behandlungsraum. „Hallo, Claudia", begrüßte sie ziemlich laut meine Exfreundin. „Untersuchungen der inneren wie der äußeren Geschlechtsorgane pflegen wir nach wie vor in diesem Stuhl dort durchzuführen. Da es offensichtlich ein dringender Fall zu sein scheint, nimm bitte auf dem Stuhl Platz. Ich übernehme deine Behandlung. Hannes hat jetzt Feierabend und einen Termin mit seiner Verlobten wahrzunehmen. Gudrun, bringen Sie mir bitte einen frischen Arztmantel für eine Untersuchung", rief sie laut in Richtung der Rezeption. Claudia griff hastig nach dem BH, der auf meinem Schreibtisch lag und zog ihn an. Sie machte drei Schritte der Türe entgegen, klaubte ihren Slip wie auch ihr Kleid vom Boden auf und zog sich fertig an. „Hallo, Adele, danke für dein Untersuchungsangebot. Es geht mir aber gut. Ich habe nur versucht, Hannes zurück zu bekommen. Wiedersehen." Sie machte auf ihrem hohen Absatz kehrt und verschwand wie der Wind aus meiner Praxis. „Na, Sohnemann. Brauchst du einen Eimer kaltes Wasser zur Abkühlung oder wird es so gehen?" Mutter lachte und den Triumph, die Situation geschickt gerettet zu haben, konnte ich an ihren Gesichtszügen ablesen. „Ich bin mit deiner Verlobten auf Brautkleidsuche und wollte nur mal nachschauen, ob es dir gut geht, Sohnemann, was offensichtlich dringend erforderlich war." „Ach, Mama, halb so wild. Aber nichts desto trotz vielen Dank für deine Unterstützung. Ich wäre Claudia ganz sicher nicht so rasch losgeworden." „Das glaube ich allerdings auch. Sie zog immerhin alle Register." Alia betrat nun den Behandlungsraum und lief auf mich zu. Sogleich umarmte sie mich liebevoll und ließ mich mit dieser Geste spüren, wie sehr sie mich liebt. „Ist alles OK, Hannes?" „Ja, ja, mach dir bitte keine Gedanken. Für den Auftritt von Claudia konnte ich wirklich nichts." Mutter schien heute keine Patienten bestellt zu haben, denn wie es schien, wollte sie von mir zum Mittagessen eingeladen werden. „Wollen wir im Peperoni essen gehen?" „Das ist ein sehr guter Vorschlag. Zieh dich um, mein Junge. Ich habe nämlich einen Bärenhunger." Mutter verließ meinen Behandlungsraum und schloss die Türe hinter sich. „Ist dir deine Exfreundin wirklich einerlei, Hannes?" „Ja, Alia, ich möchte nur noch mit dir zusammen sein. Mach dir bitte keine Sorgen." „Hast du es hier mit ihr getrieben?" Alia schaute sich in meinem Behandlungsraum um. Ich konnte förmlich sehen, wie in ihrem Kopfkino ein nicht ganz jugendfreier Film ablief. Eigentlich kannte ich keine Prüderie. Das wäre schon berufsbedingt oft hinderlich. Aber diese Frage von Alia jetzt, machte mich doch etwas sprachlos, was sie schmunzelnd bemerkte. Hastig griff ich nach meiner Jeans. Wie ich mich noch so aus meinen weißen Arztbeinkleidern schälte, spürte ich Alias Hände, die meinen Körper umfassten. „Ich würde es hier auch gern einmal mit dir tun." Alias Grinsen ließ viel Gutes erahnen. „Aber nicht jetzt, mein Schatz. Mutter hat für heute genug gesehen, denke ich, und wenn sie auch noch Hunger hat, wird sie unausstehlich." Wir mussten beide lachen. Ich beeilte mich mit dem Umziehen und schon wenig später machten wir uns zum Mittagessen ins Peperoni auf. Dank der vorzüglichen Küche des Restaurants bereuten wir unseren Entschluss nicht, dort zum Mittagessen eingekehrt zu sein.

Kapitel 36

Ein Dreivierteljahr war ins Land gegangen. Niemand von uns hatte bemerkt, wie schnell die Zeit vergangen war. Wir zählten nur die Highlights während dieser Zeit, die es wirklich in sich hatten. Auf schwierigen Umwegen und dem Einsatz einer Menge Geld für Bakschisch hatte Alia ihre Approbationsurkunde aus Damaskus erhalten, die mehr oder weniger der Spiritus Rector für alle folgenden Aktionen darstellte. Alia ging durch ihr Repetitorium und schaffte einen glatten Zweier- abschluss. Die Eröffnung ihrer mit Mutter gemeinsam gestalteten Kinderarztpraxis trieb gleich von Anfang an Früchte. Schon nach wenigen Tagen ging es ihr ähnlich wie mir: Das Wartezimmer war bis auf den letzten Platz belegt. Es dauerte allerdings noch eine ganze Zeit, bis Alia den Bogen raus hatte, um die Terminplanung der Praxis in den Griff zu bekommen. Doch auch das gelang ihr. Die Kinder besuchten jetzt erfolgreich die Schule und fanden bereits eine Menge Freunde, die häufig auch unser Haus bevölkerten und für viel Abwechslung und Leben sorgten. Aadil und Karima lebten förmlich auf, auch wenn sie so manches Mal noch mit den Untiefen der deutschen Sprache zu kämpfen hatten. Man sah ihnen aber auch an, dass ihnen ihr neues Leben viel Freude bereitete. Im Frühling feierten Mutter, Otto, Alia und ich eine traumhaft schöne Doppelhochzeit, die sicherlich sehr feierlich war, aber doch nie steif wirkte. Aus Mutter war nun eine von Schleswig geworden. Doch auch ihr Upgrade in den Adelsstand hatte sie kein bisschen verändert. Nach wie vor arbeitete sie regelmäßig unentgeltlich für verschiedene Institutionen und in unserer Praxis. Jenni war im dritten Monat schwanger und nach wie vor sehr glücklich in der Beziehung mit Heinz Helmut, der sich immer besser in unsere Familie eingliederte. Die beiden hatten vor, im goldenen Oktober zu heiraten.

Alia kuschelte sich in meine rechte Armbeuge. Dieser Sonntagmorgen entsprach so ganz unserem Geschmack. Der Wecker zeigte noch keine sieben Uhr in der Früh an. Durch das geöffnete Fenster drang das Gezwitscher früh aufgestandener Vögel, die so die aufgehende Morgensonne begrüßten. Keine Wolke verdeckte das kräftige Blau des Firmaments. Alia strahlte mich trotz der frühen Stunde an diesem Morgen liebevoll an. „Guten Morgen, Hannes, ich bin so glücklich." „Morgen, mein Engel. Hast du gut geschlafen?" „Wie ein Murmeltier. Ich habe von dir geträumt." „Und? War es ein schöner Traum?" An ihrem verschmitzten Grinsen konnte ich gleich erkennen, dass sie etwas geträumt hatte, worüber sie sich mal wieder nicht zu sprechen traute. „Und wie. Wir könnten an meinen Traum anschließen." Ich brauchte erst gar nicht weiter nach dem Inhalt ihres Traumes zu fragen, da ich ihre kleinen Hände bereits überall auf meinem Körper spürte. Alia hob den Kopf. Langsam näherten sich ihre Lippen meinem Mund. Wenig später saugten sie sich an meinen Lippen fest. Ihre kleine Zunge begann mit der meinen zu spielen. Als sie sich auf mich setzte wusste ich bereits, dass es kaum einen schönen Einstieg in einen Sonntagmorgen geben konnte, als diesen.

Weil die Kinder dieses Wochenende bei meiner Schwester und Heinz Helmut in deren neuem Haus verbrachten, hatten wir sturmfrei Bude. Nach der Frühgymnastik verließen wir unser Bett, um uns zur Entspannung in die Fluten des Pools zu stürzen. Die Erfrischung tat gut. Kurz vor Mittag trommelte Jenni die Familie zu einem gemeinsamen Kaffee im Garten zusammen. Kurz vor fünfzehn Uhr trafen wir bei Jenni und Heinz Helmut ein. Der Hausherr verstand sich mittlerweile hervorragend auf das Toben mit Kindern sowie das Basteln und Malen aller erdenklichen Gegenstände. Als wir eintrafen, hinterließ er nicht annähernd den Eindruck, geschafft zu sein. Irgendwie fühlte ich, dass er für Jenni genau der richtige Ehemann ist. Das er ganz sicher seiner Tochter ein guter Vater sein würde, davon ging ich bereits aus. Nur, das er Vater einer Tochter wurde, wusste bisher nur einer, und das war ich.